THE BROKEN EMPIRE

PRINCE OF THORNS

奇幻基地出版

破碎帝國

首部曲：荊棘王子

The Broken Empire: Prince of Thorns

馬克・洛倫斯 著

陳岳辰 譯

Mark Lawrence

十分感激海倫·瑪札拉契斯與雪倫·麥克兩位的協助與支持。

獻給瑟琳，精華永存。

古德
萊音河
千諾
紅堡
罕斯
盧森
斯城
昂奎斯
賽娜河
吉列瑟
睿納高地
鬼城
黎昂
魯爾河
100 哩

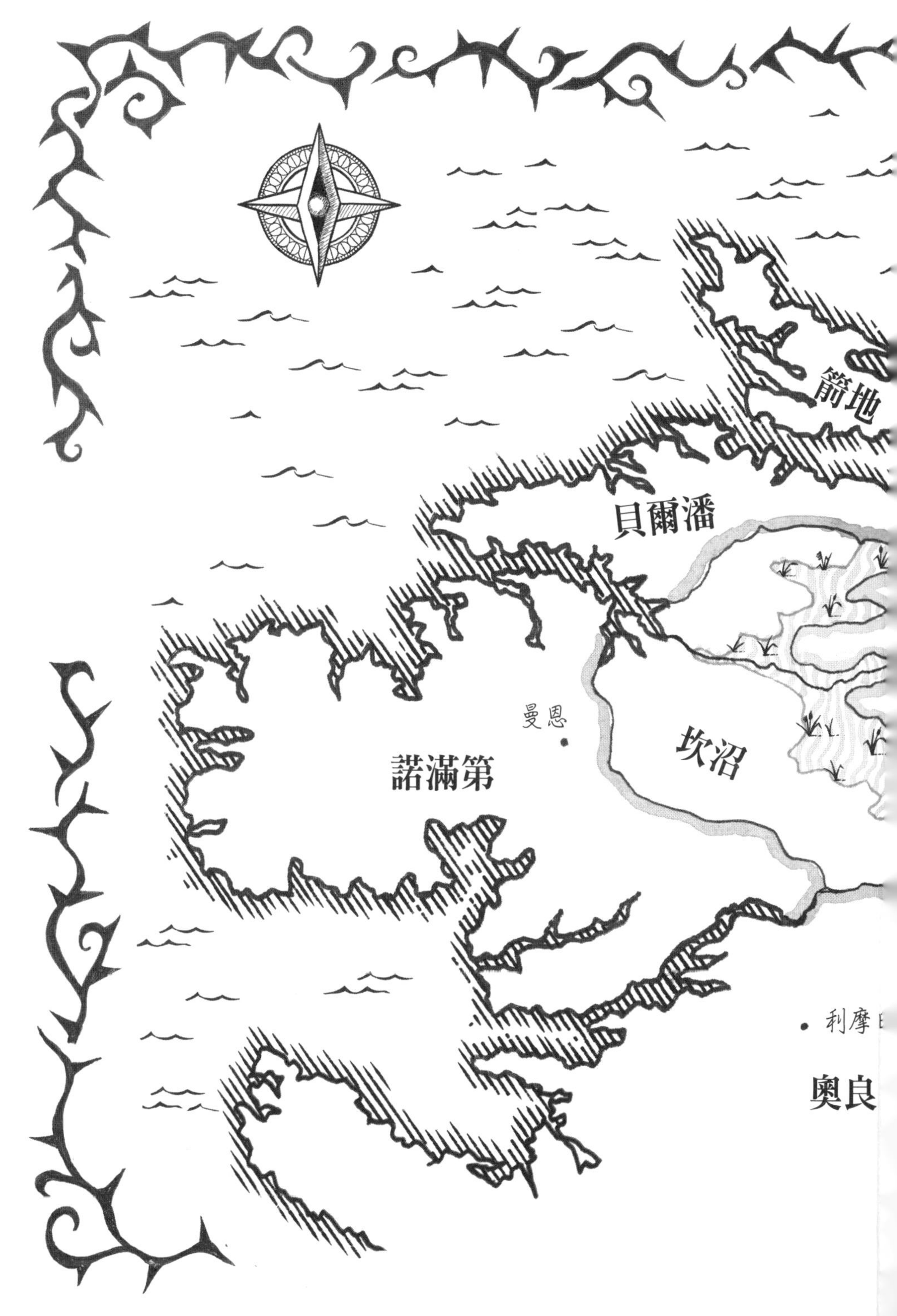
箭地
貝爾潘
曼恩
諾滿第
坎沼
利摩
奧良

名家大師、媒體及讀者好評

黑暗殘酷的《荊棘王子》，會讓你身陷其中、無法自拔！

——奇幻瑰寶大師，羅蘋·荷布

《荊棘王子》是我這一年來讀過的最好的書……它會把你拉進去，再也無法脫身。

——《魔印人》作者，彼得·布雷特。

一個難得一見的反英雄式人物主角，他的瘋狂殘酷令人瞠目結舌，然而這卻是他所處的混亂世界與悲慘遭遇形塑而成，洛倫斯一步一步地讓讀者相信，昂奎斯必須也無可避免的，要以邪惡來終結更大的邪惡。

——《出版人週刊》

洛倫斯驚豔各界的發光新秀代表作！背景設在陰森幽冷的中世紀，充滿了黑暗巫術和激烈戰鬥，是個復仇和陰謀伺機而動的年代，描述一位有著超齡表現和極度敏感性的年輕人，如何在無數苦難的艱辛人生中頑強奮鬥，與一群世人唾棄的壞傢伙們，最後一起成爲一群以忠誠和鮮血盟誓的兄弟的過程。

——《圖書館雜誌》

優秀傑出的文筆和令人難忘的故事敘述，爲這一系列小說帶來了一個絕佳的開場。作者的文筆讓人聯想到葛蘭·庫克的「黑色傭兵團」系列，極度吸引喜愛這類具有堅毅不拔精神和血液的書迷們。

——《亞馬遜書評》

生動流暢，令人信服的故事，充斥著堅忍不拔和難以想像的奇蹟。

——銀河書評網 Galaxy Book Reviews

毫無疑問的，這是一本最最難忘的奇幻新作。很難想像有哪本書能超越它。

——闇影崛起網 risingshadows.net

作者無視奇幻史詩慣例，召喚了傳統，再把它們撕成碎片。

——《軌跡雜誌》

原以爲這種黑暗王子調性跟我磁場不合，哪曉得我血脈中的負面因子不停叫囂著下一頁、下一頁！點到爲止的暴力，流暢痛快的轉折！

——「嘎眯不搗蛋」格主，嘎眯

作者讓讀者見識不同於常規的奇幻故事結構！

——「文心評議城」格主，文樂記

眞相揭開時整個故事也升到高潮，每個人都是彼此的的傀儡！

——「吉娃娃的觀點論」格主，吉娃娃

「如果愛支撐不了一個人，那就擁抱仇恨」。《破碎帝國首部曲：荊棘王子》是一個顚覆三觀、看見一個不同樣貌的王子成長故事。

——「天空上有太陽」格主，天陽

難見的主角魅力：近乎瘋狂的忠於自我！

——「舞血愛麗絲的奇幻手札」格主，黯泉

主角特質的反差反而讓人物更加立體而眞實，也讓讀者得以用不同的視角來閱讀不一樣的奇幻世界。

——「苦悶中年男的情緒出口」格主，苦悶中年男

當你一翻開書，當下可能會感到嘩然，進而演變成錯愕，但這本書有著魅力，逐漸吸引你繼續看下去。

——讀者，青鷹

馬克·洛倫斯的《破碎帝國》不走尋常奇幻小說的路線，這種反差反倒更寫實地讓讀者們看見政治的骯髒、戰爭的殘酷，以及生存的艱難。

——「The World of MingJerKant.」格主，李肯特

我喜歡這種主角，不用假裝仁義以德報怨！

——「傳說中的樹洞」格主，丫芬

這本小說的情節分明，節奏緊湊，常常讓人目不暇給，往往一段劇情緊接著下一段劇情，毫無喘息的空間。

——「離騰格里很近很近的格子」格主，Cindy Lee

全球獨家臺灣繁體中文版作者序

臺灣讀者大家好！我的書目前雖然已經有二十五國語言版本，但卻是首次受邀寫序。《荊棘王子》是我出版的第一本書，形式為三部曲，由單一主角發展出錯綜複雜的人脈網絡。故事的主要動力在於角色，主角裘葛．昂奎斯對讀者而言是個謎題、是個挑戰，而非直截了當的答案或指引。他不善良不仁慈，勇敢是為了自身利益，讀者無須喜愛他、期待他一帆風順，不過也有很多人在閱讀三部曲的過程中，漸漸認同了他。

本系列的成功，一部分來自讀者反應的變化多端，個別讀者有自己的心理衝突，讀者團體間也激盪出精彩的討論。裘葛的童年經歷突顯先天後天的問題：人的性格是生來如此、經驗使然，抑或介於兩者之間？我們在成長中改變了多少？孩提時代犯的過錯會得到原諒，還是成為一輩子的汙點？

裘葛聰明傑出又深具魅力，同時卻也缺乏道德觀念，喜歡訴諸暴力。他易怒、衝動，不懂退讓。我的靈感來自一九六二年安東尼．伯吉斯著名小說《發條橘子》主角艾利克斯．迪拉吉。兩個角色成長歷程不同、彼此故事也沒有連結，但裘葛這個人物由此而生。

我寫作前不會做通盤計畫，想出人物以後就隨他前進。常有人說作家大致分爲兩類，一種是建築師，另一種則是園藝家。建築師下筆前竭盡所能編排、設定，園藝家則灑下種子，觀察會有什麼收穫。我和喬治．馬丁一樣屬於園藝路線，跟在裘葛．昂奎斯身後，看著他每個舉動的結果，挖掘屬於他的故事。這趟旅程改變了我自己的人生，也對其他參與者造成深刻影響。

《荊棘王子》就很多層面而言色彩晦暗、引人惱火。我撰寫這本書始於小女兒出生不久，就被診斷出嚴重先天殘疾，好幾年時間裡，我都在醫院長時間陪伴她。裘葛有許多部分是發洩內心憤怒與失落的管道，容納我在現實世界無能爲力的情緒。

動筆之初沒有出版計畫，也沒有想過交給出版社，因爲我對寫大綱、回覆信件實在沒太大耐心。預想中的讀者用手指就能數完，小人數帶來的是自由，可以任故事自己發展，無須顧慮讀者感受、市場現況或者可能造成的爭議而妥協。

《荊棘王子》寫好以後擱了幾年沒動，有個朋友卻一直買些作家行銷書籍來煩我（我這樣還形容眞沒良心）。那些書價格高昂，我不想讓她繼續破費，於是從網路找到四家版權經紀，寄了檔案過去，主要目的是讓那位朋友相信我嘗試過，事情可以告一段落。

幾個月過去了，最後聯絡的經紀公司竟接受了投稿，但對方提醒我不要期待很快有回音，出版業的步調就像冰河移動一樣緩慢。再過一個半月，他又打電話來，表示經過七家大出版社的國際競標以後，爲我談下了三本書的合約。一週後，第二間聯絡的經紀公司回信正式拒絕，其餘兩間至今仍沒有消息，我只能認爲他們還在考慮。目前這本書已經在數十多個國家銷售，英語版本的三部曲總計賣出超過一百萬冊。人生眞的很奇妙。

我十分高興袞葛的冒險故事得以在臺灣出版，親手寫的故事能轉變爲看不懂的語言，是種十分奇妙的經驗。我只會母語，很尊敬譯者，翻譯是很困難的工作，需要結合多種技能。翻譯洗衣機說明書就已經夠難了，需要對兩種語言都足夠熟悉，翻譯小說則是難上加難，如果兩種語言的背景文化相差很大時，難度只增不減。

《破碎帝國三部曲》中有著許多片段的詩歌與童謠，也引用不少流行文化典故，對臺灣讀者來說或許依然像霧裡看花。即便是由英語翻譯爲法語，相隔不過二十五哩海面，仍舊需要很多調整，才能保持原文旨趣。

故事的世界觀除了正文一點一滴呈現，也能從地圖找出端倪，但對歐洲讀者而言會容易些。換句話說，只針對字面做翻譯還不夠，譯者某個程度上可說是協作者，爲了增進讀者理解而進行無數次改換。

自己的作品能在臺灣出版，令我深感驕傲。我在寫作過程中得到很多樂趣，希望閱讀這套書，對各位也會是種享受！

1

烏鴉又來了！

烏鴉總是搶得先機。在傷俘尚未嚥氣、萊克還沒砍掉任何手指、拔掉戒指之前，牠們就已經停在教堂山牆上，緊迫盯人。我倚著絞架柱子，望向十幾隻鳥兒彷彿黑絲帶般列隊站好，一雙雙烏黑的眼睛，閃動著靈性的光芒。

廣場被染得一片艷紅。溝內是血，磚上是血，池裡也是血。死人還是老樣子，形狀滑稽些的伸手朝天但缺了些手指，認分些的抱著傷口蜷成一球。傷患則還在苦苦掙扎便受到蒼蠅糾纏、包圍，無論往哪兒躲避，再怎麼會藏匿，只要追著嗡嗡聲就能一網打盡。

「水！給我水！」瀕死之人開口閉口都要水。怪了，我反而總是在殺人以後才覺得渴。

瑪珀鎮到此爲止。兩百多個農夫喪命，帶著鐮刀和斧頭陪葬。其實我警告過了，特別通知了鎮長波維．托爾說：「別跟專門幹這行的鬥。」我給了機會，每一次都給。但對方頑強抗拒，不見棺材不掉淚，怨不得我。

朋友們，戰爭是種美，無法體悟就注定要落敗。如今身子靠在噴泉邊的波維大叔，想必仍心存異議，但下場依舊是捧著自己的腸子橫死池畔。

「種田的全都是窮光蛋。」萊克丟了一大把手指到老波維敞開的肚腹內，走到我面前亮出這次的收穫，一臉好像是我害了他。「你看看！一枚金戒指。才一枚！整個村子就他媽的一枚。應該全抓起來再砍一頓才對，混帳農夫。」

反正他本來就會那麼做，因爲他壞到骨子裡又加上貪得無厭。我直視他的雙目，開口說：「萊克兄弟，別著急。這地方除了金子，還有別的寶貝。」

同時也以眼神示意他別輕舉妄動。一來，破口大罵壞了氣氛；二來，對他不能太客氣。每次打完仗，萊克都會太過亢奮，總想繼續找人過招。而我臉上的神色很清楚明白：「儘管來，只怕你招架不住。」萊克悶哼一聲，將染血的戒指收好，短刀插回腰帶。

梅康過來一左一右摟著我們，鐵手套拍打著護肩甲。這人的本領就是打圓場。

「小萊克，裘葛兄弟沒說錯，到處都是寶啊。」說別人「小」是梅康的習慣，因爲他比我們所有人高出一個頭、身體達兩倍寬。梅康喜歡講笑話，一邊殺人一邊講——只要有時間，他想看人家帶著微笑走。

「什麼寶？」萊克沒好氣地問。

「小萊克，農夫家裡有什麼？」梅康眉毛一挑，滿滿的暗示。

萊克掀起面甲，露出那張醜臉。醜是小事，長得狼心狗肺比較慘，我想那幾道疤反而加重了效果。

「牛？」

梅康嘛嘴。我一直不欣賞萊克那張嘴，太厚、太肉，但衝著他的爛笑話和奪命流星錘，可以忽略它。

「小萊克，你要牛的話就自便吧，我可是要趕快去找兩、三個農家女，免得全被別人用掉了。」

此話一出，兩人就笑著並肩跑開。萊克「呼呼呼」的笑聲，很像喉嚨鯁了魚刺咳不出來。

他們合力撬開教堂對面那一戶人家。老波維的家，房子不錯，屋頂挑高、鋪了木瓦，前院有座小花園。波維盯著他倆，眼珠能轉，頭卻轉不了。

我望向烏鴉，然後是基特與白癡麥柯，兄弟倆熱愛砍頭，總是由麥柯推車、基特拿斧頭——不得不那畫面看來很有美感，至少視覺上是。氣味倒是頗糟糕，但付之一炬後，只會殘留木頭燒焦的味道。沒金戒指又何妨？不需要別的戰利品。

「孩子！」波維的叫喚聲空洞、衰弱。

我站到他面前，忽然覺得手腳都累了，便拄著長劍當拐杖。「有話快說，鄉巴佬。基特兄弟已經提著斧頭過來了，喀擦喀擦的。」

鎮長看起來不是很擔心，都快淪爲蛆蟲的食物了，確實也沒什麼好擔心。但他一開口就叫人「孩子」倒是令我很不爽。「鄉巴佬，家裡有女兒嗎？是不是躲在地窖？我家萊克兄弟聞得到的。」

波維聽了，目光一閃，銳利而又痛苦。

「孩子，你……幾歲？」

還是叫我「孩子」，嗯哼。

「夠大了，可以把你當成錢包一樣割開。」我這麼說的時候心裡已經冒了火。我不喜歡火大，因爲那會讓我更火大。但我猜他不會明白這個道理，甚至不知道不到半小時前，開他腸破他肚的就是我本人。

「最多十五吧，不可能再多了……」波維說得很慢，慘白的臉上嘴唇發青。

還少兩年呢。我是可以告訴他，不過他也聽不見。車子喀啦喀啦從我背後經過，基特手上那把斧頭滴著血。

「砍了他的頭，」我吩咐：「把那個肥肚子留給烏鴉。」

十五歲？十五歲還在這兒殺人放火？

等到十五歲的時候，我就是王！

THE BROKEN EMPIRE

PRINCE OF THORNS

有些人天生彼此不對盤。也有基特（Gemt）這種人，天生和全世界不對盤。

2

瑪珀鎮燒得很旺——那年夏天，每座村鎮都燒得很旺。梅康嫌棄得很，覺得是個龜兒子一樣擠不出半滴雨的夏天，這話也沒錯。入鎮時策馬揚塵，出鎮時烏煙漫天。

「怎麼會有人甘願當農夫？」梅康愛問問題。

「怎麼會有人甘願當農夫的女兒？」

我朝萊克撇了頭，坐在鞍上的他累得似乎隨時會昏睡過去，不過臉上掛著傻笑、半身鎧甲多披了一條絲綢織錦。我沒機會問他瑪珀鎮那種地方怎麼摸得到綢緞。

「萊克愛死這種單純的享樂了。」梅康見狀說。

的確，萊克對這種事情饑渴得很，饑渴如火。

烈火吞噬了瑪珀鎮。我親手點燃茅草客棧，燎原大火一發不可收拾，大夥兒趁勢趕緊離開。連年在破碎帝國南征北討，這種日子再普通不過。

梅康猛擦著汗，弄得全身處處黑條紋，這傢伙就是有本事搞髒自己。

「裘葛兄弟，你自己不也挺享受的嗎？」

這話無法反駁。胖子農夫還問了我幾歲——

——可以玩他女兒的歲數。比較胖的那個話太多，和她爸爸同個死德性，吱吱喳喳像穀倉裡的貓頭鷹，叫得我耳朵發疼。年紀大一些的好點兒，不怎麼出聲，靜得偶爾得扭過來確認沒嚇死，我猜火燒到她身上的時候，應該就無法再保持沉默了吧……

基特騎馬靠近，壞了我的白日夢。

「男爵的人馬從十哩外就能看到黑煙，不該放火的。」他搖頭，一頭薑黃色亂髮左甩右甩。

「不該——」他的傻弟弟坐在老灰馬背上靠過來嚷嚷附和。我們讓麥柯騎乘拉車的老灰馬是因爲牠從不偏離道路，比牠背上那白癡來得聰明多了。

基特很愛嘮叨：「屍體不該扔水井，這下沒得喝了」、「僧侶不該殺，咱們要走霉運了」、「饒她一命的話，可以勒索坎尼克男爵的」。

我聽得很厭煩，眞想一刀戳進他喉嚨裡。此刻，只要探個身就能搆到他的脖子，對他說：「嗯？基特兄弟，你說什麼，咕嚕咕嚕的……你是說我不該一刀捅進你的喉結？」

「噢，對耶，糟糕！」我故作訝異叫著：「小萊克，快回瑪珀鎭撒泡尿滅火啊！」

「男爵那邊會知道的。」基特頑固地重複，整張臉漲紅了。只要一起爭執，他就會臉紅得和甜菜根一樣，看得我更想出手。但我忍下來了。領袖的責任之一就是別殺掉太多手下，沒人了還領導個鬼？

隊伍圍了上來。每次發現有好戲看，大夥兒就會湊熱鬧。

韁繩一拉，我跨下的蓋洛德就斷斷叫著跺腳停步。我凝視基特，等著，直到其他三十八個兄弟都到場。基特的臉太紅了，令人好擔心那雙耳朵即將會爆血。

「兄弟們，現在咱們要上哪兒去？」我踩著馬鐙站起身問話，好看清楚一張張醜臉。我的聲音也故意不抬高，這樣他們才會安靜下來仔細聽。

「上哪兒？」我再問一遍：「該不會只有我知道？我對各位兄弟有過任何隱瞞嗎？」

萊克皺緊眉頭，一頭霧水。胖子卜羅到了我右邊，紐咨人到了我左邊，潔白的牙齒與煤黑色的皮膚形成強烈對比。大家還是默不作聲。

「不如請基特兄弟告訴大家好了，他最清楚該做什麼、不該做什麼。」

我冷笑，手還是好癢，很想賞他脖子一刀。

「基特兄弟，咱們上哪兒去？」

「馬岸地的汶尼斯國。」基特說得極不情願。

「聽起來沒錯。那咱們怎麼過去？四十個人不是都坐上了搶來的駿馬嗎？」

他咬緊下顎，明白我要的答案。

「想趁茱還沒涼時過去分杯羹，那要怎麼過去才好呢？」我追問。

「走『鬼道』！」萊克好不容易答得出來，顯得特別得意。

「鬼道。」我複述答案時依舊嘴角微勾、語調平淡。

「除了鬼道，還有別的法子嗎？」我說完之後與紐咨人四目相交。我看不穿他的黑瞳，但能讓他讀到我的心思。

「沒別條路啦。」

萊克恐怕並不清楚我的打算，只是順水推舟。

「男爵的人手，知不知道咱們要去哪兒？」我轉頭問胖子卜羅。

「他們有探子。」雖然胖子卜羅講話時雙下巴會抖來抖去，但他的腦子可不笨。

「所以……」我掃視眾人，動作放得特別慢。「也就是說，男爵知道咱們這幫敗類想去哪兒，也知道咱們會走哪條路。」要給兄弟們一點時間思考，「我還放了那麼大一把火，要男爵那邊想清楚，追過來究竟是不是個好主意。」

下一秒，刀刃刺進基特的咽喉。或許沒必要，但我想這麼做。他也表現得很好，咕嚕咕嚕地噴血，再砰的一聲墜馬，剛才漲紅的臉如今已經發白了。

「麥柯，」我吩咐：「砍了他的頭。」

他照辦了。

基特就是不識相。

THE BROKEN EMPIRE
PRINCE OF THORNS

麥柯（Maical）只有裡面壞了，外表沒壞。看上去和別人同樣剽悍凶狠，除非有人開口問他話。

3

「兩個死人，另外兩個還在扭。」梅康的笑容十分燦爛。

我們原本就預計在吊囚架下面紮營，梅康過去先行探查，帶回了四個籠子裡有兩個活人的消息，頗為提神。

「才兩個。」萊克咕噥。他太累了，累了的小萊克只看到空的一半。

「有兩個！」紐笞人反倒朝後頭的弟兄歡呼。

有些人解開腰包或掏錢、或收錢。鬼道和禮拜日布道一樣無聊，又直又平，直得讓人願意拿幾條命來換它轉轉彎，平得一丁點傾斜都值得喝彩叫好。左右是沼澤，然後是蚊蟲，再過去是更大的沼澤、更多的蚊蟲。吊籠裡關著兩個活人已經不可多得。

妙的是，我也沒質疑過為什麼這荒郊野外會有吊囚架，直覺認為就是運氣，不知誰將俘虜塞進籠子在路邊等死。會挑這地點很詭異，但對我這一小群弟兄們來說卻是免費娛樂。大夥兒的興致上來了，我催促蓋洛德加快腳步。牠是匹好馬，一點刺激就能振作起來疾奔。鬼道這地形最適合騎馬。

「衝啊！」萊克高呼，大夥兒起步跟上。

我讓蓋洛德帶頭。牠不可能輸給別匹馬，尤其路面是石材，磚與磚之間看不到縫隙，連根雜草也沒有。更不可思議的是，這些石頭沒鬆動也不磨損，別忘了旁邊可是沼澤！（注1）

我理所當然一馬當先到了吊籠下面，其他人追不上蓋洛德，尤其馬上的人可是我，體重足足輕了他們一半。我停在囚架下面掉頭等待，看弟兄們沿著道路散成一線。我開口歡呼，聲音大得足夠驚醒丟在車上的腦袋——基特正在車廂裡滾動著。

梅康最先趕到。他已來回一趟，熟門熟路。

「看男爵的人敢不敢追來。」我說：「鬼道和大橋沒兩樣，十個人就能守住，想包抄的話就弄進沼澤溺死他們。」

他點頭，還沒喘過氣。

「鋪這條路的人……要是能找他們給我蓋座城堡——」東方一道驚雷響起，打斷了我的話。

「他們蓋的城堡，我們死也打進不去。」梅康回答：「幸虧他們滅亡了。」

我和梅康看著弟兄們一個個追上。夕陽下的沼地泛著火焰般的橘紅色，讓我又想起瑪珀鎮。

「梅康兄弟，今天的景色很美。」

「裘葛兄弟，你說得沒錯。」

大夥兒到了以後，開始爭吵如何料理兩個活囚，我靠著貨車坐下，想趁還有陽光也沒下雨時翻翻書。那天我心血來潮想讀讀蒲魯塔克（注2），夾在皮革書封之間的一切世界僅屬於我。某個高僧爲曾爲製作這本書嘔心瀝血，一輩子拿著筆刷彎腰駝背作畫。太陽、光圈、花邊要上金色，比月夜還濃稠的藍看起來彷彿毒液，花圃以點點艷紅爲代表。高僧最後恐怕瞎了吧，從年輕到白頭，奉獻全部生命，只爲了給蒲魯塔克的文字配上圖畫。

又打雷了。籠子裡的囚犯扭動咆哮，我繼續閱讀比鬼道歷史還要悠久的文字。

「懦夫！拿著刀劍斧頭的娘兒們！」其中一人明明快變成烏鴉大餐了還隔著柵欄奮力叫罵。「一個帶種的也沒有，跟著小男孩的屁股後面跑，全是些變態！」每個句尾都微微捲舌，口音像是梅西人。

「裘葛兄弟，這傢伙對你有意見呢！」梅康叫著。

雨滴打到了鼻梁上，於是我闔上蒲魯塔克。反正爲了告訴我斯巴達和來古格士（注3）的故事，他也等了好一陣子，不差這點時間，別沾水比較重要。籠中囚徒的話很多，讓他朝著我的背影說吧。出門在外，書籍得包得仔細些才不會溼，油布朝同個方向捲十遍，相反方向再捲十遍，再塞進鞍囊的斗篷底下。鞍囊不能太差，圖坦人做的垃圾就別提了，必須是馬岸地諸國的

注1：對照地圖與地形描述，可推測「鬼道」很可能爲原本的法國A77公路。

注2：Plutarch，羅馬時代的希臘作家。

注3：Lycurgus，斯巴達王族，改革政治、教育並建立軍事制度。

雙車線皮製品才行。

弟兄們讓出一條路給我，隨便砍柴拼湊的粗糙吊籠出現眼前，裡面的氣味比貨車還糟。架子上掛著四籠，兩個死人死得徹底，腿從柵欄伸出來，被烏鴉啄得見骨，被蒼蠅覆蓋的身體如同有著嗡嗡叫的第二層黑皮膚。我的手下朝一個活人猛戳，看起來不大開心，似乎想咬人。眞的咬了就浪費了，還有一整晚的時間要打發，只有我講話而對方沒嘴巴，豈不掃興。

「輪到毛孩子來啦！嫌偷來的書上春宮圖不夠多嗎？」他蹲在籠子裡，腳掌磨破了皮，全都是血，年紀不小了，大概四十左右，黑頭髮灰鬍子，深棕色的瞳孔發亮。「那撕下來擦屁股啊，毛孩兒。」囚犯一下子激動起來，忽然抓住柵欄，籠子隨之晃蕩，「反正書頁對你沒別的用處！」

「放把火慢慢燒死？」萊克提議。他明白這人開口閉口講難聽話，只是爲了激怒我們，求個一死了之，「像之前在特斯通鎭那樣。」

幾個弟兄竊笑，但梅康笑不出來，沾滿泥巴塵土的那張臉蹙起眉頭，眼睛盯著囚犯不放。

我伸手示意大家安靜。

「豈能白白浪費一本好書呢，龔斯特（Gomst）神父。」我說。

不止梅康，我也認出來了。神父的頭髮、鬍鬚都長了，若非口音，確實會被我變成烤肉。

「何況那本《論來古格士》可是以古典拉丁文寫成，不是教會用的那種羅馬土話。」

「你認識我？」他的嗓子啞了，一下子轉成哭腔。

「當然。」我用兩手將頭髮向後梳，讓他在昏暗光線下也能看得一清二楚——昂奎斯血統深邃的五官輪廓。「龔斯特神父，你是來帶我回去上課的嗎？」

「王……王……」他支支吾吾吐不出話，模樣真叫人作嘔，害我覺得自己嚼了什麼腐爛的臭東西。

「昂奎斯氏國王之子裘葛（Prince Jorg Ancrath）向您致意。」我以宮廷禮鞠躬。

「孛……孛薩隊長呢？」龔斯特神父的身子在籠子裡輕輕搖擺，一臉茫然。

「閣下，孛薩（Bortha）在此！」梅康（Makin）上前行禮，身上還沾著另一個囚犯的血。

接下來是一片死寂，連沼地裡的鳥囀風颯也變得無比細微。弟兄們先看看我，再看看上了年紀的僧侶，視線又回到我身上，嘴巴始終沒有闔上。小萊克的神情比被問九乘六等於多少還訝異。

彷彿算準時機般，水滴開始掉落。大雨滂沱，全能的主朝我們傾倒夜壺，蓄勢待發的暗曖瞬間濃得化不開。

「裘葛王子！」龔斯特神父向著雨勢大叫：「入夜了！您快走啊！」他抓緊籠子，指節發白，面朝暴雨，眼睛卻眨也不眨，凝視那片漆黑。

夜裡、雨裡、沼澤裡，不該有人行走的地方——它們來了。幽光乍現，慘白蒼茫，亡者在深淵中燃燒，生者理應迴避。光中允諾一切，鞭策你追尋、探求，直到跌進冰冷又飢餓的泥濘。

龔斯特神父眞不討喜。六歲開始就聽他指手畫腳，也時常眞的動手動腳。

「裘葛王子，您快逃啊！」

這時候的龔斯特一副壯士成仁的態度，眞是令人感動得想吐。

所以，我站在原地不動。

The Broken Empire

Prince of Thorns

甘斯（Gains）兄弟當伙伕不是因爲他手藝好，而是因爲他別的同樣做不好。

4

亡者穿過雨幕。沼地亡靈有溺死其中的，也有死了才被丟進去的。血人坎特嚇得像無頭蒼蠅亂竄，一股腦兒失足摔下沼澤。少數弟兄勉強鎮定，要跑也跑在磚道上，但大部分都栽進去了。

龔斯特神父在籠子裡開口祈禱，大聲誦經，好像想以此爲盾。「天上的父庇佑人子，天上的父——」他越念越快，因爲越來越恐懼。

亡者先鋒來到岸邊，上了鬼道，身上彷彿披著月光般微亮，不過任誰看了都知道那光毫無暖意。死靈的身軀在寒光中若隱若現，雨滴穿透過去，地面濺起水花。

我的身邊一個人也沒有。連紐訔人也瞪大黑臉上的眼睛逃開了。胖子卜羅彷彿全身被抽乾血液，萊克尖叫得像個三歲小娃兒，就連梅康也滿面惶恐。

我朝大雨展開雙臂，感受水滴打在身上。儘管人生沒過多久，驟雨仍勾起回憶：許多夜裡，站在堡塔頂端，只消一步就能粉身碎骨，幾近淹沒在豪雨之中的我，咒罵上天何不劈道閃電下來。

「天上的父、天上的父……」襲斯特結結巴巴，死靈步步逼近，身上的冷焰燙得人骨子發寒。

我依舊伸出手、面著雨。

「襲斯特，我的父可不在天上。他在城堡裡清算兵馬。」

死靈到了身前。我望進它的眼睛：兩個空洞。

「有何指教？」我問。

它給我看。

我也給它看。

這場戰爭會由我勝出是有原因的。戰火從所有人出生前延燒至今，我小時候也咬過父王戰情室裡的木雕士兵。他們輸，我贏，因爲我理解一切不過就是個棋局。

「地獄。」亡靈說：「讓你見識地獄。」

它竄進我的身體，冰冷得像是死亡，鋒利得如同刀刃。

我揚起嘴角，聽見雨中自己的笑聲。

抵著咽喉、冰涼又銳利的刀刃很可怕；火焰很可怕；肢刑架很可怕；鬼道亡魂也很可怕。可怕得叫人畏縮不前，除非能察覺這些東西爲何存在——要逼你輸。

輸了會失去什麼？

失去贏的機會。

背後的祕密就這麼簡單，卻只有我一個人領悟這份奧妙。

睿納伯爵派人攔截馬車的那晚，我看穿了棋局。那夜也是大風大雨，我還記得雨水滴滴答答打在車頂和遠方的轟轟雷鳴聲。

大詹用力扯下車廂門想放我們逃生，結果只來得及抓起我往外拋。那片荊棘太茂密，伯爵的部下不想進來搜查，聲稱我摸黑逃逸了。其實我沒離開，只是全身懸在棘刺裡，眼睜睜看著他們殺死大詹，閃電照亮的短暫片刻，一幕幕凍結在我眼裡心底。

我也看見他們對母后做了什麼、花了多久，還有如何扣著小威廉的小腦袋往石碑砸，讓他金色的鬈髮沾滿鮮血。威廉畢竟是我第一個兄弟，總是有份獨特感情，那胖嘟嘟的小手和傻笑將永遠留在回憶裡。後來我多了很多兄弟，一幫壞胚子，少了幾個無關緊要。但那當下目睹小威廉被當成不值錢的娃娃摔爛，心裡還是很刺痛。

威廉死了，母后不肯安分，被一刀抹喉。那時候我才九歲，傻得很，還想衝出去救人，不過被荊棘緊緊纏住，也造成我後來特別欣賞這種植物。

是荊棘教我理解這棋局，明瞭百國戰爭中貌似凶狠狡詐的每個玩家尚未觸及的真理。先看穿這只是棋局，才有可能贏棋。陪他們下棋，告訴他們每顆棋都是朋友、兩個主教都聖潔，記住城堡暗處發生的那些愉悅、愛自己的王后。最後，看著他們失去一切。

「死都死了，還有什麼想說的？」我問。

只是棋局，下一步輪我走。

寒氣竄進體內。我看見它的死亡、它的絕望、它的饑渴，並且回敬。本以爲還能玩出什麼花招，但畢竟只是個死人。

換我讓它看看盤踞我記憶不肯消失的那個空洞。我領它進去。

結果它跑了。我還追了上去，但只追到沼地邊緣。

這只是一盤棋，而我會贏。

5

四年前

很長的一段時間裡，我摒除所有雜念，潛心鑽研復仇之道，在想像力深處的黑暗地窖建造專用刑場。躺在醫堂血紅色被單那時，我發現心中多了一道門，即便只有九歲也能意識那是不可以打開的禁忌之門。一旦開啟，就再也關不上。

但我用力扯開了。

被雷利爵士發現的時候，我還困在荊棘深處，距離冒出黑煙的馬車不到十碼。原本他們沒察覺，而我隔著棘刺，早已看見雷利身上甲冑的銀光，以及昂奎斯步兵制服的那抹紅。

一身綢緞的母親才是最顯眼的目標。

「耶穌保佑……是王后！」雷利要部下將她翻過來。「動作輕點兒！放尊重—」他抽了口氣說不下去。經過伯爵走狗蹂躪，母后的模樣不堪入目。

「長官！找到大詹了，還有圭姆和賈薩。」他們抬起大詹和另外兩名護衛。

「反正他們只能以死謝罪！」雷利呸了一聲。「快找找王子在哪兒！」

我的角度看不見小威廉，但聽大家驟然沉默，心裡有數。我將下巴靠在胸口，凝視腳邊葉子上斑斑點點的血跡。

「噢，天哪……」終於有個人出聲。

「搬上馬，小心輕放。」雷利吩咐，聲音帶著哽咽。「快去找皇太子！」這句話多了點力氣，卻似乎不抱指望。

我想出聲，但沒有力氣，連頭都仰不起來。

「雷利爵士，這附近沒有什麼發現。」

「恐怕被挾持為人質了。」雷利說。

只對了一半。我的確不是自願躺在這裡。

「將王子和王后放一塊兒。」

「輕一點！溫柔一點……」

「要固定好，」雷利指示。「接下來還要趕路回高堡。」

我心裡有一部分想讓他們走了就算了。如今我已經感覺不到劇痛，剩下的疼楚隱隱約約、甚至也即將褪去，一股寧靜包裹我，應允我遺忘。

「長官！」士兵高呼。

我聽見雷利爵士走近，甲冑鏗鏗鏘鏘作響。

「盾牌？」他問。

「在泥巴裡找到的，大概被車輪壓進去。」士兵停頓，一陣摸找的窸窸窣窣聲，「上頭好像是黑色翅膀……」

「烏鴉。紅底鴉紋，睿納伯爵的標誌。」雷利回答。

睿納伯爵？有名號，還有紅底鴉紋。紋章閃過腦海，昨夜的雷電將圖案烙印在心底。我的體內燃起一把火，上百根棘刺扎在肢體的痛覺全面甦醒。我忍不住呻吟出聲，被扯開的嘴唇乾得撕裂。

於是雷利找到了我。

「那裡有東西！」他罵聲連連，荊棘能扎進甲冑的每道縫隙。

「快！把這些鬼東西拔掉！」

「死了嗎？」雷利爵士動手幫我除去棘鉤時，他的背後有人這麼問。

「好蒼白。」

我猜血都被棘刺放光了。

後來他們找了輛車載我回去。我睡不著，盯著天空慢慢變黑，腦子不停轉動。

到了醫堂，格倫修士和助手阿吋預備挑掉我皮肉裡所有的刺。他們把我放上桌子，拔出刀，替我上課的郎翟（Lundist）太傅這時候進來，手裡那本書與條頓人（注）的盾牌一樣大，厚

注：Teuton，日耳曼人的分支。

度說不定有三倍重。

郎翟看來又老又瘦，但力氣超乎眾人想像。「修士，刀子過火消毒了嗎？」他的故鄉在極東之地，講話依舊帶著腔調，咬字時常含糊，彷彿以為對方夠聰明自然能拼湊出來。

「太傅，靈魂純潔的人，肉身不會腐敗。」

格倫修士這麼回應，賞了太傅白眼以後開始動手挖。

「話雖如此，修士您還是給刀子消毒比較好。若皇太子死在這醫堂，縱有神職在身也擋不住陛下的怒氣。」郎翟將大書朝我旁邊的桌面放下，又在另一頭擱了碟子，叮叮咚咚搗弄幾管藥液。他翻開書本，找到標記的頁面。

「『棘針時而進骨，』」他手指劃過泛黃書頁上的文字。「『鉤刺斷裂可致潰。』」

格倫修士狠狠挑出一根刺，疼得我大叫出聲。他放下刀子，轉頭望向郎翟，我只能看到他的背影。一條布巾掛在他肩膀，上頭滿滿汗漬。

「郎翟太傅，」他開口：「你們那行的人有個壞毛病，以為任何問題都能在書本或卷軸找到答案。讀書當然不是沒用，但療傷治病這種事情，別以為翻了本破書就能對我指指點點！」

最後格倫修士吵贏了，衛兵出面「請」走郎翟太傅。

或許九歲以來，我的靈魂就沒純潔過。不出兩天，我的傷口就化膿，之後九週高燒連連，徘徊於陰晦夢境與生死交界。

聽說那段期間我總是怒吼咆哮，亂揮扭動起來時，荊棘留下的傷口就迸裂噴膿。我的確記得一股酸敗味，雖然帶著甜膩卻令人反胃。

修士的助手阿吋以前幹過伐木工，手臂十分粗壯，但他壓我壓得煩了，索性拿繩子把我捆在床上。

同時我也從太傅口中聽說，第一週過後修士就不肯再為我診療。他說我被惡魔附身，否則小小年紀怎麼說得出那些恐怖穢語？

第四週，我自行脫困以後，放火燒了醫堂。怎麼逃出去、怎麼被人從樹林帶回的，都已沒了印象，只知道他們清理廢墟時找到阿吋的遺體，他的胸口插了根壁爐火鉗。

好幾次，我站在心底那扇門前。母后與弟弟殘破的身軀飛了進去，但夢中的我屢屢動彈不得，沒有勇氣跟過去，受困於怯懦的尖刺與倒鉤束縛。

隔著門，偶爾瞥見黑河河畔的死地，偶爾瞥見峽谷上立著一條窄石橋。還有一次，門偽裝成通往父王寶座的入口，但門框覆滿冰霜，鉸鏈溢出膿水，要是我朝門把伸手……

我能活下來是因為睿納伯爵。為了讓他受苦，自己的苦痛反而不值一哂。如果愛支撐不了一個人，那就擁抱仇恨。

某一天我退燒了，潰瘍依舊紅腫，但逐漸癒合。下人端了雞湯給我進補，力氣回復了我反倒不怎麼習慣。

春天帶回樹梢的綠葉，我復原得差不多了，卻覺得身體裡缺了什麼。它徹底消失，我連它的名字也說不出。

重見天日之後，儘管格倫修士依舊不屑，郎翟又開始給我上課。

他初次過來時，我還臥床休養著。太傅將書籍擺在桌上。

「你父王從吉列瑟國回來的路上會順便探病。」郎翟的口氣帶著微微的責備，但對象並不是我。「王后和威廉王子過世了，他的心情也很沉重。等他平靜一點，就會過來看你。」

我不懂郎翟何必說謊。只有病情重得像是活不成，父王才會浪費時間跑一趟。除非我有用，否則別想見到他。

「太傅，請教個問題，」我開口：「復仇是技術，還是藝術？」

亡靈走了，雨也小了。我只不過趕走一個，但其他幽魂也回去了各自的泥潭。或許纏上我的是首腦，或許人死了以後更怕死。我不知道。

至於我怕死的部下，反正他們無處可去，撿回來不難。

最先找到的是梅康，好歹他能自己走。

「你那鳥毛長回來了？」我朝他叫著。

他愣了一下，盯著我看。雨勢不大了，但梅康還是淋成落湯雞模樣，胸甲的每條縫都滴著水。他看看左右沼地，還是有些緊繃，不過持劍的手終於放下來。

「裘葛，無所畏懼其實會少了個朋友啊。」他那雙大嘴總算有了笑意。「逃跑也沒那麼可恥，只要跑對方向就好。」梅康大手一揮，那頭的萊克抓著蒲草，泥巴已淹到胸膛。「會害怕的人才會挑對手，殿下沒必要來者不拒。」他朝我鞠躬，水滴灑在鬼道上。

我朝萊克瞥一眼，然後看見另一側的麥柯也受困，而且淹到了頸子。

「最後都要迎戰的。」我回答。

「能免則免。」梅康勸道。

「挑戰場就好。」我說：「在自己挑的地方打，逃就不必了，沒意義。大家都逃，戰爭還是沒結束。我會獲勝的，梅康兄弟。戰爭會結束在我手上。」

他又鞠躬。動作沒那麼大，但我感受得到誠意。「所以我追隨你，殿下，無論天涯海角。」

我和他花了點時間打撈落水的弟兄們。首先是麥柯，萊克見狀又叫又罵。雨越來越小，已看得見載腦袋的貨車在不遠處，灰馬還是聰明得沒有走到磚道外，下水的反而是麥柯。要是他把灰馬領進沼澤，就一起溺死算了。

第二個是萊克，過去救人的時候，泥巴幾乎湧進他嘴裡，只剩一張慘白面孔。儘管如此，他還能繼續罵髒話。大部分弟兄沒事，但有六個沉得過快救不到，說不定，他們的亡靈已經開始排演，要拿下一批旅客試試身手。

「我回去找龔斯特。」我說。

混亂之後，隊伍移動了一大段，回頭一看，別說篝火，連吊囚架也不見蹤影，只有灰濛濛的雨幕。亡靈還在沼澤中窺伺，我能感覺寒意沿著肌膚流動。

所以我沒開口要人跟。此時此刻沒人願意，身爲領袖開了口被拒絕太難堪。

「裘葛兄弟，你找個僧侶大叔幹麼呢？」梅康開口，我知道意思是勸我別去，只是不肯明說。

「還想燒死他嗎？」滿嘴泥巴也塞不住萊克莫名其妙的亢奮。

「想是想，但不打算那麼做。」

我回頭沿著鬼道前進，深入薄雨和黑暗，後頭是沒膽跟隨的弟兄，前方是龔斯特和吊籠。我獨自走入寂靜的繭裡，除了雨水沙沙的呢喃、靴子與地面碰撞之外，什麼聲音也沒有

認真說起來，這片死寂才差點擊敗我。我害怕寂靜，寂靜彷彿一頁空白，任由我書寫自己的恐懼。此地冤魂自以爲能讓我見識地獄，結果所謂的地獄，比起我在黑暗死寂中勾勒的光景還遜色許多。

服侍昂奎斯王室的龔斯特神父還吊在原地。

「神父。」我開口之後客氣鞠躬，但說實在沒心情演戲，腦子裡有種空洞的痛，想殺人的那種痛。

他望著我瞠目結舌，好像我才是爬出沼澤的鬼魂。

我走到籠子鎖鏈前面。「神父，抓緊了。」

同一把劍在二十四小時前砍了瑪珀鎮長波維·托爾，現在用來釋放一個僧人。劍刃劃過，鎖鏈斷裂。這柄兵器上有種魔法，也有人覺得是邪術，總之父王說過這寶貝已經傳家四代，四代前自歐爾王室奪得。換言之，落入昂奎斯一族手中時就很古老，我盜走時更不用說。

籠子重重墜地，神父的頭撞到鐵桿，立刻發出哀嚎，額上留下了十字瘀青。籠門纏了鐵絲，反正遇上兩度易主的古劍都得斷。我心裡閃過父王的面孔，他若得知寶劍被人用在如此卑

微之處，會不會怒目横眉？即使我的想像力豐富，卻很難給他那張磐石般的臉，添上一絲情緒。

龔斯特爬出來的動作僵硬孱弱，終究是上了年紀。能服老的人我反而欣賞，有些人老了只是頑固。

「神父，」我繼續說：「最好快點，不然那些亡靈又要出來哭哭啼啼嚇人了。」

他抬頭望著我，先是好像見鬼般畏縮了一下，接著放緩神情。

「裘葛……」他語調哀憐、淚眼汪汪，彷彿不只是因爲下雨而是情緒潰堤。「你怎麼變成這樣？」

不可否認，我當下眞想賞他一刀，就像對付面紅耳赤的基特。我想得手癢、頭疼，太陽穴上好像夾著鉗子。

但我就是矛盾，逼得越緊我越抗拒，即使那股逼迫的力道來自自己也一樣。此時此地收拾神父很簡單、很爽快，不過正因爲動機如此強烈，感覺就像被逼而行。

我冷笑回答：「神父，寬恕我，我犯了罪。」

儘管才剛脫困、手腳又硬又麻，龔斯特還是低頭聆聽我告解。

我對著小雨訴說，聲音雖然細微但他一定聽得見，周圍不散的陰魂一定也聽得見。我告訴他們自己過去做了什麼、接下來準備做什麼，娓娓道出所有心思，有耳的就能傾聽。聽完以後，鬼魂決定離去。

「你這惡魔！」龔斯特退後一步，握住掛在脖子的十字架。

「大概吧。」我沒反駁。「可是我告解了，你必須赦免。」

「可憎可鄙……」神父勉強又擠出一句。

「之後再慢慢形容我，」我附和著：「現在先赦免我的罪。」

片刻後，龔斯特終於回神，卻仍不肯配合。「你這魔王找上我有什麼陰謀？」

問得好。「我要贏。」

他搖搖頭，我只好開始解釋。

「有些人會因爲我的身分而順服，有些人會因爲我的目的而順服，還有一些人需要看到追隨我的是誰，才能決定是否順服。我告解了、認罪了，因此上帝與我同行。你身爲神父，要告訴信眾天命有歸，全能的神揀選我爲祂而戰，做祂的聖劍。」

神父和我之間的靜默，隨著一次次心跳延長。

「*Ego te absolve*（我赦免你）。」龔斯特顫抖的雙唇，最後吐出了這句話。

我們並肩而行，回去集合。梅康已經整隊完畢，大夥兒在黑暗中等候，只有一根火炬以及貨車上裝了遮罩的油燈提供光線。

「孛薩隊長，」我對梅康說：「該出發了。馬岸地還很遠。」

「神父呢？」他問。

「可以稍微繞路，送他一程到高堡（Tall Castle）。」

我的頭好痛。

或許和老幽靈鑽進我骨髓有關，但今天這感覺更像誰拿著棍棒催趕我。我越來越想抓狂。

「就這麼辦吧，去高堡一趟。」我咬牙忍受彷彿刀捅腦袋的劇痛。「親自送上完好無損的龔斯特神父。想必父王也很擔心我才對。」

萊克與麥柯看著我的眼神愚蠢至極，胖子卜羅、血人坎特面面相覷，紐呇人只是轉了一下眼珠，仍舊保持警戒。

我望向梅康寬厚結實的肩膀與溼透垂貼的黑髮。騎士，我暗忖，龔斯特主教，然後是高堡。再來就是我父王了，當然要有國王，沒有國王不成棋局。想起父親的感覺還不錯，特別是遇上亡靈之後。我嘲弄它的地獄，卻依然對父親恐懼。感覺還不錯。

7

一行人徹夜趕路，順著鬼道離開沼地，日出時我們抵達北林鎮，天色灰白陰鬱。北林鎮已成焦土，惡火雖熄滅但鬼魅似的烏煙尚未飄散。

「睿納伯爵幹的。」梅康在我身旁說：「越來越大膽了，公然對昂奎斯的采邑出手。」他瞟一眼就知道。

「怎麼確定是誰犯下這滔天大罪？」龔斯特神父的面色與鬍子一樣發白。「說不定是坎尼克（Kennick）男爵的手下沿著鬼道過來劫掠？我就是被他們關進籠子的。」

弟兄們開始在廢墟東翻西找。萊克用手肘擠開胖子卜羅，鑽進頭一棟屋子裡，它連屋頂都沒了，只剩下一層石牆。

「狗屎窮鬼鄉巴佬！和瑪珀鎮同個死德性！」接下來，他亂扔東西的聲音蓋過了咒罵。

我在節慶時來過北林鎮，那時鎮上到處掛著彩帶，鎮長陪著母后散步，威廉和我都拿到了蜜糖蘋果。

「就算是狗屎窮鬼鄉巴佬，也是我的狗屎窮鬼鄉巴佬。」說完我回頭望向龔斯特。「沒有屍體，所以是睿納伯爵。」

梅康點頭。「火葬場在西邊。睿納軍習慣集中起來一起燒，無論死活。」

龔斯特畫了十字，低聲禱告。

我說過，戰爭是種美，無法體悟就注定落敗。我的嘴角上揚，但這笑容不大適合我。「梅康兄弟，伯爵行動了，同在戰場的我們，理當觀摩他的精湛技藝。你繞一圈看看，我想知道他的手法。」

睿納。先是龔斯特，然後睿納。彷彿沼地幽靈轉了鑰匙，過去的陰魂一個接著一個前來糾纏。

梅康點頭，騎馬離去。他沒進鎮，沿著溪水竄入市集地對面的灌木林。

「龔斯特神父，」我端出最客套最宮廷的腔調。「請問你在哪裡遇上坎尼克男爵的兵馬？」服侍昂奎斯王室的僧人遭劫並不合理。

「殿下，是一個叫做『約瑟』的小村子。」神父心驚膽跳，看什麼地方都好，就是不敢看我。「是不是繼續趕路比較好？回去領地比較安全，過了山丘鎮就不會再遇上攻擊。」

說得很對，我暗忖，那為什麼你會遇上？「約瑟村？似乎沒聽過，」我還是很客氣。「所以是那種只有三間小屋、養一頭豬的地方吧。」

萊克衝出來，全身沾了灰燼，看起來比紐咨人還黑。他狂啐口水，走到隔壁門前。「卜羅你這混蛋大肥豬！竟敢設計老子！」小萊克找不到值錢貨一定是別人的錯。一定。

有人幫忙轉移注意力，龔斯特可開心了，但我又將話題拉回來。「神父，你剛剛提到了約瑟村。」還順便接過他手上的韁繩。

「王子殿下，那村子在沼澤邊緣，一無是處，以挖泥煤爲生。總共只有十七戶人家，豬是不只一頭啦。」他擠出笑聲，聲音尖銳緊繃。

「你特地去那種地方，接受窮人家告解？」我盯著他。

「呃……」

「翻越山丘鎮，抵達沼澤邊緣容易遭到劫掠的地方。」我繼續說：「神父你眞是無比聖潔哪。」

他低著頭不敢面對。

約瑟村。我腦海響起鐘聲，低沉、遲緩、肅穆。別問喪鐘爲誰敲……

「屍體的終點吧。」我說出來的時候，簡直能看見郎翟太傅的嘴型，以及釘在他背後牆壁上的地圖，其上的沼澤水流以黑色墨線標記。「沼澤的流動很慢，但是方向穩定。很多祕密埋在泥水底下，但藏得了一時藏不了一世，最後總會在約瑟村水落石出。」

「那個大塊頭叫萊克是嗎？他都快掐死胖子了。」龔斯特朝鎮上撇撇頭。

「父王要你去認屍，」我不讓他打斷。「因爲你認得出我。」

神父脣形是「不」，但全身其他肌肉全都說著「對」。大家印象中的神職人員，應該要更懂得撒謊才對。

「居然還想著找我？都四年了！」四個月對他都嫌長。

龔斯特在馬鞍上還能後退，無奈攤手。「王后有了身孕，賽杰（Sageous）對國王說是個男孩，所以我不得不確認繼承順位。」

啊，「繼承」，這才是我認識的父王。而且又有王后了？今天的收穫眞豐富。

「『賽杰』？」我問。

「一個異邦撿骨人，入宮不久。」龔斯特呸了一口，好像提起這人都會髒了嘴。

短暫的停頓延伸為一陣沉默。

「萊克！」我沒有特別大聲，但他聽得見。「放開胖子，別逼我動手。」

他是放手了。卜羅墜地的聲音很震撼，畢竟是三百磅的大肉塊。兩個人相比，胖子的臉是紫了一點，就一點點。萊克伸著手過來，蜷曲的爪子似乎準備擰我的脖子。「你！」

梅康還沒回來。龔斯特對上鬧彆扭的小萊克連個屁都不是。

「你！不是說好了有寶物嗎？他媽的在哪兒啊？」二十幾顆腦袋隨著這句話探出門窗，連胖子卜羅也抬頭倒抽一口涼氣。

我的手離開劍柄。棋子不能丟太多。萊克距離僅十幾碼，我跳下馬鞍、背對廢墟，拍拍蓋洛德的鼻子。

「北林鎮這地方除了金子還有別的寶貝。」我聲音夠亮，但並不大，說完以後看也不看萊克便逕自邁步，他這種人待會兒就會想通。

「你這小雜種！別再拿農家女堵我的嘴！」萊克跟在我後頭大叫，我沒理會，反正他也只能吵鬧。「這裡所有人都被那個混蛋伯爵燒死啦！」

我朝中大街走，過了市集就是鎮長住處。途中遇上甘斯兄弟，他生了火準備做早餐，但也爬起身來跟著我湊熱鬧。

糧塔以前就平凡無奇，被烤黑以後石磚迸裂，更加慘不忍睹。不過沒放火的話，地板門現在還被壓在糧袋下面。我隨手摸兩下就找到了，萊克一直跟在我背後東張西望。

「打開吧。」我指著石板上的鐵環。

不用說第二遍，萊克立刻蹲下一提，看似毫不費力。

昏暗地窖裡放了一個又一個大酒桶。

「當地人都知道鎮長把慶典用的啤酒藏在糧塔地底，此處有水經過，可以保冷。我看看，二十大桶？全都是慶典金啤酒。」我冷笑。

萊克笑不出來，手腳按地跪著不敢動，只有眼睛停在我的劍刃上。我想像了一下劈進去會是什麼觸感。

「呃，裘葛、裘葛兄弟，我不是那個意思……」他口裡是這麼說，但即便被劍抵著脖子，還是一臉凶神惡煞。

梅康來了，站在我身旁，我的劍還架在萊克的咽喉上。

「萊克，我是年紀小，但不是雜種。」聲音越輕柔，代表我越想殺人。「龔斯特神父，你說是嗎？如果我的血統不純正，你又何必千辛萬苦、冒著生命危險來找我的屍體呢？」

「裘葛王子，這種粗活兒交給孛薩隊長就好。」龔斯特不知何時回復了王室神父的架勢。

「我們還是盡快返回高堡，謁見陛下——」

「讓父王等到死也無所謂！」我怒叱，後面的話吞了回去，氣自己爲什麼生氣。

萊克霎時忘了劍不劍的問題。「你們一直說什麼王子王子的，到底是什麼鬼玩意兒？還有什麼『孛薩隊長』是誰啊？我到底什麼時候才能喝酒？」

人到齊了，大家都圍在周邊。

「嗯哼，」我說：「既然你好聲好氣問了，我就告訴你吧，萊克兄弟。」

梅康朝我挑眉，手指扣住劍柄，我揮揮手示意別動武。

「『孛薩隊長』是指梅康。他是昂奎斯禁衛隊隊長梅康．孛薩。王子不是什麼鬼玩意兒，就是我本人，昂奎斯奧利丹王寵愛的兒子兼王位繼承人。現在，你們可以喝酒了，因爲今天是我十四歲生日。難道你們不敬我一杯？」

THE BROKEN EMPIRE
PRINCE OF THORNS

每個兄弟會都有階級之分。在我這兒最好別吊車尾，不然會被玩死。喬布（Jobe）兄弟是走狗和瘋狗，拿捏得當才在那位子活到今天。

8

大夥兒坐在鎮長家裡喝啤酒，裡頭的地磚全翹開來了。弟兄們喝多了，有些人叫我裘葛兄弟，也有人改口稱裘葛殿下，但無論如何，眼神都已變得不同。萊克喝得滿嘴鬍碴沾滿泡沫，脖子還留有劍刃壓出的痕跡。他盯著我，我也明白那顆腦袋裝什麼，不外乎評估形勢、計算各種可能性。我懶得等他想起來「贖金」兩個字怎麼寫。

「小萊克，我父王沒想留我性命。」我說：「他派龔斯特出來，就是為了證實我已經亡故，而不是接我回去。人家都娶了新王后啊。」

他咧嘴笑笑，看起來卻比較像慍怒，在大大打了個嗝以後才說：「住城堡裡不缺錢不缺女人的，出來和咱們鬼混幹麼？你傻啦？」

我啜飲啤酒，味道酸澀，但和此時此刻的氣氛配合得恰到好處。「傻子也明白，只靠軍隊無法打贏這場戰爭。」

「什麼戰爭，裘葛？」紐嵤人坐在旁邊沒喝酒，說話總是慢條斯理又很嚴肅。「要扳倒伯爵？還是坎尼克男爵？」

「戰爭，」我回答：「整場戰爭。」

血人坎特從酒桶那兒走過來，手上的頭盔盛得快滿出來。「怎麼可能，」他舉起頭盔，連四大口就吞掉了一半。「雖然你是王子，但昂奎斯不是一流大國，爭奪寶座的對手有好幾十個，每個國家都有軍隊。」

「至少五十個吧。」萊克悶哼。

「是接近一百個，」我說：「我數過了。」

帝國分裂成一百個碎片，彼此傾軋相互攻伐、蠶食鯨吞仇怨連綿。王國落了又起、起了又落，世世代代作繭自縛，走不出戰亂。但我會扭轉戰局，結束戰爭，取得勝利。

喝完啤酒，我起身找梅康。

沒走多遠，就看見他在馬匹休息的地方照顧自己的坐騎「火躍」。

「發現什麼？」我問。

梅康噘嘴。「火葬堆，死者加一加大約兩百人。不過沒點火，可能被鬼魂嚇跑了。」他朝西邊揮手。「對方步行穿越沼澤，翻過那座山。灌木林裡有二十個弓箭手，負責收拾想要逃跑的村民。」

「總共多少人？」

「估計一百，大部分是步兵。」梅康打了個呵欠，手掌從額頭一路抹到下巴。「兩天前的事，應該不會回來。」

看不見的荊棘在身上刮刺，鉤扯我的肌膚。

「隨我來。」

梅康跟我回到鎮長寓所門前的階梯，兩側柱子已倒塌，弟兄們正起哄要麥柯撞破第二個大酒桶。

「隊長好！」卜羅看見梅康大叫，被萊克掐過的聲音還有點啞。弟兄們笑了，我等待笑聲停歇，同時又感受到荊棘纏身，更加尖銳、扎得也更深，催逼我前進。兩百具遺體還堆在那邊。兩百條人命。

「梅康隊長說有客人來了。」我開口。

他的眉毛上揚，我沒理會。「二十名壯漢，沒品的盜匪，不是你們喜歡的那種，」我繼續說：「順著路朝這邊過來，帶著不少值錢貨。」

萊克瞬間起身，流星錘在腰間叮噹響。「值錢貨？」

「殺人越貨、恃強凌弱的敗類。」我冷笑。「所以，兄弟們，好好教訓一番，把他們殺個片甲不留，而且咱們還要全身而退。大街這裡挖坑，糧塔和藍豬酒館得有人埋伏。坎特、阿列、騙子、紐峇人，你們四個躲進去，趁對方走到糧塔和酒館中間時放箭。」

紐峇人高舉他那把以古金屬打造、工藝絕妙，表面刻有許多異國神祇面容的弩弓。坎特將酒渣倒乾淨以後戴好頭盔、拎起長弓。

「對方有可能從山坡下來，萊克帶著麥柯和六個兄弟守在皮革廠那邊，有人經過不必阻攔，等進來了再好好料理。梅康負責偵察，隨時會給大家指示。神父和那邊的五個都隨我行動，咱們引對方過來。」

這群弟兄自動自發，各就各位。嗯，喬布除外，但有萊克幫他醒酒，手段不會太溫柔。

「搶錢啦！」萊克朝他臉上大吼：「豬腦袋，快給我過去挖坑！」

大夥兒很熟悉如何在廢村作戰，畢竟自己的人生有一半時間都在製造廢墟，另一半時間則在別人弄出的廢墟打滾。

「卜羅、梅康，」其他人就定位以後，我叫了他們兩個。「你們不必眞的去偵察，」我壓低嗓門。「你們兩個到溪邊灌木林躲好，要隱密到人家一屁股坐下也不會發現。等時機成熟了，你們自然知道該怎麼辦。」

「殿下——裘葛兄弟，」梅康的眉頭緊蹙，視線飄向大街，襲斯特已到了燒掉的教堂前，正在祈禱。「你究竟有什麼打算？」

「不是說要追隨我到天涯海角嗎，梅康？」我回答：「就此開始吧。往後寫傳記的人會從這一頁起頭，老僧侶爲了畫圖會畫到眼睛瞎掉。梅康，新的歷史揭開序幕了。」

他一如往常輕輕點頭，然後轉身離去，胖子卜羅快步追上。

但我沒告訴他這本書可能特別薄。

大家挖好陷阱、架好弓矢，也在北林鎭所剩無幾的建築物內藏匿妥當。我監督他們準備，心裡咒罵動作太慢但不形於色。最後從外頭只能瞧見襲斯特、五名親挑的弟兄以及我自己，其餘二十多人皆已匿跡於暗處。

神父走到我旁邊，口裡還是連串禱詞不停。要是他知道眞相，不知道會念得多大力。頭又痛了。好像鉤子扎進眼底拉扯。遇上龔斯特、聯想到家之後，痛楚變得頻繁，但其實旅途中已發作多次，早該習慣了。從前我常任痛楚引領自己前進，但此時不想再當吃餌的魚。我要咬回去。

一小時以後，對方的斥候出現在連結沼澤的道路上。主隊騎馬趕到，來得十分快速。爲了確保敵人上鉤，我們七個人站在鎮長家門前。

「客人來了。」我指著那群騎兵。

「狗屎！」艾班兄弟往靴子吐口水。挑他留下就是因爲那張老臉和生鏽鏈甲，頂上沒毛、嘴裡沒牙的模樣看似好對付，等到被他咬一口才知道痛。「啥強盜啊，馬兒也太好咧。」艾班沒牙齒沒讀書，講話特別含糊。

「有道理，艾班。」我朝他冷笑。「看起來像正規軍。」

「求主垂憐……」龔斯特的禱告聲從背後傳來。

斥候撤退了，艾班整裝後走向市集，我們的馬匹在那邊吃草。

「老頭兒，勸你別亂動。」我輕聲提醒。

他回頭時眼神閃著恐懼。「尤葛，你該不會連我也想砍？」沒牙齒了連裘葛都念不標準，這名字對他是挺吃力的。

「沒那念頭，」我回答。艾班不討人厭，若非必要我沒打算下手。「但你以為能往哪兒逃？」

他指著山坡。「只有那邊走得掉。躲到山上，不然就回頭進沼澤。」

「別上山比較好，艾班。」我說：「相信我。」

艾班留下來了。他相信我，也可能因為他不相信我，兩者間有微妙的重疊。

我們站在原地等，敵人主隊先出現在沼澤那頭，接著才是山坡。山上有二十幾人，手執矛盾、制服繡有睿納族徽。主隊前方目測兵力六十，中間零零落落的俘虜不下百名，頸部都扣上鐵環彼此串連，後面是六輛貨車，布幔掩蓋之下的東西想必是補給品，其餘則是像柴薪那樣堆疊的屍體。

「睿納軍不會放著死人不燒，而且也不押人回去。」我說。

「什麼意思？」龔斯特神父似乎嚇得精神恍惚，無法思考。

我指著樹林。「他們只是出去找柴火。這邊離沼澤太近，泥炭坑周邊幾哩沒有樹木。睿納軍想燒個痛快，順便將逃走的村民全抓回來，開個盛大的營火晚會。」

解釋了對方的行動，卻解釋不了自己在做什麼，這點我不比龔斯特好多少。之前某一天，我意識到找睿納尋仇沒有實際利益，以為自己已甘願放下。但此刻站在小鎮廢墟、等待伯爵親臨，多少啤酒都澆不了心裡的渴。縱使兵馬如此少，身體本能想要逃，靈魂的支柱卻無法屈曲，承受不了便折斷也罷。

能夠清楚看見敵軍主隊前鋒了：六名穿著鏈甲的騎兵，一個重鎧騎士。騎士轉身下令，正好露出盾牌，火似的紅底，黑色的烏鴉。仔細想想，歐林．睿納（Osson Renar）伯爵不大可能親征昂奎斯的邊境小鎮，領軍者會是他的兒子馬可羅（Marclos）或是賈科（Jarco）。

「弟兄們不會想跟他們打。」艾班伸手搭著我的肩甲。「尤葛，趁早上馬，還能從樹林殺出一條路。」

睿納軍派出二十人走到樹林邊緣，他們都高舉著長弓，免得被絆倒。

「不，」我深深嘆息。「還是投降比較好。」我說完伸手，「給我條白旗。」

等我下去的時候，敵人主隊步兵已經擺好陣勢。所謂的白旗其實是灰色的，髒兮兮的灰，從龔斯特神父的跪墊撕下來的布塊。

「這裡有貴族！」我大叫：「請求和談！」

對方吃了一驚。步兵在我們的坐騎後方散開，我進入市集地時並未受阻。他們的模樣看來狼狽，甲冑上的金屬片剝落，露出底下的皮革，刀劍也鏽痕斑斑。都很想家了吧，行軍在外太久，他們過不慣。

「這小子想當頭一根柴。」有個人開口，瘦巴巴的、兩頰各一個面皰，笑得挺得意。

「是貴族！」我又高呼：「請求和談！」沒想到我身上帶著劍，還能走這麼遠。

我開始嗅到臭味、聽見哭聲，俘虜們茫然地望著我。

兩個騎兵出面攔下。「小子，你哪兒偷來的盔甲？」

「滾開。」我盡量語調平淡。「帶隊的是誰？馬可羅嗎？」

他們交換了眼神。畢竟隨便一個無名小卒，可不會知道睿納伯爵的兒子叫什麼大名。

「沒有上級指示，殺了貴族俘虜可是大罪。」我提醒。「你們還是請伯爵之子定奪吧。」

兩人下了馬，個兒都很高，看上去經驗豐富，首先取走了我的長劍。年紀大些那個一臉黑鬍子，兩眼下方有白色刀疤，摸到我藏起來的刀。

定睛一看，那人鼻梁頂端被刀疤削缺了一塊。

「你這張臉太不體面了吧？」我問。

他把我靴子裡的短刀也抽走。

沒有計畫。頭疼得失去思考能力。我不斷忽視這幾年指引我的無聲話語，因為倔強的感覺才爽快。這下子，一個傻子手無寸鐵被敵軍包圍，毫無生機。

不知道威廉會不會看著哥哥，希望至少母后沒看到。我說不定要死在這兒了，可能被當場燒成炭，也可能被斷手斷腳放上車，讓龔斯特神父推回高堡。

「只要是人，都會懷疑。」疤面男搜身結束時，我感慨：「連耶穌也不例外，我算什麼東西。」

他瞥我一眼，似乎以為我是神經病。或許我真的瘋了，但此時內心卻平靜下來。

頭不痛了，神智逐漸明晰。

兩人將我帶到馬可羅面前。伯爵之子騎著馬，坐騎非常健壯，有二十手（注）。他掀開面罩，長得還算討喜，兩頰略鼓、看來和氣。當然長相與性格是兩回事。

「你叫啥鬼？」他開口。

身為伯爵的兒子，身上的盔甲自然不錯，利用酸蝕鑲嵌了白銀，光線昏暗的時候依舊能閃耀奪目。

「我在問你叫啥鬼！」他的臉頰有點漲紅，親和力少了一點兒。「小子，現在不說，等會兒就去火堆上說。」

我湊上前假裝要聽清楚。兩側保鏢朝我撲來，這招見多了。我故技重施，腳一扭腰一擺就避開，即使身穿鎧甲都比他們靈活得多。馬可羅突出的腳掌成了我的踏腳石，我驟然翻到他身前，正好馬鞍上就掛著連鞘肩帶，我拔劍往他眼睛掃了過去，然後轉身上路，帶著他衝過市集。出門在外闖蕩，第一課就是要學會如何搶馬。

在馬背上蹦蹦跳跳的時候，他還在背後嚎叫顫抖。睿納軍幾個步兵勇敢上前攔截，但駿馬一踢就踩過去了，被這麼健壯的馬兒踩過，恐怕再也站不起來。如果弓箭手知情，應該已經放出兩、三箭，但隔著一段距離，他們不明白本陣出了什麼差錯。我載著馬可羅跑回了鎮內。

護衛們在後頭追趕，聽聲音似乎還撞倒了自己人。他們的動作算快了，不過我佔了奇襲優勢，還挾持馬可羅，直到來到北林鎮邊緣時，距離才被拉近。

注：「手」是測量馬高的單位。標準化之後一手為四英吋（十點一六公分）。

第一個路口我就來個急轉彎，馬可羅乖乖飛出去面部著地，應該起不來了。說實話，很爽。想像一下伯爵用早膳時得知這消息，不知還吞不吞得下雞蛋？

「睿納軍！」我吼得非常大聲，肺葉都疼了。「北林鎮受到昂奎斯王子保護，絕不投降！」

我再掉頭繼續狂奔，箭矢從後頭飛來，奔到了樓梯前，我趕緊下馬。

「你居然回來……」襲斯特神父一頭霧水。

「是回來了。」我望向艾班。「兄弟，你不打算撤退了？」

「你真的瘋了……」他低聲喃喃。不知道為什麼，自言自語時，他的口齒就特別清楚。

馬可羅的私人護衛騎兵帶頭衝鋒，五十名步兵聚集以後膽子也大了，山坡上的二十多人見狀也衝下來助陣，弓箭手走到灌木林前，以取得更好的視野。

「我們被捉走的下場是活活燒死。」提醒身邊五個弟兄之後，我稍微停頓，凝視他們雙眼，一個一個緊盯。「這些人還要自己的命，他們沒臉回去見伯爵。換作你們，敢帶著死透的少爺回去跟伯爵說：『你的兒子死了，但我們已經報仇……凶手是個小伙子，還有一個嘴裡無牙的老頭兒』嗎？

「所以你們聽清楚了，打死這些喪家之犬，用盡全力打。只要夠用力，嚇破他們的膽，這群人就會鳥獸散了。」我的視線停在魯達的眼睛上，這傢伙特別沒種，有事沒事都愛抱頭鼠竄。「魯達兄弟，你跟我走。」

灌木林那頭，弓箭手一個一個驀地倒下。穿著甲冑的身影在矮樹叢內穿梭，睿納軍的弓兵眼睛盯著前面，絲毫沒有察覺後方危機，最先倒下那人被乾淨俐落地砍下頭顱。謝了，梅康。胖子卜羅衝上去，龐然大物直接撞進弓兵隊。

山坡部隊下來，行經萊克他們躲藏的地點之後，立刻遭到伏擊。小萊克比較喜歡正面對決，但「值錢貨」這三個字比什麼都有效。

紐峇人咻咻射出弩箭。目標這麼多，要落空還比較難，但反過來也無法鎖定目標才對。話雖如此，有兩枝箭仍落在帶頭的騎兵胸口，讓他整個人從馬鞍上飛出來。坎特與另外兩個弟兄自鎮長寓所牆後探頭，看見對手是什麼人時似乎愣了愣，可是思考的時間少，能射的箭矢多。

睿納軍步兵結結實實摔進陷阱坑，我發誓聽見腳踝骨折的聲音。之後是人壓人的哀嚎，坎特、騙子、阿列趁機發射十數枝箭矢招呼進逼的士兵。紐峇人的大弩又出招，這回幾乎擊斷馬頭，騎兵向前滾落，馬兒一跌，將他的腦漿壓擠出來，遍灑在地。

有些敵兵察覺大街步步危機，開始鑽進廢墟繞道而行。等候他們的當然不只是巷弄，還有我的弟兄們。

最先潰敗的是弓兵隊。他們身上的防護只有加了墊料的制服，腰上帶了把短刀，遇上穿盔甲拿長劍的平凡武士，毫無還擊能力。論及武藝，我方即便卜羅也絕非泛泛之輩。

三個騎兵衝過來，我們也沒留在大街上任人宰割，而是躲進燒毀的鐵匠工坊。對方騎著馬進來，蹄子揚起一大片灰燼。艾班從熔爐旁的壁龕竄出，銳利刀刃招招見骨，殺得帶頭那人落花流水。我說過艾班咬人很痛的。

兄弟組假動作來回，找到空隙以後將另一個騎兵拖下來。闖進室內的馬兒根本無法轉身，愚昧至極。

剩下我對上疤面男。看樣子他有點腦袋，追進來之前就下了坐騎，朝我出招時也從容不迫，劍鋒在身前微微擺蕩。他不著急，有五十人做後援，有什麼好急的？

「不是說了要和談的嗎？」我故意挑釁。

疤面男沒講話，抿緊嘴唇緩步上前。魯達兄弟閃到他背後，劍刃瞬間插進他的頸部。

「沒把握機會呢，刀疤臉。」我說。

回到外頭，一個身材魁梧、面紅耳赤的步兵迎面而來，他被紐呇人射中時，身軀幾乎炸裂。接著主力部隊蜂擁而上，紐呇人拿起鶴嘴鋤，坎特抄了斧頭，魯達來到我身邊，長矛順手貫穿敵兵。

敵軍分成兩波。首先十多人跟著馬可羅的貼身護衛衝鋒，後面還有二十人慢慢追上。其餘的不是困在大街，就是溜進小巷戰死。

我跑過魯達和被他戳死的人，又跑過兩個不太認眞想攔住我的劍手，就這麼突破了第一道陣線。找到那個臉頰長膿皰的混帳瘦子了，就在後面那一群裡。他說要讓我當第一根柴。衝進後排，我咆哮著要取他狗命。不過吼一吼罷了，他們竟然嚇得不知所措。至於山坡那頭的士兵？一個也過不來，因爲小萊克覺得他們身上有値錢貨。

我游目隨便一瞥，睿納軍已有半數人轉身逃命。嚴格來說，他們不再是睿納軍，不可能再回得去。

梅康爬上來，渾身是血，和血人坎特被我們找到時一樣呢！卜羅跟在後面，轉頭去發死人財，受傷的活人也可以變成死人。

「爲什麼？」梅康忍不住要問：「殿下，我知道這一戰贏得很漂亮……但究竟什麼鬼理由值得你以身犯險？」

我高舉長劍，周圍弟兄們下意識後退，梅康和他們不同，絲毫沒有動搖。「看看這把劍，」我說：「上頭一滴血也沒有。」眾人過目以後，我揮劍指向山坡，「那邊會有五十個人再也無法效忠睿納伯爵，反倒成了我的幫手，四處宣揚有個王子被大軍包圍也堅定不移，還輕取了伯爵兒子的性命。這個王子從不撤退，靠三十人擊潰一百人，而自己的劍上滴血未沾。

「梅康，仔細想想。我叫魯達跟他們拚命，敵人明白你一無所懼，就會自亂陣腳。現在將有五十個敵兵異口同聲說『昂奎斯王子沒有弱點』，這就夠了。等大家都相信打不垮我們，就不會想要再打垮我們。」

我沒說謊。雖然答非所問，但我沒說謊。

9

四年前

教鞭打在手腕上的聲音清脆響亮，鞭子縮回去時被我另一手扣住，想用力奪下它，不過郎翟握得很緊。儘管如此，他的臉上還是很訝異。

「看來你的心還在這兒，裘葛殿下。」

事實上，我的心飄到一個血腥的角落，但我的身體已經習慣留意周圍狀況。

「剛才說了些什麼？」他問。

「我們是誰，取決於敵人是誰。個人如此，國家亦然。」我認得今天郎翟帶來的典籍，也知道內容主旨在於自身受到敵人的影響。

「很好。」太傅放下教鞭，指著桌上地圖。「吉列瑟（Gelleth）、睿納、坎沼（Ken Marshes），昂奎斯的風貌與周邊諸國息息相關，因為它們都是豺狼虎豹。」

「重點只有一個：睿納高地，其他的隨便。」我翹著椅子。「父王下令攻打睿納伯爵的時候我也要去，可以的話我會親手斃了他。」

郎翟朝我投來一道銳利目光，似乎想判斷此話是否認真。老頭子那雙瞳孔藍得怪異，但無論怪不怪，總之能看透人心。

「十歲的孩子先專心在歐幾里得和柏拉圖上頭比較好，若遇上戰爭就要念孫子兵法。戰略和戰術最重要，這也是身在王室需要具備的智識。」

我剛才那句話發自內心的饑渴，渴望要了伯爵的命。郎翟的嘴部紋路，透露出他明白我的饑渴有多強烈。

陽光從教室高窗射入，空氣中的塵埃化作點點金芒。「我一定會宰了他，」說到這兒不知為何，我想表現點氣勢。「說不定用火鉗吧，就像對付阿吋那頭猩猩一樣。」其實我覺得可恥，殺了人但沒有一絲印象，連當時內心的怒火也沒留下烙印。

我希望郎翟能教我別的事情。關於我的事情。我是誰，我有什麼命運。一點點也好。然而教師並非全知全能。

我又向前搖晃，手掌按著地圖，眼睛再度注視郎翟，在他的眼裡看見憐憫。我的心裡有一半想撕裂那份憐憫，告訴他被荊棘捆綁是什麼滋味、看著弟弟死在眼前是什麼感受。但另一部分的我只盼望放下所有重擔，遺忘所有酸楚，不再受到仇恨侵蝕。

太傅的身子探到我面前，他的頭髮落在臉頰邊。他維持了東方諸國的長髮造型，髮色白得泛起銀光。「我們是誰取決於敵人——但我們也可以決定與誰為敵。裘葛，對抗仇恨，這麼做不僅使你偉大，更重要的是使你幸福。」

心裡有個部分太過輕脆，彎折之前會先斷裂；它很鋒利，刺穿記憶中所有溫柔話語。弒母凶手是睿納伯爵，但植入異物的或許不是他。我猜，利刃原本就存在，只是因他而出鞘。有個聲音要我軟化，要我接受郎翟的餽贈。

那塊靈魂立刻被我猛烈割下，然後枯萎凋零，消逝無蹤。

「門軍什麼時候出發？」我的語氣像是完全沒聽見他方才那句話。

「沒有進軍的打算。」郎翟的肩膀一垮，十分氣餒。

這答案彷彿一記重拳，猝不及防打在我肚子上。我跳起來，椅子應聲翻倒。「不可能！」怎麼可以不復仇？

郎翟轉身朝門口走去，袍子隨著步伐沙沙作響，宛如哀嘆。我震驚不已，杵在原地，四肢麻木、兩頰發燙。

「為什麼不進軍！」我朝著太傅背影怒吼，忽然覺得自己真的只是個孩子。

「昂奎斯是什麼樣的國家，取決於面對什麼樣的敵國。」他沒停下腳步，但開口回應：「門軍必須保護疆土，其他部隊則打不進伯爵宮殿。」

「可是王后死了啊。」母親的咽喉被撕裂那一幕又染紅了我的眼睛，身體也彷彿再次受到荊棘鉤扯。「一個王子死了啊。」他被人當作玩具砸爛。

「對方也會為此付出代價。」郎翟終於停下來，伸手按著門，彷彿需要支撐。

「血債血償！」

「卡松河流域控制權，三千枚金幣，五匹阿拉伯駿馬。」郎翟根本不敢看我。

「什麼？」

「水路貿易，黃金，馬匹。」太傅回頭，藍色眼珠飄向我，年邁的手搭上門環。

起初我完全無法理解，一個字也不能。

「軍隊……」

「不會出兵的。」郎翟開了門，陽光流入，明亮溫熱，夾雜遠處年輕扈從嬉鬧的笑聲。

「那我自己去，叫那畜生不得好死！」怒意化為一股寒氣，在我全身髮膚蔓延。

我需要一把劍。至少一把好的短刀，再來是馬匹與地圖——我直接拿走面前那份。帶著霉味的陳年皮料，來自印度河的墨勾勒出國境線。最後……我需要一個解釋。

「為什麼？為什麼人命可以這樣子買賣？」

「陛下藉由聯姻與馬岸地諸國結盟，因而威脅到睿納伯爵。為避免我國勢力日益增長，他採取先發制人的策略，希望一舉除掉與馬岸地有血緣的王后與子嗣。」郎翟走進陽光下，頭髮成了金黃色，隨風飄揚，彷若光圈。「你父王目前缺乏消滅睿納又保住昂奎斯的實力，而馬岸地那邊，你外公自然無法接受，所以聯盟瓦解了，睿納全身而退。伯爵為了專心對付其他鄰國而求和，你父王也只能接受這筆交易。」

身體裡有什麼東西翻滾墜落，掉進無邊無際的虛空。

「來吧，王子殿下，」郎翟朝我伸手。「到陽光底下走走。這種天氣別悶在室內。」

我握起拳頭，地圖被揉成一團。不知從何湧起一股笑意，又酸又苦，也冷得凝固了決心。

「太傅說得對，出去走走吧，不該浪費這麼好的天氣。」

我隨郎翟走出戶外，太陽的熱力觸不到心底那塊寒冰。

刀不長眼，鄺羅（Grumlow）弟兄殺人不眨眼。

10

我們俘擄了一個人。馬可羅身邊有個騎士，出乎意料居然沒死，對他本人而言，這可是天大的壞消息。梅康、卜羅和萊克將他拖到鎮長寓所前的階梯。

「他自稱阮頓，應該說是阮頓『爵士』。」梅康告訴我。

我上下打量那個人一陣。阮頓額頭上有塊大瘀青，而且可能太過熱情擁抱大地，鼻梁原本應該沒那麼平。鬍子或許修剪整齊，但夾著血痂，怎麼看都很狼狽。

「摔下馬背了嗎，阮頓？」我問。

「你打著求和的名義，刺殺睿納伯爵的兒子。」他一開口就是指控，鼻音特別重，墜馬的滋味不好受。

「沒錯。」我回答：「我打著任何名義來，也一樣會殺了他。」我和阮頓四目相交，他的眼睛小小斜斜，這種樣貌在宮廷可出不了頭，來到小鎮階梯上、渾身都是泥巴和血汙的他，更像老鼠屎。「換作我是你，會比較擔心自己的處境，馬可羅死得合不合乎社交禮儀是小事才對。」

這當然不是眞心話。換作我，一定找機會朝對方身上插把刀。話說回來，我知道大部分人做事情的優先順序不大一樣。梅康說過我有什麼地方壞了，但也沒壞到我自己記不得。

「我家裡有錢，會付贖金。」阮頓的口氣變得急促緊張，總算稍微意識到自身處境。

我打了呵欠。「不可能，家裡有錢的人不會穿鏈甲來當馬可羅的護衛。」我打了第二個呵欠，嘴巴張大以後下顎喀喀作響。「麥柯，拿杯啤酒來給我吧？」

「麥柯死囉。」萊克站在騎士背後說。

「他死了？」我問：「那個白癡麥柯？我以爲他和酒鬼、瘋子一樣受上帝眷顧呢。」

「沒死也差不多啦，」萊克回答：「被睿納的士兵塞了一肚子鐵鏽，我們把他放在樹蔭底下。」

「眞感人，」我說：「給我拿酒來。」

萊克咕噥之後，朝喬布重重一拍，示意他去跑腿。我回頭繼續盯著阮頓，他一臉鬱悶，卻又不像這種處境的人該有的低落，眼睛老往龔斯特那邊飄，大概將希望寄託於什麼崇高的地方。

「——那麼，阮頓爵士，」我問：「馬可羅跑到昂奎斯領地上做什麼？還是我應該問伯爵打什麼如意算盤？」

有些弟兄圍過來看戲，但大部分還在底下搜刮屍體。錢幣最方便攜帶，也有很多値得拿的東西。我猜之後貨車上會堆滿各種武器甲冑，甚至靴子，好一點的皮靴每雙能賣三個銅板。

阮頓乾咳一陣又抹抹鼻子，結果黑血糊了滿臉。「我不知道伯爵的計畫，我沒有參與作戰會議，」他抬眼望向龔斯特神父。「上帝可以為我作證。」

我湊上前，嗅得到他身上酸臭的氣息，像曬過太陽的乳酪。「對，上帝會見證的，阮頓。祂會看著你死。」

讓這句話在他心裡發酵以後，我朝龔斯特冷笑。「神父，你幫忙看顧騎士閣下的靈魂吧，他肉身犯的罪孽就交給我處理。」

萊克遞來酒杯，我啜飲一口。「小萊克，哪天你懶得搶錢，應該就是懶得活下去了吧。」許多弟兄笑出聲來。「你不是應該在下面剖開屍體，找找有沒有黃金肝嗎？」

「過來看看你怎麼玩軟趴趴爵士。」他回答。

「那你可能要失望了。」我說：「軟趴趴爵士得先回答完我所有問題，而且我打算好聲好氣地問。問完以後再把他交給北林鎮的新鎮長，沒意外的話鎮民會把他活活燒死，對他而言這算是福氣了。」這番話講得稀鬆平常，經驗告訴我越淡的恫嚇，戳得越深刻。

在沼澤那時，死人看了我的內心，結果被嚇跑。我忽然很想做個測驗——能嚇死人，應該也能嚇活人。

阮頓爵士目前的口氣還不怎麼畏懼。「小子，你剛才殺了個比你尊貴得多的人，現在你面前這個人依然比你有風骨。遇上你這種人，跟穿靴子踩到狗屎沒兩樣。」看來我傷到人家自尊心了。畢竟人家都當上騎士，卻被個嘴上無毛的小伙子調侃。

何況我口中的「福氣」是活活燒死，一般人的確很難相信。

「睿納伯爵曾經暗算過我，那年我才九歲。」我的語氣很平淡，這並不難，內心確實無比冷靜。動怒反而很難震懾人，大家都知道發怒是怎麼回事：生氣的人想要發洩，想要殺了對方，所以下手會乾淨俐落。「我大難不死，但親眼看著母親與弟弟被殘殺。」

「人皆難逃一死。」阮頓朝階梯吐痰，裡頭夾雜黑色血塊。「你覺得自己特別了不起？有道理。我的遺憾痛苦為什麼比其他人的重要？

「問得好。」我說：「問得該死的好。」

眞的問得好。即使解放了那麼多俘虜，但他們絕大多數都眼睜睜看兒女、配偶、父母、愛人死在眼前，事發還不到一週。我這個瘡疤已經有四年歷史的小鬼算什麼。

「天分是很重要的。」我告訴他：「上了舞臺，有些人就是口才好、講話流利。也有一些人天生就擅長射箭，」我朝紐峇人撇了下頭，「能夠千步穿眼。那不是苦練得來的，也不是信念造就的，就只是射得比別人準。至於我……我對付仇家的功夫比大部分人好。這是天分。」

阮頓大笑，又吐了一口痰，這次我看見裡頭多了顆碎牙。「你覺得自己的手段比放火還可怕嗎，小伙子？」他問：「我看過人被燒死是什麼樣，看過很多次了。」

也有道理。「你還眞是條理分明呢，阮頓爵士。」

我望向北林鎮遺跡，斷垣殘壁和焦黑的木條，上頭的屋頂原本庇護了居民一年又一年。

「這兒要重建很久，」我繼續說：「常常會用到鐵錘，還要一大堆釘子。」我喝了口啤酒，「不覺得奇怪嗎？釘子能固定房屋，卻也是最適合拆解人體的工具。」我注視阮頓那雙小而圓、老鼠似的黑眼珠。「爵士，並非我對刑求有癖好，單純就是擅長而已。也談不上世界第一，最會用刑的一定是膽小鬼，因爲膽子小才能理解恐懼，並加以運用。所謂的英雄豪傑們就沒這本事，他們不明白凡夫俗子的心思感受，總是隨便詮釋，以爲敗壞門風、名聲受辱就是不可承受之痛。卑怯的人不一樣，他們想得出把人綁在椅子，放小火慢慢燒死這種手法。我嘛，不是英雄，也不是懦夫，但有什麼就用什麼。」

阮頓這時候還知道要臉色發白，他朝襲斯特伸出沾滿泥巴的手。「神父，我只是對主君盡忠。」

「所以神父會爲你的靈魂祈禱。」我說：「也會赦免我使你靈肉分離的罪。」

梅康嘟起嘴。「殿下，你提過想要打破冤冤相報的循環。不如就從今天開始，讓阮頓爵士回家是個好起點。」

萊克瞟梅康的眼神好像他發瘋了，胖子卜羅則捂著嘴竊笑。

「我是說過沒錯，梅康。我會打破循環。」我抽出劍放在膝蓋問：「你們知不知道怎麼打破仇恨的循環？」

「靠愛。」襲斯特非常小聲地回答。

「打破循環的方法是殺光曾經招惹你的敗類。」我說：「每、一、個，都不放過。別說誅連九族，連他們養的狗都不要留活口。」我用拇指擦過劍刃，指尖的傷口鼓起一顆血珠。「很多人以爲我恨伯爵，事實上，我十分認同他的作法，只是有兩個瑕疵。首先，他很極端，卻不夠極端。再來，他不是我，我從他那兒學到很多教訓。等我們見到面，我一定要好好感謝他，也會考慮讓他死得痛快些。」

龔斯特忍不住了。「裘葛殿下，睿納伯爵是對不起你，但你無需行動，只要寬恕。他自然會下地獄受盡烈焰焚身之苦，靈魂永生永世無法解脫。」

我忍不住高聲大笑。「果然不愧是神職人員？才說完愛和寬恕，一轉眼就要人烈焰焚身不得解脫。阮頓爵士你大可放心，我對永恆的靈魂沒興趣，無論如何，一、兩天內，頂多三天就會收尾。我本來就不是特別有耐心，所以等你招了、或我膩了，遊戲就該結束。」

我從階梯起身，走到阮頓前面蹲下，拍了拍他的頭。騎士的雙手被捆在背後，而我沒脫掉鐵手套，咬我也是自討苦吃。

「我向伯爵發過誓。」阮頓試著後退，也伸長脖子望著龔斯特。「神父，跟他解釋在上帝面前發誓的意義。我違背誓言的話就會下地獄。」

龔斯特走過來，伸手搭上阮頓的肩膀。

「裘葛殿下，身爲騎士的他一定發過聖誓。比忠君還崇高的事情少之又少，別逼他當賣國賊，尤其不要用酷刑逼他違背誓言，使高貴的靈魂淪落魔鬼手中。」

「考驗一下你的信仰吧，阮頓爵士。」我說：「我跟你講個故事，聽過之後，你再決定要不要一五一十招出來。」我坐在他旁邊臺階上繼續喝酒。「嗯，我離開城堡的時候才十歲，那時滿心忿忿不平，無法理解這世界怎麼運作。你想想看，我親眼見證伯爵派人殺害自己的弟弟威廉、剖開我母后的喉嚨，怎麼可能還不明白以前的想像大錯特錯了呢。接下來，理所當然地，我開始和一幫壞胚子鬼混。你說是吧，萊克？」

他又「呼呼呼」地笑了。我覺得萊克發出這聲音可能只是配合氣氛而已，根本聽不出有高興的成分。

「所以我得到了用刑的機會，也好奇自己會不會就是壞到骨子裡，說不定上帝指定我接手惡魔的工作。」

龔斯特口裡嘰哩咕嚕念了起來，不知是祈禱還是詛咒。我可沒說謊，以前我總是期待上天給個指引，想明白自己究竟該往哪兒走。

我也搭上阮頓的肩膀，和神父一左一右，就像卷軸上的魔鬼與天使，分別在騎士耳邊呢喃。

「我之前在吉麥爾丘陵捉到牟利羅主教，」我說：「想必你聽說過他隨布道團失蹤的事情？弟兄們把主教讓給我玩，那時大家還當我是個可愛的孩子。」

紐咨人起身下階梯，我沒攔阻，他本來就對這種場面沒興趣，讓我覺得……怎麼說呢，自己很齷齪？我挺欣賞紐咨人，只是不會特別表現出來。

「牟利羅主教一開口就凶巴巴地要我們接受制裁，講了很多有關地獄烈火和天譴罪人的故事。我坐下來，陪他好好聊了聊靈魂爲何物，接著拿一根釘子扎進他頭蓋骨。這裡。」我伸手在阮頓油膩的頭皮點了一下，他彷彿遭到蜂螯般全身一縮。「主教的語氣漸漸有點不同，」我繼續說：「後來每多一根釘子，他就換一次語氣，沒過多久便徹底變了個人。你知道人可以這樣被拆解嗎？第一根釘子勾起童年記憶，第二根釘子挑起怒火，第三根釘子刺得你大哭或大笑。釘到最後會明白，人跟玩具沒兩樣：弄壞很簡單，修好很困難。

「後來聽說主教被送到聖奧斯提斯修養。整個人性情大變，動不動抓著修女袍子罵髒話。主教車隊被我們攔下的時候還那麼尊貴、那麼虔誠的一個人，他的靈魂飛到哪兒去了呢？唔，我無從得知。」

話說到這裡，我手裡「變」出了一根釘子。三吋長，鏽跡斑駁。

爵士失禁了，尿在階梯上。卜羅咒罵出聲，狠狠踹他一腳。

阮頓倒抽口氣後，將知道的事情交代得清清楚楚，用了將近一小時。

後來我將他交給鎮民處理，不出所料，他被處決焚刑。

我看著北林鎮百姓圍著火堆舞蹈，火舌比他們腦袋還高。火有一種韻律，彷彿隱藏什麼訊息。有人說自己看得懂，我是不行。要是能在火裡找到答案就好。

我疑惑著自己旅途的起因是要伯爵血債血償，不知怎地時間過去卻放下了，還認爲犧牲能夠帶來更大的力量。

我吞下一口酒，回想過去四年的打打殺殺、來來去去。此時此刻踏上歸途，忽然覺得歲月流轉得模模糊糊，自己究竟是迷失了，還是被默默牽引？

我試著回想自己在何時、又爲何放棄向伯爵尋仇，心裡卻幾乎一片空白，只浮現伸手觸門以後，彷彿墜入虛空的片段。

「該回家了。」

眉心間的悶痛，就像鏽了的釘子那般，越鑽越深。

杯子空了，但啤酒本來就沒用。我擁抱另一種飢渴。

11

四年前

我隨郎翟走入陽光之下。

「等等，」他手中的教鞭抵著我胸膛。「看不清路就別亂闖。尤其是這座城，雖然你覺得熟悉，但它隱藏了許多認真看也未必能察覺的東西。」

我們站在階梯上，等待眼睛習慣外頭的光和熱。離開教室本身不稀奇，一週上課四天，郎翟會帶我到教室、天文臺、圖書館，也常常到外頭增長見聞，比方參觀爾恩海姆大殿裡的攻城器械，或者研究鹽窖裡頭太古時代古造族遺留的無焰燈，高堡無處不是郎翟可以教學的材料。

「聽。」他吩咐。

我懂他的意思，郎翟認為明察秋毫的人才能成大器，要在別人眼中的逆境找到機會。

「木頭和木頭敲擊。訓練用的劍。侍從在打架。」

「別人可不會說是打架。再仔細一點！還聽到什麼？」

「鳥叫。是雲雀。」啼聲像條銀鍊從天上流瀉，悅耳但輕柔，所以起初沒察覺。

「繼續聽。」

我閉上眼睛。還有什麼呢？我的眼瞼下殘留一片片紅色綠色的光影。木劍叮叮咚咚，他們低吼、喘息，鞋子與地面摩擦。雲雀依舊歌唱。還有什麼？

「有個拍打的聲音。」它模模糊糊存在於聽覺邊緣，也許只是想像。

「很好，」郎翟卻說：「是什麼？」

「不是翅膀，更有分量一點，隨風飄動。」

「廣場這兒可沒起風。」郎翟回答。

「那就是在高處，」我想通了。「是旗幟！」

「什麼旗？別抬頭看，直接回答。」教鞭抵得更用力。

「沒有慶典，也不會是國旗，國旗掛在北牆。目前沒交戰，所以不是軍旗。」對，不會是軍旗。我想起睿納伯爵，好奇心立時凋萎。我忽然想知道，要是當初自己也死了，求和的賠償是否會更高？多一匹馬？

「嗯？」郎翟問。

「刑旗。緋紅底色上有黑圖樣。」

我就是這樣的人。不思考直接開口才會說出答案。不計畫直接行動就是最佳方案。

「很好。」

我睜開眼睛，陽光不再刺目，廣場高空上，刑旗朝西方飄揚。

「你父親要清理地牢。」郎翟解釋：「等到聖克里斯平紀念日時，這兒會挺熱鬧的。」這樣形容還太客氣。「絞刑、樁刑、斬首，唉！」

不知道郎翟是否打算阻止我觀刑。我的嘴角忍不住微微抽動，暗忖他可能忘記了我見過更殘忍的場面。去年公開處刑的時候，母后特別帶我們兄弟到榆郡去拜訪諾沙勛爵，那天整個榆堡成了我和威廉的遊樂場。事後我才知道，原來幾乎全昂奎斯人都聚集在高堡看熱鬧。

「裘葛，恐怖和愉悅是統治者的工具。」郎翟保持語氣平淡、面無表情，只有嘴唇的緊繃透露出這番話說得他自己十分難受。「公開行刑同時結合兩種元素。」他望向刑旗，「我來到西方，在你母親的祖國淪為奴隸之前曾住在昤國。極東之地將痛苦視為藝術，君主、國家都以刑虐聞名，甚至彼此競逐。」

我們走到侍從練習的場地，一位魁梧騎士正在指導眾人，時不時透過拳頭加強訓練。我好幾分鐘沒講話，想像睿納伯爵落到昤國刑官手中的德行。

但是不對——我要他血債血償，也要他死得清清楚楚，知道為何而死與死於何人手中。痛不痛無所謂，反正他會下地獄。

「太傅，如果我說要去昤國，記得攔住我。」

郎翟笑了，帶著我穿過訓練場。「殿下的地圖上還看不到昤國。」

靠近決鬥場時，我藉著鎧甲認出了那位騎士，胸甲上有酸蝕後鑲銀的雕花裝飾。

「來自孛薩家的梅康爵士。」我開口並轉身望向他。郎翟多走了幾步，才發覺我沒跟過去。

「王子殿下，」梅康行了簡單的鞠躬禮。「齊甫，防禦的時候手抬高點！」他朝一個年紀較大的訓練生吼著。

「叫我裘葛就好。」我回答：「聽說你剛受父王拔擢為禁衛隊隊長。」

「陛下對前任隊長不滿意，」梅康回答：「希望我能符合國王的期望。」

自從皇家馬車碰上伯爵軍襲擊以後，我就沒再看到古瑞罕爵士。我心想，前任禁衛軍隊長付出的代價，說不定比睿納伯爵更高。

「希望如此。」我回答。

梅康伸手撥撥頭髮，黑色髮絲裡頭滿是熾陽逼出的汗珠。他臉上有點肉，表情豐富，看得出一身好本領。

「裘葛殿下要不要陪我們玩玩？心煩的話，活動筋骨比起念書更能排遣心緒。」他咧嘴一笑。「當然前提是殿下的傷勢已康復得差不多。」

郎翟的手搭上我的肩膀。「王子的傷勢還沒好，」太傅那雙藍得過頭的眼睛凝視梅康。「爵士若不想與古瑞罕爵士有同樣命運，可以讀讀普羅西姆針對王室行事的論述，文獻都在圖書館內。」他試著拉我走，而我單純因為脾氣不想動。

「太傅，我覺得王子知道自己需要什麼。」梅康朝他大大一笑。「至於你們那位普羅西姆，還是算了吧，騎士得相信自己的判斷和手上的利劍。」

梅康從左邊推車撈了一把木劍，劍柄朝我遞過來。「殿下，露兩手給我們瞧瞧如何？和小史托切磋切磋。」他指著侍從裡個頭最小的人，年紀也輕，可能只比我大個一歲。

「他吧。」我指著裡頭最高的人，約莫十五歲、黃髮雜亂，塊頭壯碩，然後接過木劍。

梅康挑眉，同時笑得更開。「羅巴？你想和羅巴打一場？」

爵士走到大男孩旁邊，朝他後頸一拍。「他叫羅巴．胡爾，是爾恩家老三。這群毛頭小子裡就屬他還有機會上馬吧，劍術挺不錯。」梅康說完搖搖頭，「你還是跟史托練習練習就好。」

「兩個都別碰了，裘葛殿下。」郎翟快要壓抑不住焦躁語氣。「你身上還有傷，不要逞強。」太傅瞪著一臉笑意的隊長，「太子有任何損傷，奧利丹（Olidan）陛下不會輕饒你。」

梅康聽了這話，蹙眉猶豫了起來，但我看得出身為騎士的傲骨，使他不願對太傅低頭。

「羅巴，收斂點，好好拿捏。」

「黃毛大塊頭沒盡全力的話，就別妄想當什麼騎士。我會把他調走，負責在騎馬競武之後撿馬糞。」

說完我上前，抬起頭才能看清楚對方的臉孔。梅康左手提著訓練木劍，走到我們中間。

「那讓我先測試測試吧，殿下。至少確定你有基礎，不至於受重傷。」

騎士的木劍朝我甩過來，瞬間又縮了回去，換個角度直取面部。我拍開之後微微跨步突刺，被梅康輕鬆擋下。雖然我試著破解他的防禦，但尚未得手就被擊中腿部，一招就讓我就快要站不穩。

「不賴、不賴。」他歪著頭。「基本動作很紮實。」梅康嘟嘴，「殿下幾歲？十二？」

「十歲。」我看著他將木劍放回推車，察覺他是右撇子。

「好，」爵士招手要侍從們在周圍排成圓圈。「那就對決吧。羅巴，不必手下留情。王子殿下就算輸了也不至於重傷，頂多賠掉面子。」

羅巴上前，臉上除了滿滿的雀斑也有滿滿的自信。時間彷彿集中於一點：我感覺得到肌膚上的陽光，鞋底與地面之間的砂礫。

梅康爵士舉起手。「等我指示。」

耳邊響起雲雀的鳴囀，蔚藍天空裡根本不見牠們蹤影，刑旗在風中擺蕩拍打。

「開始！」爵士手掌落下。

羅巴攻勢迅速，朝下掃出一劍。我直接扔掉木劍，讓他命中右側，打在肋骨上。假如是真劍，我已經被劈成兩半……可惜不是。我施展郎翟示範過的東方武術，手刀劈上他的咽喉。羅巴倒地的模樣，像是被一堵牆壓垮。

侍從在地上蠕動，霎時我想起醫堂助手阿吋跪地的畫面。周圍都是火舌，血液隨著脈搏從他背上一陣一陣噴出。接著我覺得自己血管裡有股毒素，身體被棘刺牢牢鉤住，心裡只有殺的意念——那是我體驗過最純粹的情緒。

「停。」郎翟扣住我手腕，不讓我繼續接近。「夠了。」

永遠都不夠。腦袋裡有個不屬於我的聲音，它記得荊棘，也記得臥病發燒那段日子。

那股異樣情緒持續一陣後，終於消失。我撿起木劍，把它歸還梅康爵士。

「隊長，其實普羅西姆是『你們的』，不是郎翟太傅的。」我開口：「他是第七世紀的孛薩學者，換言之是你的祖先。或許你還是該讀一讀。往後要與敵人對陣廝殺，我可不希望身邊的人只有羅巴這種程度的判斷力。」

「可是……」梅康咬住嘴唇，不知如何反駁。

「他作弊。」史托代替所有侍從說出心聲。

郎翟已經走了。我轉身跟過去，又回頭交代一聲。

「別當成遊戲，梅康爵士。只懂得照規矩來的話，落敗是遲早的事情。別當成遊戲。」

任誰犯了錯，也休想靠交易解決。馬沒用，金子沒用。

我們走到廣場另一側的赤門。

「那孩子可能會死。」郎翟開口。

「我知道。帶我去看看父王要處決的囚犯吧。」

12

四年前

高堡的地下區域比地面區域更廣大，認真考究的話，稱之為「深堡」可能合理一點。我們進入地牢花了點時間，在上面一層樓隔著太古造族留下的石牆，仍能聽得見淒厲嚎叫。

「來這裡或許不是好主意。」郎翟停在一扇鐵門前。

「太傅，是我提議的。」我回答：「我以為你會希望我從自己的錯誤中學到教訓？」

又一次慘叫，沙啞粗糙的喉音像是發自野獸之口。

「你父王不會贊同。」太傅抿緊嘴，神情很困擾。

「第一次知道你會依據我父王的心思做判斷。郎翟太傅，你是束手無策了嗎？」

沒人能阻止我。

「有些事情不該讓小孩——」

「太遲了。」我走過他身旁，拿起匕首以刀柄敲門。「來人，開門。」

鑰匙串的叮咚聲響起，接著門板向內滑開，聽起來鉸鏈時常上油。撲面湧出的惡臭幾乎害我無法呼吸，臉上長疣、穿著獄卒皮甲的老頭兒探身出來，張嘴要講話。

「閉嘴。」匕首刀刃指著他的舌頭。

我繼續前進，郎翟只能跟著。

「太傅，你總說眼見為憑，不以人言做定論。」這個道理我認同。「所以別拘泥禮俗。」

「裘葛……」聽得出郎翟內心很糾結。然而能理解他的思路，不代表能感同身受。「王子殿下——」

哀嚎更大聲了。我聽過同樣的叫法，彷彿催逼我趕緊夾著尾巴逃走。記憶中的第一次，發自母后口中，而我動彈不得。我可以說是因為荊棘，身上亦有傷口為證。但那一夜尚未入夢，我已經聽見繚繞耳畔的低語，訴說著真相：因為我恐懼。因為貪生怕死，所以躲在不會被人發現的荊棘內，眼睜睜看著母親和弟弟喪命。

接下來的慘叫更恐怖更絕望，我感覺皮膚被棘鉤拉扯。

「裘葛！」

郎翟的手被甩開，我朝著聲音跑過去。

無需跑太遠。我驟然停在一個大房間前面，裡頭火炬照耀四方，三個方向都是牢門。室內正中間是張桌子，兩邊各站一人，還有一個人被鐵鏈束縛在桌上。獄卒裡塊頭較大的那個拿著烙鐵棍，末端插進燒紅的煤炭裡。

三個人都沒注意到我，靠在牢門上的一張張面孔也都沒轉過來。我就這麼走進去，還聽到郎翟趕過來，同樣停在門口，看傻了眼。

逐漸靠近之後，另一個獄卒才察覺到我，他像被針戳了似地跳起來。「什麼——」他搖了搖頭，以為自己眼花。「我是說，你是——」

原本以為用刑人應該長得特別殘暴無情，例如有薄唇、鷹勾鼻、惡魔般的眼神之類，結果這兩人太樸實了，我反而為此感到訝異。矮的這個看來有點呆，因此更顯親和，甚至讓我覺得像個好人。

「你是誰？」另一個有些許戾氣，但我依舊能想像得出他喝了酒以後有說有笑，或者和兒子丟球玩耍的情景。

由於我上課時通常穿得簡單，身上不是宮廷服飾，所以他們認不得我很正常。而且獄卒大概要走罪門出入，也許從來沒機會上去高堡的地面部分。

「我叫裘葛。」我回答時故意裝出僕役口音強調：「我叔叔給了外頭那個疣子臉一點錢，請他讓我進來看看囚犯。」我指著郎翟，「明天就要處刑了，我想先看清楚他們都長什麼模樣。」

其實我的視線已經離開兩個獄卒，停在桌上那人身上。以前我就見過黑皮膚的人，是南方貴族謁見父王時身邊帶的奴隸。但那奴隸充其量就是深褐色，眼前受刑這人卻是比墨水還要黑。他轉頭過來，動作很慢，好像腦袋灌了鉛，眼白在膚色烘托之下，特別明亮。

「『疣子臉』？嘿，我喜歡這叫法。」大塊頭獄卒的表情放鬆了些，又拿起烙鐵。「也給我和格雷賓兩個金幣的話，就讓你留下來見識見識。這傢伙叫得可慘了。」

「貝瑞克，這樣不大好吧。」格雷賓的寬額一皺。「他年紀還小。」

貝瑞克提起燒紅的烙鐵朝格雷賓一指。「朋友，別擋人財路。」

烙鐵末端發亮，下方就是黑人袒露、反光的胸膛。他的肋骨上有很多不堪入目的焦疤，傷口露出的鮮紅血肉像是新翻的土，我還嗅到烤肉那種香氣。

「這個人很黑。」我說。

「他是紐峇人啊。」貝瑞克板著臉回答，端詳一下烙鐵之後，又插回爐子。

「為什麼要燙他？」我問。紐峇人凝視我，似乎有點不自在。

兩個獄卒被問倒了，格雷賓的眉頭蹙得更緊。

「他身體裡有惡魔。」貝瑞克過了好一會兒才開口：「所有紐峇人都不信主，所以被惡魔附身。我聽過龔斯特神父帶國王做的禱告，他們說異教徒都該燒死。」他將手放在紐峇人腹部，動作異常溫和。「我們只是先給這傢伙『暖身』，反正明天國王來了還是要殺他。」

「那叫『明正典刑』。」格雷賓字正腔圓，感覺特別練習過。

「處刑和殺掉沒兩樣吧？反正還不都要生蛆。」貝瑞克朝煤爐吥了一口。

紐峇人的眼睛始終停在我身上，靜靜打量我。我心裡有種無法形容的波動，感覺自己站在這裡好像是個錯誤，但我只能咬牙承受那目光。

「他做了什麼？」

「做？」格雷賓嗤之以鼻。「他坐牢啊。」

「犯了什麼罪？」

貝瑞克聳聳肩。「被抓到。」

郎翟站在門口解釋：「裘葛，我想……要處決的人犯都是強盜，皆被沼地駐軍當場活捉。國王下令維護鬼道、北林鎮以及其他城邑之間的治安，避免盜匪猖獗。」

我的視線從紐峇人的眼睛移向他的身體，沒被烤焦的部分也有疤痕突起，構成的圖案簡單卻醒目。他的腰間只有一條髒布遮掩私處，手腕腳踝都被銬住，以最基本的彈簧鎖固定，血滴沿著桌面上的短鐵鏈滑動。

「這個人危險嗎？」我湊近以後，又聞到烤肉氣味。

「危險。」紐峇人說話了，口裡也是血，嘴角卻上揚。

「異教徒，閉上你的狗嘴。」貝瑞克從爐子抽出烙鐵舉到面前，火花如雨灑落，火光照出他醜惡的神情，使我想起那一夜閃電下睿納軍的面容。

我回頭望向紐峇人。假如他盯的是烙鐵，我就會一走了之。

「你危險嗎？」我問。

「嗯。」

我瞬間拉開他右腕的鎖。

「證明給我看。」

13

四年前

紐峇人的身手敏捷，但重點不在於此，而在於他毫無遲疑地立刻扣住貝瑞克的手腕，使勁一扯。獄卒朝他的方向一趴，不由自主地張開雙臂，於是烙鐵戳進桌子對面格雷賓的肋骨。戳得很深，格雷賓身子一扭倒下，烙鐵也順勢從貝瑞克手上脫手。

黑人二話不說挺起上半身，不過因另一手手腕被銬住，只能坐起一半。他身上沾滿血水跟汗水，貝瑞克滑下來一屁股跌在地板，想起身時卻被紐峇人制伏，那人一個肘擊打在貝瑞克後頸，骨頭碎裂的聲響清脆無比。

格雷賓當然會張嘴大叫，可是地牢傳出哭喊再正常不過。他起身想逃，卻頭昏跑錯方向，硬生生撞上牢門，撞得烙鐵棍末端從肩胛骨下面再刺出來。太大力了，格雷賓霎時暈死過去，沒辦法起來，在地上蠕動一陣，喃喃自語，不知是煙還是蒸汽的東西從他嘴巴散出。

囚犯們歡呼喝彩。一群笨蛋，不懂什麼時候該閉嘴。

郎翟早就可以離開現場，時間對他而言很充裕。我本以為他會叫人過來支援，但格雷賓暈倒時，他才朝我走來。紐峇人推開上半身軟在自己身上的貝瑞克，解開另一手的鎖。

「快走吧！」我暗忖郎翟尚未回神，便向太傅叫道。

其實他一直都在走，卻是朝我走來。雖然與多數老人家相比，郎翟特別硬朗，但沒想到他竟能健步如飛。

我換個位置，讓刑桌和紐峇人擋在我與太傅中間。

郎翟抵達的時候，紐峇人也解開了腳踝的鎖。「老人，帶這孩子出去吧。」那嗓音是我前所未聞的低沉。

郎翟那雙過分澄澈的藍眼鎖定紐峇人，因疾步而起了皺褶的長袍再次鬆垂。他抱拳於胸口說：「來自紐峇的男人，若你此刻離去，我不會阻攔。」

牢裡爆起一陣狂笑叫囂。

紐峇人注視郎翟，目光極其犀利，就像方才打量我一樣。他只比太傅高了幾吋，但兩人體格差距彷彿聖經故事中的大衛和歌利亞。郎翟瘦削如長矛，紐峇人則有石板似的肌肉與鋼鐵般的骨架，體重可能是太傅的兩倍。

他沒有笑。或許他眼中看到了其餘囚犯無法察覺的事物。「我要帶兄弟們一起走。」

郎翟沉吟，然後退了一步。「裘葛，過來。」他緊盯著紐峇人說。

「兄弟？」我看牢裡沒有同樣黑皮膚的人。

紐峇人笑容燦爛，「以前有同屋的兄弟，現在各自流落異鄉，說不定死了。」他張開雙臂時拉扯到傷口，笑容夾雜痛苦神色。「但是眾神賜予我新的兄弟，同路的兄弟。」

「同路的兄弟……」我念了念這句話，小威廉的模樣忽然閃過腦海。血、鬈髮。一股力量萌生，我能感覺到。

「趕快都殺了，然後放我出去！」左邊的牢門晃動，好像有一頭野牛在拚命衝撞，嗓音聽起來像童話裡的妖怪，不知是否人如其聲。

「紐砦人，你欠我一條命。」我說。

「嗯。」他從貝瑞克腰間取下鑰匙，走向左邊牢房，我跟著他移動，將紐砦人夾在自己和郎翟中間。

「所以你要還我一條命。」我又說。

他停下腳步，瞥了瞥郎翟。「孩子，和長輩回去吧。」

「兄弟，不還我一條命，我就只好再把你的命拿回來。」

牢獄又爆出一陣狂笑，這次紐砦人也加入了。「那，小兄弟，你要我殺誰？」他將鑰匙插進鎖孔。

「我見到他之後，就會告訴你。」此時此地，說出睿納伯爵四個字會引來太多懷疑猜忌。

「我和你們一起走。」

郎翟聞言立刻採取了行動。他飛竄到紐砦人身後，朝黑人膝蓋後側狠狠一踹。黑人的腿一彎，同時我聽見一個喀擦聲。

紐沓人雖然腿軟，還是奮力轉身撲抓，卻沒想到太傅外表年邁竟能巧妙閃避，他等黑人癱在地上，又朝脖子的要害出腳。黑人張開嘴，還沒發出聲音，已經轟然倒下。

我差點兒溜出去，卻被郎翟的手指揪住了揚起的頭髮。「裘葛，這不是辦法！」

我掙扎、咆哮：「這就是辦法！」看到紐沓人的野性、囚犯彼此的情誼，他們無論身陷何種處境都專注於突破現狀——我的內心激昂起來，明白自己的判斷沒錯。

眼角餘光看見牢門開啟，剛才的喀擦聲是囚犯拿了鑰匙解鎖。

我被郎翟扣著肩膀，轉過去面對他。「裘葛，這群人裡沒有你容身之處，你無法想像他們過的是什麼樣的生活，而且他們也沒有你尋找的答案。」我注意到他眼神裡那份激動，幾乎相信他是真心在意了。

牢房衝出一個人，他要彎腰低頭才能鑽出來。我從沒見過如此高大壯碩的人，無論殿前侍衛蓋倫特、馬廄工人夏姆或者斯拉夫摔跤手，都比不上他。

巨漢像風暴一樣瞬間衝到郎翟背後。

「裘葛，你覺得我不懂——」巨漢粗臂一揮，郎翟話沒說完就被擊倒。若非被太傅扯下頭髮，我或許會本能閉上眼睛不敢看。

衣服破爛、面容醜惡的巨漢聳立面前，頭髮像是厚簾般垂下。他的魁梧令我看呆，大手伸過來也沒能躲開，那手掌幾乎箍住我整個腰圍！他將我高高舉起，微微抬頭時亂髮散開些許。

「耶穌啊，你這長相真礙眼。」我看得出他打算殺我，也就沒必要客套了。「難怪會被國王處死。」

躲在牢房裡就算發出笑聲也不會知道是誰，但囚犯們仍然笑得零零落落，看來大家都不敢招惹這傢伙。他臉上沒有贅肉只有疤痕，粗糙皮膚下的顴骨突起，五官輪廓蒙著一股戾氣。

巨漢將我舉得更高，似乎打算當成雞蛋摔在石地板上。

「住手！」

隔著他的手臂下，我看到一個老頭兒和一個紅髮年輕人跟著跑出來，兩人扶起紐峇人。

「住手，」紐峇人重複一遍。「普萊斯兄弟，我欠這小子人情，要不是他，你現在還被關在牢房裡，等到明天就會沒命。」

普萊斯兄弟回瞥我那一眼，有著不帶情感的惡意。他將我丟下來，好像我從不存在。「放大家出來。」普萊斯低吼。

紐峇人將鑰匙串遞給老頭兒。「艾班兄弟，你去吧。」說完以後他走到我身旁，郎翟還趴在地上，額頭流出一灘血。

「孩子，你來救我下刑桌，一定是眾神的旨意。」紐峇人看了看桌子，又看了看太傅。「以後你就跟著我們這幫兄弟吧，如果找到了你想殺的那個人，或許我可以幫忙。」

我瞇起眼睛。那個「或許」真是刺耳。

然後我望向郎翟，無法判斷他是否仍有氣息，心裡隱約察覺自己應該有罪惡感，不過那情緒就像截肢後的幻痛，如此空洞。

身旁是紐沓人，腳邊是郎翟，我看著這群敗類一個個釋放同伴，視線不知不覺停在煤火上，記憶緩緩浮現。

我記得自己活在謊言中。那個世界裡什麼都溫軟、什麼都輕柔，只為了歡愉存在。直到那天的那隻手將我拉出馬車，拉出母親的懷抱，丟進夜裡雨裡尖叫裡，我終於跨過一道無法回頭的門檻。每個人都必須過這一關，多半是慢慢摸索、觀察，按照自己的節奏去嘗試。

獲救之後的重病期間，我眼看著昔日美夢萎縮乾涸，童年如落葉枯黃飄零，彷彿永恆的凜冬驅逐了春天。那衝擊太過深刻，過往生命渺小且虛幻。以前和威廉到處嬉戲，從未意識到城牆堡壘無法保證自己安危，兄弟倆拿著玩具打鬧，天真地以為外頭的世界也不過如此。

隨之清醒的每一刻都疼痛，每次翻動回憶就更痛。然而我還是一次一次進入記憶，就像牙齒掉了反而更忍不住去舔那空洞一般。

我感覺得到——再痛下去，會逼死自己。

儘管只有十歲，我心裡卻有個地方已太過堅硬、受到自私而頑固的壕塹包圍，不肯屈服於任何人事物。於是我選擇對抗劇痛、與其為敵。它比睿納伯爵更可恨，比拿人命做買賣的父王更可鄙。明明是骨肉至親，應該比起權位、名譽，甚至比耶穌還寶貴，不是嗎？

我分析那股劇痛如何打擊我、傷害我。它像傷口潰爛，自體內汲取力量，而我明白如該何治療：熱鐵燒灼，清創消毒。切下內心的軟弱，將所有愛眷和情感束之高閣，當作僅供研究和展示的標本，如此一來將不再出血，也不再受捆縛。連同再去愛的能力也燒掉，淋上酸液，直到化為寸草不生的荒蕪。

「來。」

抬頭一看，紐沓人在對我說話。「走吧，我們準備好了。」

所謂的兄弟們在周圍集合，衣衫襤褸、體味濃臭。獄卒的一把劍落入普萊斯手中，另一把被同樣魁梧、只比普萊斯略矮也略年輕些的人拿走。體格如此相近的兩人，應該是打同個娘胎出來。

「大夥兒殺出去。」普萊斯用自己下顎的鬍子試劍。「卜羅，你跟我還有萊克打頭陣，基特、艾班殿後，要是那小子礙手礙腳就殺掉。」

普萊斯看了刑房最後一眼，吐了一口痰以後，率先走了出去。

紐沓人伸手搭著我的肩膀。「你該留下來。」他朝郎翟點點頭。「但如果要跟，就別落後。」

我低頭望向郎翟，聽見心裡有聲音叫我留下。熟悉而遙遠的聲音。我明白就算自己身在火窟之中，他也會來救我，不是因為畏懼父王發怒，而是因為……他就是會。彷彿有條鎖鏈將我和他綁在一起，就像藤蔓的倒鉤。又是一陣軟弱，痛楚從我以為密封的縫隙滲進來。

再抬起頭時，我對紐沓人說：「我不會掉隊的。」

紐沓人抿嘴聳肩之後，跟著其他人而去。

我跨過郎翟，追了上去。

暗殺和謀殺沒兩樣，只是比較精準。緆姆（Sim）兄弟是個精準的人。

14

北林鎮鎮民以陰沉茫然的神情目送我們離去，萊克爲此又大呼小叫，好像是他從火堆救出人家似的，應該得到英雄式喝彩。事實上，我們不過是以毀了北林鎮的凶手遺體妝點只剩空殼的房舍，談不上救贖，尤其萊克等人還將死者身上能賣錢的東西全搜刮走了。我估算一下，認眞趕路的話，入夜就能到達奎斯城，差不多在月亮升起時就能給高堡扣門。（注）

不該回家，不該返回過去的身分，不該再執著於對睿納伯爵復仇。本能這麼告訴我，可是今天那個聲音蒼老乾澀，我沒辦法再相信它。或許我之所以想回家，就是因爲它叫我別回去。如果家門通向地獄，那更合我的意。堡道穿過昂奎斯花園般的土地，兩旁散落著小河、林子與僻靜的農場。這幾年習慣了泥巴和焦土、黑煙滿布的天空以及滿地腐爛死屍，我幾乎已遺忘故鄉如此蒼翠。太陽從雲層竄出，越攀越高，曬暖大地之後，隊伍行進速度放慢，緊湊的蹄聲遂漸變成慵懶漫步。蓋洛德自行停在以三條橫槓組成的大門前，隔著圍籬是一片寬廣的金黃麥

注：奎斯城與高堡所在位置約爲當代巴黎，睿納高地約略爲法國東部第戎（Dijon）一帶。

田。牠在門柱旁嚼起鮮草，這景象彷彿上帝向大地倒下蜜酒，一切甜美輕鬆、寧靜祥和。只有十五哩外的北林鎮，好似相隔千年。

「回家也不錯吧，裘葛？」梅康騎到我身旁，踏著馬鐙、挺起身子深呼吸。「家鄉的氣味。」

的確。大地溫暖的香味帶我回返過去，回到昔日又小又溫暖的世界。

「我討厭這裡。」梅康聽了面露詫異，他並不是容易吃驚的人。「即使明知道會因此而軟弱，大家還是自願吞下這顆毒藥。」

我輕踢蓋洛德要牠加速，梅康也跟了上來。萊克和卜羅還在十字路口朝稻草人丟石頭。

「王子殿下，人是爲了祖國而戰。」梅康說：「爲了保護國土和國王才挺身而出。」

我轉身朝脫隊的人叫道：「大夥兒跟上！」

梅康繼續跟著，等我回應。「小卒才爲家園戰死沙場，」我說：「如果有一天，犧牲這些田地就能得勝，那隨便敵人愛怎麼燒就怎麼燒吧。不捨的情緒只會侷限你，方便敵人預測你如何行動，使你不堪一擊。」

一行人提高策馬速度，朝西邊追著太陽前進。

不久之後便抵達切尼灘駐防地，也可以說是人家找到我們。想必他們從哨塔早早就看到我們在路上奔馳，於是派出五十人沿著堡道出來攔截。

我停在距離他們幾碼的地方。長矛兵在茂密圍籬中排成兩列，後面的步兵團已經拔劍準備。右側玉米田裡十幾個弓兵埋伏待命，左邊則有約二十頭小牛悠閒散步，眼望這兒人群聚集的動靜。

「切尼灘守軍，」我高呼：「幸會。負責人是誰？」

梅康停在我後面，其餘弟兄們跟著他，一派輕鬆模樣。

高個兒男人從兩個長矛兵中間現身，他沒有走得太前面，可見其性格謹慎。他的身上是一襲長鏈甲套著昂奎斯軍服，鐵製圓盔蓋住額頭。右手邊十幾雙手此時拉緊弓弦，指節發白，左手邊牛群隔著圍籬，繼續低頭吃草。

「我是上尉寇丁。」他一開口，剛好有隻牛低聲哞哞叫，只好提高音量。「國王招募傭兵的地點是芮斯敦大市集，武裝軍隊不可隨意進出昂奎斯領地，請各位說明來意。」寇丁的視線鎖定梅康，認定他才是領袖。

雖然我不喜歡被人當成小孩看待，但動怒還是要挑選合適的時間地點。更何況寇丁看來還算有腦筋，收拾基特兄弟那種礙眼傢伙和折損父王麾下人才，是兩回事。

原本我已拉起面罩，索性直接摘下。

「龔斯特神父！」我叫喚，弟兄們挪動馬匹讓出一條路給老人。神父的外觀沒什麼不同，被關在吊籠時長出的大鬍子已修理乾淨了，只是臉上還有很多雜毛，僧袍上汗漬覆蓋的面積多過乾淨的部分。

「寇丁上尉，」我回頭。「還認得龔斯特神父嗎？」

他聞言挑挑眉，本就顯白的面色似乎更白了，輕輕抿嘴的神情像是覺得自己遭人戲弄又說不出所以然。「認得，」寇丁回答：「他服侍我國王室。」上尉說話時立正抬頭，彷彿身在宮廷，但在鳥兒歌唱、牛味瀰漫的野外，擺出這姿勢實在有些可笑。

「龔斯特神父，」我吩咐：「請你解釋我是誰。」

神父稍稍抬頭挺胸。經歷北林鎮大戰之後，他時常坐立難安，此時此刻倒是回復了一、兩分威嚴。

「上尉，你面前就是尊貴的裘葛．昂奎斯王子殿下，流落在外多年以後，他終於返鄉，正要進宮謁見陛下。麻煩你妥善安排，派人護送……」他瞥瞥我，鼓起滿臉雜毛下的最後一絲勇氣說：「並且給他準備沐浴淨身。」

我的前面後面都傳出竊笑聲。果然不能小覷神職人員，他們太擅長操弄文字、搬弄是非。我又手癢了，眼前浮現龔斯特那顆腦袋瓜從肩膀落下，在地上滾動兩圈，停在乳牛前的畫面。

「別沐浴了，讓宮廷中人聞聞外界氣味也好。他們有空顧面子灑香水，前線作戰的人根本管不了自己髒不髒。我這次以軍人的身分回返，他該看看外頭官兵過的是什麼日子。」我讓這番話醞釀氣氛，目光緊盯龔斯特，神父還算識相地不敢再抬頭。

儘管這番演講沒人喝彩，至少寇丁淺淺鞠了個躬，誰也不敢再提起沐浴二字。我心底倒是突然覺得可惜了，其實決定回宮時是想過要好好泡個澡。

寇丁派副官代管軍隊，親自率領二十四個騎兵護送我們回城，一行隊伍人數暴增至將近六十。梅康從駐地兵器庫取出一把長槍，上頭懸掛國旗與王徽，途中經過村落時，騎兵隊會先去疾呼口號：「裘葛王子死而復生了！」消息傳播速度比我們的行進還快，後來的村鎮便提前準備盛大接待。一離開切尼灘屯駐地時，寇丁就派快馬趕路，先行稟報國王，但看來即便沒人通知，高堡那兒也會聽到風聲。

拜恩鎮大街張燈結彩，六個藝人演奏魯特琴和小鍵琴，曲目是〈王者之劍〉，興致高昂但琴技不怎麼樣。路邊有雜耍團表演拋火炬，居然還有一頭熊在水車前面跳舞。人潮眞的很多，全擠在一起根本過不去。有個肥婆身上的衣服寬鬆如帳篷，條紋也像比武會的大天篷，看見我在車隊之中就扯破嗓門尖叫，叫聲壓過奏樂：「裘葛王子！失而復得的王子！」給她這麼一帶，氣氛頓時火熱起來，全場不是歡呼便是痛哭，發瘋似地蜂擁而上。寇丁見狀，立刻調度手下維持秩序，衝著他處置得宜，勉強能原諒他先前小看我，畢竟這些農夫村姑要是沾到萊克的衣角，恐怕就要演變成血腥鎮壓了。

兄弟們在鬼道那回是嚇破了膽，除此之外，大概就屬拜恩鎮這兒讓他們最惶恐，大夥兒不知道該如何反應。鄺羅左手始終搭著匕首，坎特笑得像個傻瓜卻又好像很害怕。還好他們很快就會習慣，待會兒就會想起來熱鬧的地方都有酒館有妓女，屆時想拉兄弟們離開還比較麻煩。

有個藝人翻出號角，響亮的音色劃破騷動。紅袍底下穿著黑色鏈甲的士兵登場開路，治理榆郡的諾沙勛爵出面迎接。

我還在宮中時就與他相識，雖然換上鍍金甲冑與天鵝絨服飾的他感覺臃腫了些，垂在胸前的鬍鬚也多了幾道灰白，但依舊是曾經讓我騎在肩膀上的那個好好先生。

「裘葛殿下！」叔父輩的他聲音哽咽，我看見那雙眼眶噙著淚水。說心裡沒有一絲感動是假的，有股情緒在胸口拉扯，可是我不喜歡。

「諾沙勛爵。」我回禮時嘴角稍微上揚，刀子插進基特脖子前，我也是這麼笑。諾沙眼神閃過一絲異樣，他遲疑了。

但勛爵立刻振作起來。「裘葛殿下，真高興還能再見到您！我還痛罵那信差是騙子，沒想到您真的回來了。」諾沙的嗓音極其低沉而且渾厚飽滿，很容易判斷是否發自肺腑，是否真心喜歡自己，他的話語傳遞一股安全感與溫暖。「王子，是否有此榮幸，請您到寒舍休息一晚？」

弟兄們互相使眼色，偷瞟群眾裡有沒有好女人。水車池塘已經被夕日抹紅，北方倫納特森林上空，也已經被奎斯城的炊煙染灰。

「很感謝勛爵的邀請，但我想今晚便趕回高堡，我已經離開太久了。」他的五官寫滿憂慮之情，明顯有話想跟我說，但不方便在這兒開口。我懷疑是不是父王吩咐過要他扣住我。

「殿下……」諾沙伸手作勢挽留，目光與我交會。

胸口又被鉤子拉扯。其實勛爵只是希望兩個人好好坐一會兒，以他充滿磁性的聲音與我敘舊，聊聊威廉、談談母后。若真有人能使我放下心防，可能就是諾沙了。

「多謝你的好意，諾沙勛爵。」我倉促鞠躬，然後掉頭而去。

其實我得猛拉韁繩才能讓蓋洛德轉向，感覺就連馬兒也喜歡待在諾沙身邊。我率領弟兄們繞行河畔小道，踩壞了某個農家的秋蕪菁。鎮民繼續喝彩，恐怕根本不明白發生什麼事，但喝彩就對了。

從峭壁小徑前往高堡，可以避開奎斯城外圍市街。底下一片輝煌，道路上火炬似珠，家家尚未關窗遮蔽夜風，所以戶戶透出和煦暖光，哨兵提燈也點綴了圍牆。舊城區是個歪七扭八、延伸到河岸的半圓，牆外沿著河谷蔓生一大片民宅。我們走入西門，這條路不必經過舊城區狹窄街道，就能進入上城。衛兵升起大閘門，一道、兩道、三道，連著十分鐘之內，絞盤嘎吱與鎖鏈喀啦不絕於耳。三道門為何全放下頗值得玩味，難道敵軍已進逼至此，高牆守軍絲毫馬虎不得？

士兵揮汗拉動最後一道閘門時，司令出面了。高處城垛沒有掛旗，位置全部留給弓箭手。那人看起來很眼熟，和龔斯特年紀相若，頭髮花白，但最明顯的特徵還是一張苦瓜臉，總噘著嘴巴好像剛咬了顆檸檬。

「聽說是裘葛王子殿下？」他舉起火炬，朝我上下打量，結果我與父王還是足夠神似，能夠滿足所有人的好奇心。他很快地收回火炬、退後一步。以前有人說我遺傳了父親的眼睛，或許吧，但我的更加深邃。父子倆都一樣，被我們凝視的人會三思而後行。另外我總覺得自己的長相有點女性化，嘴唇太紅嫩，顴骨過高也過於精緻。不過無所謂，我早就學會把它當作面具運用，而且通常能將表情控制得恰到好處。

司令朝寇丁點頭示意，視線掃過梅康時毫無反應，也沒留意到隊伍中有龔斯特神父，反而停在紐客人身上，最後對萊克投以懷疑神情。

「王子殿下，我可以爲您的旅伴在下城那邊安排住宿。」這句話意思其實是——滾到城牆外面去。

「他們可以隨我進城。」

「奧利丹陛下的命令是只見你一個人，」司令回答：「可以隨行的是龔斯特神父，以及聽說和你同行的孛薩隊長？」

梅康聞言舉起鐵手套，司令兩條眉毛跳起來，彷彿撞上前額。「梅康．孛薩？是你嗎……」

「正是在下。」梅康朝司令大大一笑，露出大片牙齒。「好久不見了，瑞肯，你還是老樣子。」

奧利丹陛下的命令……意思就是毫無轉圜餘地，委婉表示「叫你撿來的野狗滾外頭去」。至少瑞肯還知道一開頭就說清楚，不然等我開口了才拿國王當擋箭牌，場面太難堪。

「艾班，帶兄弟們去河邊找地方休息。那邊有間酒館叫做『墮落天使』，應該夠你們睡。」

他聽了很驚訝，一方面沒想到我會指名他負責，另一方面卻也很開心。艾班嘟起嘴唇掩飾空空如也的牙齦，回頭看著其他人。

「大家聽到尤葛說的了吧！我是說，尤葛王子。快點動起來！」

「濫殺平民是死罪。」大夥兒回轉的時候，我提醒：「小萊克，聽見沒？幾個都一樣，所以別亂開殺戒、別搶劫、別調戲婦女。想找女人的話，等拿到睿納伯爵的錢再去買一個。到時你想買三個也不成問題。」

三道閘門依舊敞開。「寇丁上尉，幸會了。」我向他告辭。

上尉鞠躬後帶隊離去，現場剩下我、龔斯特與梅康。

「請帶路。」

瑞肯領著我們穿越西門，進入上城區。

時過午夜，月掛高空，一路沒人打擾。上城彷彿無人之境，偶爾才有豪門僕役匆匆來去。說不定幾間房子窗戶後頭，商人女兒還沒睡著正偷偷看著，而貴族們皆入了夢鄉，就不會將流浪王子回宮這事情鬧大。

蓋洛德的馬蹄踩在石磚上，聲音響亮。四年前離開高堡時，我穿著絨布拖鞋，腳步聲比老鼠還輕。而今蹄鐵在石頭敲出的喀噠喀噠，聲聲刺痛我耳朵，心裡有個聲音說這樣會驚擾父王，要小聲、小聲點，最好連呼吸心跳都靜止。

高堡名不符實，談不上高聳。這四年旅遊各地，我早就看過更高的堡壘，更巨大的也有。然而高堡還是最特別，在我心中既熟悉又陌生。印象中的它應該更寬闊，現在儘管和記憶相比縮水了，仍舊稱得上氣派。郎翟曾經說過高堡只是地基，以前支撐過一座能觸碰天空的龐然大物，現在看見的部分原本埋在地底。打造高堡和鋪設鬼道的並非同一民族，但技術水準十分接近。這裡的城牆不是石頭削出來的，從外觀判斷像是岩石被粉碎後、化爲液體並凝固成形，不知用了什麼魔法，再將螺旋狀金屬支柱放在牆體內部，比東方傳來的黑鐵更加堅韌。

古老的高堡蹲伏於此，金屬藤蔓支撐的建築物由國王坐鎮，他睥睨上城、舊城、下城，一手掌握昂奎斯與王室血脈。

屬於我的血脈。屬於我的國家。屬於我的城堡。

15

四年前

我們走褐門離開了高堡。這是個丘陵低處穿越高牆的小門，我走在最後，因為爬太多階梯而兩腿痠痛。

階梯頂端有模糊的紅色腳印，血跡的主人現在應該還在後頭奄奄一息。

我心裡忽然想到郎翟，腦海閃過他倒在地上的模樣。

一行人從城堡最深處回到地面，行走最不引人注意的出口逃離。這條路專給挑糞工人往返，一天十幾回，帶著茅房中的黃金離開。我可以保證宮廷中人的屎沒有比較香。

走我前面的兄弟在拱門旁邊回了頭，咧嘴一笑，露出牙齒。「新鮮空氣！好好吸一口吧，城裡的小鬼。」

先前聽到紐呇人叫他阿列，肌肉結實、身上很多疤痕，目光頗凶悍。「阿列兄弟，你知道自己有多臭嗎？要在這兒深呼吸，我不如去舔麻瘋病人算了。」說完我繼續往前走，暗忖和這幫人好聲好氣沒有用，唯唯諾諾才適得其反。

昂奎斯國土朝右延伸到地平線，左側奎斯城舊城牆後頭高塔聳立、升起炊煙。天色像是風暴將至，雖是白天但雷雲聚積，熟悉的景色驀地陌生了起來，恰似現在的心境。

「一刻也不能停。」普萊斯說。

他和萊克是真正的兄弟，兩人並肩率隊。萊克負責板著臉，普萊斯發號施令。「離這鬼地方越遠越好，大雨會沖掉腳印，路上找找有沒有馬，有必要的話就打下一、兩個村子。」

「二十幾個人一起走，你覺得下場雨就能擺脫國王的追兵？」我真希望自己的嗓音沒那麼尖銳、幼稚。

大夥兒同時回頭。紐峇人瞪大眼睛打暗號，手在半空輕拍，示意我別多嘴。

但我伸手指著此地到河岸間連綿的屋頂。王國子民們對父王充滿敬意，為了拉近與他的距離，甘願在缺乏城牆保護的土地上，蓋滿密密麻麻的房子。

「兄弟們三三兩兩行動的話，可以各自找地方烤火取暖，吃肉喝酒之類。」我又說：「下面就有幾間酒館，雨還沒掉下就能進去了。

「而追兵一定會騎馬冒雨衝出去，搜索二十幾個人在道路和野外留下的痕跡，或者打聽一幫人到哪兒惹是生非。他們完全想不到，大家根本還在高堡下面，等待雨過天晴。

「你們一路上有留下任何活口能指認凶手長相嗎？只要到了底下，混進幾千幾萬人裡，一、兩張生面孔會讓誰覺得奇怪？」

我看得出來這番話已經打動他們，一雙雙男人的眼睛映出爐火般的閃光。

「他媽的進酒館要錢哪，我們哪來的錢？」普萊斯推開其他人，紅髮基特被推得跌坐在地上。「在高堡底下打家劫舍嗎？」

「就是啊，城裡的小鬼，你倒是說說看啊？」基特起身以後滿口怨氣，但他不敢找普萊斯麻煩，只好將矛頭轉向我。「哪來的錢？」

我從錢包取出兩枚金幣，在手上刮擦著。

「我來幫忙！」一個尖嘴猴腮的傢伙從左邊竄出，想搶走飽滿的錢包，我立刻自腰帶抽出匕首，往他手掌用力戳去。「騙子。」我使勁不小，刀柄卡在他手掌，抽回時刀刃閃著血光。

「滾開，騙子。」他被普萊斯揪住脖子，丟到山坡上。巨人站在我面前，近距離顯得彼此的身高差距更加大，雖然任何成年人都比我高得多，但因為是普萊斯，所以對比更強烈。他揪住我的上衣，將我舉起，眼睛對著眼睛，絲毫不擔心我手上有把染血的匕首。

「小鬼，你不怕我是吧？」他的味道真難聞，最接近的比喻是死狗。

我考慮著要不要捅他一刀，但心裡很清楚就算能重挫他，他在斷氣前還是有時間把我撕成兩半。

「你怕我嗎？」我反問。

我們花了幾秒鐘打量對方。普萊斯面不改色，但我知道他懂，他也知道我懂，於是他放下了我。

「今天留在城裡，」普萊斯開口：「裘葛兄弟請大夥兒喝酒。哪個龜孫子敢鬧事的話，我保證讓他好看。」

說完之後，他朝我伸手，我差點兒握上去，還好一下子就反應過來，將錢包丟了過去。

「我和紐峇人待在一起。」

普萊斯點頭。黑人逃獄的消息會傳得特別快，這時候一張黑色面孔出現在酒館，反而特別醒目。

紐峇人聳聳肩，朝東邊原野起步，我也跟上。

一直到我和他穿梭在迷宮似的小徑與籬笆之間，紐峇人才終於開口。

「孩子，你該小心普萊斯。」

忽而起風了，兩旁的山楂樹沙沙作響，閃電的氣味混在大地的豐饒中。

「為什麼？」我暗忖他是否會誤以為我想像力貧乏。有些人太過遲鈍，無法假想未來如何演變，但也有人過分敏感，沉溺在虛幻情節裡，夢境充滿各種恐怖場景，遠超過仇敵能使出的手段。

「不在乎自己的孩子，眾神又何須眷顧？」紐峇人反問。

他在轉彎處停下，向籬笆挨近一些。又是一陣強風拂來，白色花瓣落在荊棘間，紐峇人回頭望向來時路。

「或許我也不怕眾神。」我回答。

大顆雨滴落下。

紐呇人搖搖頭，水珠在他茂盛的鬈髮上閃耀。「孩子，與眾神為敵太愚蠢。」他笑了笑以後停在路旁。「誰知道祂們準備了什麼給你？」

答案似乎就是雨。比平常更快更急的雨，彷彿太重了從天空坍塌下來。我躲到他身邊，可惜籬笆也算不得什麼遮蔽。雨水漸漸浸透衣服，冷得我簡直無法呼吸，不由得想起我放棄的榮華富貴，懷疑當初是不是該聽郎翟的話。

「等什麼？」我的問話得扯著嗓子，不然雨聲太大根本聽不見。

紐呇人聳肩。「路況不好。」

「變成河了吧。但為什麼要停下來？」

他還是聳肩。「可能我想休息。」他說完伸手按了按燙傷部位，全臉一皺，露出白牙，和其他弟兄一口灰爛差別很大。

接著五分鐘，我盡量保持心平氣和，反正掉進水井也不會比現在更溼。

「你們怎麼被捉的？」後來我開口問。想像普萊斯和萊克那種德行，遇上士兵會投降簡直荒謬。

紐呇人搖搖頭。

「說說看？」我又大聲問。

紐呇人看了看道路，才彎腰湊到我耳邊。「夢巫。」

「巫術？」我望著他的眉頭一緊，轉頭吐了滿口水。

「夢巫。」紐峇人點點頭。「趁我們睡著，將我們束縛在夢境，再派國王的手下過來活捉。」

「幹嘛那樣做？」也不是我真將巫術當一回事，而且父王並沒有找女巫進宮才對。

「應該是要討好國王吧。」紐峇人說。

他忽然起身，直接穿過泥巴，我不發一語跟了過去。很多小孩除了當跟屁蟲還會纏著大人問個不停，我已經拋棄童年了。疑問可以等，至少等雨停。

後來將近一小時，我們涉泥而行，腳步很快，接著他又突然停下。雨勢只是稍微緩和，看來會持續整夜，直到翌日清晨才停。這次幸虧我們躲在籬笆後，十名騎兵奔馳過去，高高濺起泥水。

「裘葛，你的國王陛下想捉我們回去。」

「我已經不認這個國王了。」我說完就要站起來，但紐峇人扣著我的肩膀。

「離開舒服的城堡，現在淋成落湯雞。」他注視我，眼睛看得太透澈，我不大喜歡這感覺。「你那位長輩拚了自己性命也要保護你，人品應該很不錯，他雖然年紀大但很厲害，也很有智慧。結果，你還是跟來了。」他甩甩另一隻手上凝固的泥塊，沉默在我們兩人間延長，這種氣氛總是讓人想吐露心聲。

「我要一個人的命。」

紐峇人蹙眉。「小小年紀不應該有這種念頭。」雨水沿著他眉頭的皺紋滑落，「是人都不該有這種念頭。」

我掙脫他的手掌，逕自邁步，這次輪到紐峇人跟上。在天黑前，我們又走了十哩。

路邊散布了不少農家與磨坊，但入夜以後只有南邊不遠處、隔著林子的山腳下有片燈火。我還記得郎翟上課用的地圖，猜測應該到了松畝村。那個鄉下地方，在今天之前對我而言，只是老舊羊皮紙上的綠色小點。

「找個地方晾乾一下，會比較舒服。」我聞到柴火，瞬間理解了為什麼逃出城堡時，自己提出的計畫馬上得到認同。取暖和酒食的誘人力量很強大。

「晚上躲在那邊比較安全。」紐峇人指著山坡。

雨又小了些，像冰冷的毯子包裹住我們，身體中的力氣彷彿一點一滴被抽離。

我憎恨自己的軟弱，不過就走了一天路，兩腿居然支持不住。

「或者躲進穀倉。」我說。森林邊緣有兩間穀倉和農家離得特別遠。

紐峇人本來要搖頭，但東邊傳來雷聲隆隆，儘管低沉卻連續不斷。他聳聳肩。「應該吧。」眾神還是愛我的。

那片原野在暴雨肆虐下快要變成沼澤。我跌跌撞撞穿過黑暗，好幾次太累了差點兒摔倒。

紐峇人用力推開穀倉，門板嘎吱嘎吱的似乎極不情願，遠處傳來狗吠聲，但我猜外頭下大雨，農夫不會因為狗兒吼了幾聲特地出門。兩個人進去以後，癱倒在稻草上，感覺四肢成了鉛條，要是我此刻卸下防備，可能會累得啜泣起來。

「你不擔心又遇上那個夢巫？」我問：「獻給國王的禮物逃走了，是巫婆都不可能不生氣。」我忍下一個呵欠。

「不是巫婆，」紐峇人回答：「應該是男的。」

我忍不住噘嘴。想像中會巫術的都叫做女巫或巫婆，她們躲在我未曾察覺的昏暗房間，就在那條引起我注意的走廊上。踏過門檻時，背脊會竄過寒意，手臂好像覆滿看不見的蛆蟲。然後我看見她了，影子裡的輪廓，死白的爪子從黑袖探出，如蜘蛛般蠕動。想逃跑的瞬間，我被困住，腳下地板變得軟爛如糖漿，無論怎麼掙扎都沒用，張嘴大叫也吐不出聲音。巫婆靠近落入蛛網的飛蛾，她走得很慢很慢，但終究來到光線下。我看到那雙眼睛……於是在尖叫中驚醒。

「所以你不擔心就是了？」我問。

「他的施法不能離太遠，」紐峇人說：「所以得知道目標在哪裡。」

轟然巨雷打得穀倉一陣顫抖。

我呼出一口氣，自己都沒察覺剛才閉了氣。

「應該會先派人來找。」紐峇人那邊窸窸窣窣的，他拉了稻草蓋在身上。

「可惜了。」好久沒在夢裡看見女巫，如果她在大風大雨中追到這間穀倉裡，好像會很精彩。我也躺進稻草，身體被扎得麻癢。「來試試看能不能夢到個巫師，你的我的都無所謂。如果夢得到，這次不逃了，回頭朝他肚子捅一刀就是。」

16

四年前

又打雷了，雷聲轟進心裡，胸口感覺得到。閃電照亮世界，照亮很多粗糙陌生的輪廓，使眼底殘留許多畫面：嬰兒顫抖不已、雙目流血，一群孩童在火堆上跳來跳去。再次雷鳴隆隆，空氣震動之後回到一片黑暗。

我坐在睡夢和清醒之間，四周木板嘎嘎作響，外頭風聲呼嘯。第二道閃電照亮內部，是馬車，母親在對面，威廉在她身旁蜷成球。

「暴風雨！」我轉身要關窗，但遮板拉不下來，雨水一直吹進來。

「裘葛，別鬧，」母后說：「乖乖睡覺。」

太暗了，我看不見她的臉，不過車廂裡有熟悉的玫瑰和檸檬草香氣。

「可是風雨很大。」我感覺自己忘記了什麼，卻說不上來。

「一點風雨而已，別害怕，小裘葛。」

害怕？我留神聆聽，狂風撲抓車門。

「要留在馬車裡噢。」她又吩咐。

隨著車廂起伏顛簸，我搜索記憶，想跨越那片空白。

「睡吧，裘葛。」聽起來不是哄我，而是命令。

她怎麼知道我沒睡？

閃電落在很近的地方，能聽見東西燒焦的滋滋聲。三條窗框陰影橫過母親的臉，那雙眼睛十分猙獰。

「得趕快停車、趕快下車！我們——」

「快睡覺！」她的語氣變得嚴厲。

我想站起來，身體卻被壓制了，好像掉進泥沼……或者糖漿。

「妳不是我母后。」

「留在馬車裡。」她咕噥著。

黑暗中湧出一股丁香以及隱約的沒藥氣味。這是墳墓才有的味道。各種聲音隨異香消失，只剩下她喉嚨緩慢的喘息。

盲目中，我伸手找到門把，摸到的卻不是冰冷的金屬，而是死掉以後發酸腐爛的軟肉。身體從深處衝出一股尖叫，卻撕不開籠罩的沉默。閃電亮起，我看見她的臉，皮膚崩落、骸骨曝露，眼窩裡面空空如也。

畏怯奪走力氣、化為熱液，沿著我的腿向下流瀉。

「到媽媽這裡來。」枯枝般的爪子扣住我的手臂，拉我向前跌進黑暗。

我的內心被慌亂填滿，無法生出其他思緒，嘴唇顫抖著，但我自己都沒意識到接下來要講什麼。

「妳……不是我媽媽。」吐出的是這句話。

電光閃過，她的臉幾乎緊貼上來。再一閃，我重溫母親慘死在狂風暴雨夜裡的血淋淋場面，自己則受困於遍身荊棘之中。我動不了，捆綁我的不只是荊棘，還有渾身恐懼。

冷冰冰的怒火在心中、在體內升起。我用額頭狠狠朝怪物臉上一撞，看也不看就伸手牢牢握住門把。

「走開！」

我跳進風雨中。

震耳欲聾的雷聲足以驚醒深埋夢鄉的人。我上半身彈起，怪味灌進鼻腔。想起來了，是稻草，全身皮膚都能感覺到它的摩擦。穀倉！我明明在穀倉裡。

黑夜裡一道光亮特別突兀。是油燈，掛在穀倉大門的橫樑上，光線邊緣站著個身影，塊頭高大。紐吝人就睡在他腳邊，尚未逃離噩夢。

我差點兒失聲驚叫，但趕緊咬面頰肉忍住。血味在口中化開，夢境消散得更徹底。

刺客拿著弩箭，我從未見過那麼大的設計。他用單手轉動弩機，動作慢條斯理。受夢巫指示的刺客可能從來不會緊張，因為沒見過目標可以逃離夢境醒過來……

我想抽出匕首卻摸不到，猜想應該是做夢時翻來覆去，掉在稻草堆裡。腳邊有物體反光，是個提鉤（注）。再轉三圈，刺客就會發射弩箭，我趕緊撿起鉤子。

外頭風大雨大，正好掩蓋我的腳步聲，所以根本不必躡手躡腳，只要放慢腳步力求穩健，別在關鍵時刻出差錯。

起初我打算繞到對方身後，利用倒鉤刺他咽喉，隨後發現這個人太高了，十歲小孩伸長手臂也搆不到。

他舉起巨弩對準地上的紐峇人。

郎翟的教育強調過：該按捺的時候就按捺，但該出手的時候千萬別猶豫。

我用盡全力朝刺客雙腿中間揮鉤。

雷聲風聲喚不回的紐峇人被刺客的痛苦哀嚎驚醒，厲害的是他絲毫不懷疑自己身在何處、發生什麼事，直接跳起來拿著短刀捅進敵人的胸膛，整個過程還不夠心臟跳兩下。

刺客倒在我和他中間，兩人手上的武器都染紅了。

紐峇人用刺客的斗篷擦乾淨短刀。

「好大一把弩！」我用腳尖踮了踮它，發現重量也出奇地沉。

他拿起弩弓，觀察木臂上的金屬鑲嵌。「是我們族人的工藝。」他以手指摩挲諸神的凶悍面孔。「看來我又欠你一條命了。」紐峇人笑了，那口牙齒在油燈下變成一條白線。

「我只要一個人的命。」

遲疑片刻後，我說出口：「睿納伯爵非死不可。」

他臉上的笑容褪去。

注：由於稻草堆不易搬運且有堆高需求，農家會以附有木頭柄的金屬尖鉤，刺進固定好的稻草堆，以便施力。

17

走在古老走廊內，過去四年恍然如夢。熟悉的地形，同樣的花瓶、鎧甲、油畫，連衛兵都是老面孔。四年過去，什麼也沒變，除了我。

壁龕內小銀燈燒著來自遠方海洋的鯨油，一泓泓明亮得彷彿接二連三的池塘。領路侍衛身上的甲冑比我要威風得多，梅康和龔斯特被各自帶開，留下我獨自前去接受招待。高堡依舊令我感受到自身渺小，每扇門都是開給巨人通過的，就算拿著長槍，也很難戳到那麼高的天花板。我被領著進入西翼的王室寓所，父親打算在這裡見我？兩個人在植物園內散步？還是去大文臺圓頂下敞開心胸？我原本的想像是他坐在如同黑色爪子的寶座上，居高臨下傲視宮廷，禁軍左右包夾的場景。

眼前只有一個侍衛，我覺得好像被瞧不起了。其實我很想被武裝士兵圍起來？才感覺自己是個危險人物？乾脆用鏈子綁住？我期待父王害怕自己？昂奎斯的君主躲在衛兵的保護下，才敢召見十四歲小鬼？

感覺有點傻。我伸手抓了抓劍柄，劍身用的就是埋在城牆裡那種金屬，換言之，它才眞正繼承高堡血脈，比現存王族多出至少千年歷史。這一刻，忽然要與父王面對面，心裡好像竄出好多聲音，互相叫囂鬥爭，使我的背脊發癢，肌肉緊繃得隨時會動手。

「裘葛王子，您要先沐浴嗎？」

侍衛開口時，我差點兒出劍了。

「不必，」我強自鎮定。「現在就去見父王。」

「王子，奧利丹陛下已就寢了。」侍衛這個回應是嘲弄？那雙眼睛閃過的狡獪與印象中的王宮衛士相去甚遠。

「就寢？」如果能收回這句話裡滿滿的訝異，折壽一年我也甘願。我感覺自己就像先前的寇丁上尉，淪為笑柄卻還摸不著頭腦。

「王子，賽杰在圖書館等您。」侍衛說完轉身要走，但被我掐住了喉嚨。

就寢？看來父王和他的宮廷魔術師想和我玩遊戲。

「要玩就來玩，」我說：「總有人能找到樂子。不過，你啊……再惹到我，再一次就夠了……保證你會沒命。想清楚點，在別人的棋盤上你只是顆棄子，無論怎麼努力最後都是個死，唯一生路是接下來二十秒內設法自救。」

勾心鬥角到一半卻用上這麼粗糙暴力的恫嚇手段，嚴格來說是我輸了一局，但有時以退為進，方能得勝。

「王子，我……是賽杰要見您……」

看得出他因爲我的不按牌理出牌，從竊笑轉爲惶恐。我在他咽喉上多使了點力。「我爲什麼會想見這個……『賽杰』？他是誰？」

「他──他很受國王信賴。裘葛王子，求您放手──」

聲音是從我手指中間硬擠出來的。只要知道正確施力點，不需要太用力也能掐死人。

我鬆手以後，他癱軟在地上，氣喘吁吁。「圖書館是嗎？你叫什麼名字？」

「是，王子殿下，在圖書館。」侍衛揉脖子。「羅巴，我叫羅巴．胡爾。」

穿過戰矛廳，我轉向圖書館的皮面門，停下腳步回頭。「羅巴，人生道路上有很多分歧，事過境遷以後，我們才會回頭心想『如果當初走了另一條路有多好』。現在你就站在岔路口，通常不會有人提示，但你現在有兩個選擇，一個是與我爲敵，另一個是臣服於我。考慮清楚吧。」我推開皮面門，讓門板撞上牆壁，跨了進去。

記憶裡的圖書館牆壁彷彿連接到天國，滿滿的藏書、滿滿的文字。我三歲識字，七歲讀蘇格拉底、學習亞里斯多德闡述的形式與本質。很長一段時間都幾乎住在這裡，然而此刻重返舊地，只覺得又小又髒。

「我燒過的書都比這兒多了！」

賽杰從古哲學那排書架的走道現身，比我想像年輕些，頂多四十，身上的白衣類似羅馬長袍，但膚色是介於東西方中間土地的民族，可能來自印度河或波斯一帶。不過我能看見的皮膚很少，他的身體大部分被刺青遮蓋，活像披著一本小書在身上，畫滿魔數師（mathmagician）才能看懂的一列列符號。通常有權位的人的視線會令人畏怖，可是賽杰雙眼算是溫和，令我聯想到堡道旁邊那群牛，褐色眼珠沒有凶殘，只不過目光太過探索，令人不舒服。他的目光平靜，卻彷彿可以鑽進心靈，也許那些符號正是這種力量的源頭。我當下只看得見他的眼睛、聽得到他的呼吸，全身肌肉除了心臟都動不了，也無法確定這個狀態持續多久。

他解除束縛，像是覺得魚沒長大不適合上桌般丟回水裡。我們面對面，相距僅幾吋。自己什麼時候走近的，我根本不記得，回神時已經和他站在書架間，被累積上萬年的知識與格言包圍。左邊是反覆抄寫保存的柏拉圖，右邊是更「現代」些的盧梭、波普爾等人。心底還是有個微弱聲音叫我動手，奇怪的是，面對這個異教徒，怒火竟燒不起來。

「父王很器重你吧，賽杰。」我的手指蠢蠢欲動，忍著沒拔劍。「一個不信主的人出入宮廷，想必氣瘋了僧侶們。要不是教宗現在都不敢離開羅馬，大概會衝過來詛咒你的靈魂墜入地獄烈火吧！」我除了信仰竟沒別的東西可做文章。

賽杰微笑，笑容親切，好像我幫他跑腿了一樣。「裘葛殿下，歡迎歸國。」腔調不明顯，咬字帶著特別滑順的韻律，所以可能是撒拉森人或摩爾人(注)。

身高沒有我高，說不定我還高出他一吋，而且他很瘦弱，此時此地我彷彿就能將他壓制在地板上勒斃。念頭一個接著一個冒出來，但又沉了下去。

「你和你父王真的很像。」他說。

「你也鎮住他了？」我問。

「沒有人能鎮住奧利丹・昂奎斯那樣的人。」賽杰看似親切的笑容多了一絲歡喜，我想瞭解原因。可以鎮住我的殺意，但鎮不住父王？還是實際上操縱了父王只是不明說？

腦海閃過畫面：將這異教徒刻滿刺青的腦袋削下來，讓他的微笑凝固在臉上，脖子朝四方噴血。我立刻伸手想拔劍，集中全部意志力推動肢體。然而劍首冰涼，五指朝握柄蜷曲，還來不及扣緊手掌，就彷彿喪失生命般垂軟下來。

賽杰挑眉。他的眉毛和頭頂一樣剃掉又重新畫過。他退後一步。

「裘葛王子眞是個有趣的年輕人。」那雙眼睛浮出寒意，剛才的和藹可親瞬間化爲烏有。「之後再好好研究你爲何如此心浮氣躁吧。現在先讓羅巴送你回房，你也應該累了。」賽杰講話時，右手手指搭在左臂來回游移，輕輕擦過符號，又跳到上頭形似黑色月牙的圖案，然後反覆磨蹭詞組，彷彿執行寫好的腳本。我眞的感覺好累，四肢都成了鉛塊下墜。

「羅巴！」他朝門口稍微大聲叫喚。

賽杰回頭望著我，神情又變得溫和。

「旅途勞累，祝殿下有個好夢。」他手指移動到別的句子上，這次是左手指碰觸右手臂，

注：中世紀天主教文獻用詞，最初特指羅馬帝國阿拉比亞省及其周邊沙漠地區的的居民，且與「阿拉伯人」爲兩種不同身分。但隨時間演進，阿拉伯人以及穆斯林也納入指涉範圍，主要用於非基督信仰且膚色（種族）不同的人。「摩爾人」一詞沒有明確的種族或文化指標，但通常指伊比利半島和北非的穆斯林（以阿拉伯人和北非民族爲主）。

比夜色更黑的字符橫跨他的腕部血管。「夢會反映人的本質。」

我努力睜開眼皮，注視賽杰的脖子。他的喉結左邊、密布的刺青中間有個符號特別大，彎彎曲曲像是一朵花。

碰那朵花。我將思緒凝聚在這句話上：碰那朵漂亮的花。不知是不是魔法，不聽話的手臂居然動了，指尖按在他咽喉。賽杰錯愕的同時，背後傳來開門聲。

我繼續專注：這人好瘦啊，真的好瘦啊，不知道能不能一手箍住他的脖子？思維中沒有暴力，只有好奇，手掌也真的貼住了他我喉嚨。我聽見羅巴抽了一口氣，賽杰則是張著嘴巴發呆，難以置信。

其實我站不穩，也壓抑不了聲音中的倦意，但還是朝他眼底直直瞪去。必須這麼做才能讓他感受到威脅，也只有這麼做，我才不會腿軟倒下。

「我做什麼夢，自己知道就行了。祈禱我別夢見你吧。」

鼓起最後一絲氣力，我轉身越過羅巴，走出門口。他追到外頭。

「王子殿下……我沒見過有人能對賽杰出手。」

改口王子殿下了是嗎？很好。語氣也多了點敬意，是否發自肺腑不得而知，我太疲憊了懶得管。

「他很危險。和他作對的人，不是一睡不醒就是發瘋。傑爾勛爵之前曾當著陛下的面和他起爭了執，結果才過兩天就告老還鄉，據說現在連自己吃東西都有問題，每天只是反反覆覆地一直哼著兒歌。」

到了西翼樓梯口，羅巴急急忙忙跑到我身邊開口提醒：「王子殿下，為您準備的房間在赤廊那頭。」他盯著腳，「您以前那個房間騰出來給公主殿下了。」

公主？無所謂，明天一併查明。我跟著羅巴到房間，赤廊這兒都是客房，房間比起外頭很多酒館還大，但無論如何都是羞辱，只有鄉下男爵或王室遠親來訪才住客房。

我在房門前停下腳步，已經累得快要暈倒。賽杰的法術很強，體力像割腕般迅速流失。「羅巴，先前說過，你得做個選擇。」我連講話都斷斷續續。「想清楚了的話，去找梅康．孛薩過來，叫他今晚守在我門口。」

我沒等他回應，因為再拖下去，可能就要他抬我上床了。我推開門一進去，立刻往後倒，壓著門板關上，整個人滑到地板。

我感覺自己好像滑個不停，滑進越來越深、摸不著底的空洞。

18

我在抽搐中醒來。全身肌肉忽然意識到自己沒認眞警戒時，就是這種反應。接著是震驚，我睡得未免太沉了，在外行走的人不可能睡得這麼熟，否則可能再也起不來。除了心裡困惑，周圍一片黑暗，什麼也看不見，我伸手想拿劍卻只摸到柔軟床單。高堡！我猛然想起自己身在何處、異教徒以及他的邪術。

所以我朝右邊滾，裝備習慣放在右手，結果還是只有床墊，軟得一拍就陷下去。明明睜開眼睛了卻和瞎子沒兩樣，我猜窗戶遮板被闔緊，否則不會分毫星光都沒有，而且實在太過安靜。再伸手摸索，找不到床緣，心裡苦笑著這時候睡大床可不是什麼好事。

我呼出一口氣，這口氣在驚醒時就閉著沒吐掉。回神細想，我爲何醒來？大床鬆軟舒服，我怎麼忽然掙脫邪術？我抽回手並彎曲膝蓋到胸口，這才發覺是被別人抬上床，還脫光了我的衣服。絕對不是梅康，他知道夜裡也不能讓我一絲不掛。看來有人得和我好好溝通一下了，但得等到白天再說，現在我太累了，只想睡到天亮。

可惜的是，醒過來後，就怎麼也睡不著了。我赤身躺在陌生的床鋪上，尋思著自己的劍被藏到哪兒去了。

有怪聲。非常細微，起初我還以爲是自己胡思亂想，只能瞪著黑暗凝神細聽，卻又捕捉到異樣，像是皮膚摩擦石頭，還有很輕很輕的氣息。說不定只是夜風從遮板縫隙吹進來。

寒意從背脊傳到肩膀。我坐起之後忍住出聲的衝動，打算勇敢對決看不見的恐怖。又不是六歲小娃兒，我提醒自己，連死人都會被我嚇跑。我掀開被褥下床，反正面對邪術也不能拿棉被擋。伸出雙手摸索，首先總算摸到床緣，接著是牆壁。我的指尖抵著石牆轉身移動，卻有什麼東西翻倒碎裂，然後小腿擦到東西，下半身差點兒整個掉進櫃子還是什麼家具上。好不容易，終於找到窗戶遮板。

抓著窗鉤卻使不上力，指頭像是凍僵那般，背部發麻，我聽見腳步聲靠近。我用盡全力扳開遮板，但動作還是顯得緩慢遲鈍，彷彿整個身體泡在糖漿內，如同巫婆在面前卻動彈不得的噩夢。

遮板驀地朝內彈開。外頭是廣場，也是處刑地，此刻浸沐月色之下。我很慢、太慢地轉身，什麼也沒看見，只有銀光流瀉進黑暗。

右側牆壁被照得很亮，我的影子延伸到窗光邊緣，指向一幅大肖像畫：一名女子的全身像。看清以後，我四肢麻木、面無表情。這幅畫我認得，是母后，背景是高堡大殿。她穿著白色華服，身材高眺、神情冰冷。母親說過不喜歡這幅畫，畫家將她描繪得過分疏離，王后威嚴太重，還說幸好有威廉沖淡了那股冷漠，如果不是畫面上的威廉抓著她的裙角，也許當初就扔了。因爲小威廉，最後她捨不得。

月光照得她面孔一片銀白。我的視線向下挪，看著母后身形，她仍在世時便窈窕高䠷，進入圖畫感覺更顯修長，衣服蕾絲彷如瀑布垂下，畫技精湛，栩栩如生。

窗口拂進來一陣風，但那股寒氣遠超過秋意，使我起了雞皮疙瘩。母后捨不得的是威廉，可是畫上根本沒有威廉……我朝窗戶退了一步。

「耶穌在上……」我忍住淚水。

母親的眼珠子隨我的腳步轉動。

「裘葛，耶穌不在這裡。」她開口了：「沒有人會來救你。你眼睜睜看著我們死，你一直在旁邊看，沒來救我們。」

「不是這樣，」我的膝蓋後側靠上窗臺，觸感冰冷。「是因爲荊棘……我被荊棘困住了。」

母后瞪著我，眼睛反射蒼白月光。她笑了，一瞬間我以爲得到寬恕。接下來她尖叫，不是遭到伯爵手下強暴時的叫聲，是的話我能承受。或許可以。那是看見威廉被殺死以後的叫聲，嘶啞淒厲、動物本能的叫聲，從畫上那張完美臉龐口中傳來。

我不由自主跟著大吼：「是因爲荊棘！我試過啊，母后。我努力了。」

可是他也從床後頭現身了。威廉，可愛的威廉，顱骨側面凹陷的威廉。金髮上血液凝固成塊，一顆眼珠子不見了，另一顆盯著我。

「裘葛，你放任我死……」弟弟的喉嚨中像是有氣泡。

「小威廉……」我不知如何回答。

他朝我伸出手，無血色的皮膚上卻有一滴滴最深沉的紅。

身後窗戶大大開著。我一退再退，就要跌出去。但忽然有股力量將我往前推。我站穩以後，看見小威廉還在原地，默不作聲。

「裘葛！裘葛！」一聲聲呼喚傳來，遙遠又熟悉。

我回頭望向窗下，高得令人暈眩。

「跳下去吧。」威廉開口。

「跳下去！」母后咆哮。

她的聲音不再像母親了。

「裘葛！裘葛王子！」喊我的聲音越來越大，猝然一陣晃動推來，將我拋向地面。

「小子，讓開。」是梅康，他站在門口，背後的燈火照出一身輪廓。我倒在他的腳邊而非窗邊，也不是裸體而是全副武裝。

「裘葛，你一直卡著房門，」梅康解釋：「這個叫做羅巴的小子要我趕過來，結果就聽你在裡頭大吼大叫。」他掃視四周，確認是否有埋伏，「所以我大老遠從南翼到這兒，只是因爲你做了個噩夢？」將房門大大推開以後，他才想起補上一句：「王子殿下。」

站起來以後，我覺得好像全身被胖子卜羅碾過一遍。環顧四周，牆上沒有畫，當然更不會有母后和床後的小威廉。

我自然而然拔劍了。一定得殺掉那個賽杰。血腥味彷彿已經瀰漫口中，又炙熱又腥鹹。

「裘葛？」梅康的神情很擔心，似乎怕我發瘋了。

我朝門口走，他上前擋住。「裘葛，不能提著武器出去，你會被警衛攔下。」

梅康沒有萊克那麼高壯，但也夠大個兒了，比起一般男性，他的肩膀更寬、肌肉更多。換言之就是沒辦法硬闖，除非殺掉他。

「也罷，當作交換吧。」我放下劍。

「殿下？」他皺眉。

「姑且留那個刺青混蛋一條命。」我回答：「還用得著。」母親的模樣閃過眼前又消失。

「我得調查局勢，明白棋子和棋手分別是誰。」

梅康的眉心越來越緊皺。「裘葛，先好好睡一覺。這次去床上躺。」他回頭望著走廊，「要留盞燈嗎？」

我嘲弄的一笑。「不必。我不怕黑。」

19

我很早就醒了，陰暗晨光穿透過遮板後，我第一次看清楚房間內部。空間頗大，裝潢齊全，壁毯是張狩獵圖。我鬆開緊扣劍柄的手，伸展肢體，打了呵欠，這張床睡起來怪怪的，太柔軟太乾淨。我一掀開被子，打翻床頭矮櫃上的鈴鐺，它撞到地板先發出清脆的叮咚聲，才滾到地毯安靜下來。結果沒有下人過來服侍，也好，四年裡都是自己更衣。不對，根本很少換衣服！何況現在這身裝扮，比王宮裡最卑微的奴僕還不如——或許就是這樣他們才沒來。

我將甲冑罩在髒兮兮的上衣外，櫥櫃上有鏡子但我沒拿，任它面朝下倒在原位。隨手抓抓頭髮，確定沒有太大的蝨子之後，就準備出門吃早餐。

我出去之前先開了窗戶，這回不必摸索便直接找到窗鉤。望向外頭廣場，一片方形空地被高堡空蕩的牆壁包圍，幾個伙房小伙子與女僕走來走去忙著幹活，無暇抬頭欣賞頂上的黯淡曉色。

我也該下去了。每個王子都一樣，城堡裡面最熟悉的地點就是廚房，還有什麼地方更適合探險？又有什麼地方能聽到最多檯面下的眞話？威廉和我在高堡廚房裡得到的知識，比起那些講拉丁文、講戰術的課本要多得多。兄弟倆總是沾了滿手墨汁就溜出郎翟的書房，在走廊上狂奔，不知跑下多少臺階才終於逃進廚房。

走在同樣的走廊，卻因爲習慣了在外頭打殺的海闊天空，竟覺得此處狹小擁擠。在廚房還能了悟生死，眼睜睜看著廚子將雞隻從活的扭成死的，麵包師傅伊賽把牠們拔光羽毛變成光禿禿肉塊，馬上就要剁來用。在裡頭多待一會兒，就能明白死亡之中沒有優雅、沒有尊嚴，體認其醜惡也品嘗其鮮美。

赤廊走到底轉彎，我沉溺於回憶之中，所以不夠留意周遭，回過神時來人已經撞上來。四年訓練出的本能反應，使我來不及察覺對方有一頭長髮和一身絲綢，已將人壓上牆壁，手捂著對方嘴巴，匕首抵在咽喉上。面對面和俘虜互瞪片刻，那雙眼睛綠得出奇，簡直就是彩繪玻璃。我趕緊收斂滿臉凶相，放鬆下顎堆出笑容，退後一步放開那人。

「抱歉，女士。」我淺淺鞠躬，發現她很高䠷，和自己差不多，年紀也大不了多少。

她不懷好意地笑著伸手抹嘴，手背被血染紅，看來咬到了舌頭。不得不說這女人很漂亮，五官帶有英氣，鼻子顴骨都高挺，嘴唇又豐滿，一頭深紅色長髮烘托了她的臉蛋。

「你的味道眞重。」她在旁邊走來走去，彷彿打量市集上的馬匹。「可惜蓋倫爵士正好沒跟過來，否則現在下人已經撿走你的腦袋了。」

「蓋倫爵士？」我問：「看來我得小心這號人物。」她戴著金網項鍊，墜子是幾顆鑽石。大概是西班牙那邊來的，馬岸地諸國工藝沒這麼精緻。「國王的客人互相殘殺可就難看了。」

我暗忖對方多半是商人女兒，要向國王獻媚進貢。如果不是富商，很可能就是偏東部的貴族出身，說話帶著當地的喉音。

「你是陛下的客人？」她挑眉的樣子也很美。「看來比較像偷溜進來的不速之客，從氣味判斷應該是從廁所潛入，見你一身笨重裝備，也不大可能爬牆。」

我學殿前侍衛立正站好，朝她伸出手臂。「我正要去廚房用餐，那裡的人認得我。女士要同行嗎？可以順便查驗我的身分。」

她點頭但是沒搭理我的手臂。「其實我也可以要下人找衛兵來把你押進大牢，說不定出去就遇上了。」

兩人一起穿過走廊，下了幾道階梯。

「兄弟們叫我裘葛，」我報上名字。「女士怎麼稱呼？」宮廷腔調和用詞很彆扭，加上此刻我口乾舌燥得奇怪。她的身上有股花香浮動。

「就叫我『女士』。」她鼻子又皺了皺。

我們遇上兩個王宮侍衛，穿著火色青銅甲（注）、頭盔翹著羽毛。他們看我的眼神也像看到廁所裡的黃金，但女人悶不吭聲，也就沒人攔下我。

儲藏室內牛肉乾豬肉乾一大桶一大桶堆到天花板。這位「女士」似乎也很熟悉地形，綠寶

注：「青銅」為現代命名，古時冶煉的青銅是黃色偏紅，埋入土內才因演化呈現青灰色。

石般的眼珠掃過來。

「你進城是想偷東西，還是想用那把匕首殺人？」

「兩者皆有吧。」我笑著說。

不過她問得很好。我也不確定自己爲什麼回到高堡，唯一理由似乎就是彷彿有人不希望我這麼做。自從在籠子找到襲斯特、鬼魂鑽進我體內、心思飄回高堡以來，總覺得有個聲音叫自己別回來。問題是我不受控制。

我們走過「短橋」，就只是三片紅木搭在大型鐵閘閥上方。以前郎翟說過閘閥用於封鎖城堡下層，控制走道地板裂口升起的三呎厚鋼壁。到了下人活動的區域後，牆上不再是銀燈，直接掛著火炬，油煙味反倒給了我回家的自在感。

「說不定該留下來。」我說。

廚房就在前面，二廚卓恩正拖著半條豬走進去。

「『兄弟們』不會想念你嗎？」她半開玩笑地問，又伸手碰碰嘴角，剛才我以手掌按住的地方起了點紅。

她的婀娜也讓我的身體起了反應。

我聳聳肩，停下腳步，試圖卸除左前臂護甲。「出去外頭可以認識很多兄弟，」我回答：「給妳看看我說的是哪種人吧……」

「我來。」她的語氣有點不耐煩。

火炬照得她頭髮也泛起紅光。女孩的手指靈巧，一下就解開釦環。雖是女性卻對護具似乎很瞭解，她口中的蓋倫爵士或許不是只懂得砍人腦袋的老粗？

「然後？」她問：「我又不是沒看過男人的手臂，但這麼髒的倒可能是頭一遭。」

我咧嘴笑，臂膀翻面，露出手腕上兄弟會烙印，三道醜陋的燒痕。女子蹙眉說：「傭兵？還引以為傲？」

「比起我原本的家，是更值得驕傲。」我知道自己語調帶著怒氣，也忽然起了嚇跑這商家女、要她別煩人的念頭。

「這些呢？」她的手指從烙印沿著我臂膀向上，來到手肘後頭，再上去就被護甲蓋住。

「耶穌保佑！原來這身泥巴底下不只是個大男孩，還有這麼多疤痕！」

隨著她的緩緩輕觸，一陣悸動流竄過全身，我趕緊抽回手臂。「以前摔進荊棘叢裡過……小時候的事了。」聲音有點太尖銳。

「什麼荊棘會傷得這麼重？」她問。

我又聳肩。「長了倒鉤。」

她默默做出「噢」的嘴形。「掉進去就不能亂動，」女子的眼睛停留在我手臂上。「算常識吧。看這疤痕，你的傷口應該深可見骨了。」

「我自己知道。走了。」我快步朝廚房移動。

她追過來，絲衣擺蕩。「為什麼掙扎？不動比較好吧？」

「年紀小，不懂事。」我說：「換作現在就不會掙扎了。」眞希望這蠢女人快滾開，我的胃口都沒了。

可是我的手臂還記得方才的觸碰，而且她說得沒錯，棘刺扎得很深，頭兩年每隔幾週，傷口便會抽痛、毒素入血，然後我做出來的事情會讓所有兄弟都害怕。

走到門口的時候，卓恩剛好踏著笨重步伐出來。他嚇了一跳，雙手在髒掉的白圍裙肚子上抹了抹。

「啥——」才一開口，他的眼睛瞄到我後頭，隨即睜大了。「殿下！」卓恩忽然非常驚恐，像一團果凍扭來扭去。「殿下！您到廚房來做什麼？這樣太紆尊降貴了。」

「『殿下』？」我回頭盯著她，察覺嘴巴還沒闔上，又趕快閉緊。

女子露出微笑，我不知道自己到底想甩她一巴掌還是吻下去。還沒決定好，一隻大手搭上我肩膀，我被卓恩扭了半圈。「一定是你這無賴拐騙殿下——」一句話沒說完又鯁在他喉嚨裡，胖臉上的五官全擠在一起，要開口又不知如何繼續。最後他鬆了手，終於吐出聲音：「裘葛？是小裘葛嗎？」淚水沿著他的兩頰滑落。

以前小威廉和我不過就是看著他殺雞烤餅，眞不知道有什麼好哭哭啼啼的。但我任這難爲情的氣氛延續下去，因爲正好能瞧瞧另一位殿下訝異的表情。我朝她咧嘴一笑，做了個宮廷式鞠躬。

「是公主殿下？您說要找侍衛拘捕的不速之客，其實正是和您同父異母的手足。」

她鎮定得很快。這點我欣賞。

「只可惜，實際上你是我的外甥。」她回答：「你父王兩個月前迎娶了我的姊姊。我叫凱薩琳，是你的小姨。」

20

凱薩琳和我坐在廚房下人用餐的地方，他們很快地清理環境、翻出各式各樣的蠟燭，放在陶碟上端過來，然後守在兩邊出入口嘻嘻呵呵，好像準備過節或者歡度喜慶，彷彿我們兩個是娛樂大家的啞劇演員。卓恩如同駁船般切開水流，在下人中間開出一條路，送上新鮮麵包、一碗蜂蜜、金黃色奶油與銀餐刀。

「來這兒吃才是享受。」我的目光鎖在凱薩琳臉上，她也不以爲意的樣子，「麵包都是剛出爐的。」麵包被撕開的時候還冒出熱氣，天堂大概也是這種香氣。「難怪我一直想念你呢，卓恩。」我回頭告訴他的話，他接下來一整年大概都會念念不忘。其實沒那麼想念，夢到烤餅一百次可能才想起這個人一次吧，剛才看他走出廚房還努力半天才想起他的名字。不過在這女人面前，不知爲何，我自然而然想要裝得自己很念舊。

咬下第一口麵包，喚醒了身體的飢餓，我狼吞虎嚥起來，就像和兄弟們坐在路邊吃東西。凱薩琳停下來目瞪口呆，餐刀還懸在蜜碗上，嘴角微微上翹。

「唔……咕……」我邊吃邊問：「怎麼了？」

「人家可能擔心你吃完麵包，還會去桌子底下跟狗搶骨頭啃。」梅康不知道什麼時候來了。

「該死，你換了鞋底嗎，梅康爵士。」我一轉身，看到他站在背後，身上的甲冑晶亮。「都穿鎧甲了還不知道要叮叮咚咚一點。」

「王子殿下，我叮叮咚咚很久了。」他的臉上浮現很惹人厭的笑容。「是你的心思放在更要緊的事情上吧？」梅康朝凱薩琳鞠躬，「是否有榮幸請教女士是？」

她伸手。「凱薩琳・艾普・史克隆，王后殿下的妹妹。」

梅康聽了挑眉，握手以後再度鞠躬，動作更大地輕吻了凱薩琳的手指。大嘴本來就性感，而且他還梳洗整理得很好，栗子色鬈髮和身上的甲冑一樣閃耀，這瞬間，我恨他恨得牙癢癢的。

「坐吧。」我開口：「卓恩很厲害的，再送點麵包過來不成問題。」

梅康鬆開凱薩琳的手，但動作太慢了，我不喜歡。「很遺憾，王子殿下，我過來不是因爲肚子餓，只是覺得能在這裡找到你。你受陛下召見了，現在有上百個侍從東奔西走，搜尋你的下落。還有，公主殿下。」他盯著凱薩琳欣賞。「我在路上遇見一位叫蓋倫的人，他也正在找妳。」說到那個名字的時候，梅康的語調不大對勁，可見得和我一樣對蓋倫印象不怎麼好，尤其他還和對方打過照面了。

我望著麵包，實在捨不得走。

我們回到地上，這才發現去地底廚房走了一遭，高堡已徹底醒過來了，到處是侍從、侍女，頭戴羽毛盔的衛兵或兩人或五人並列前去執勤。途中遇見滿身皮草金鍊、受僕役簇擁的貴族時，他大驚失色連忙鞠躬叫道：「公主殿下早安！」

穿過重重廊廳後，進入了奔流殿，也就是正殿前的接待處。歷代君王穿過的盔甲皆展示於此，彷彿空心騎士的默默守護。

「裘葛・昂奎斯王子與凱薩琳公主求見。」梅康告訴守門侍衛。他將我擺在公主前面，在宮廷之外可能是小事，但到了奔流殿這就是大事。看清楚了：面前這是王位繼承人，別擋路。

兩側站著頭戴羽冠的衛兵，乍看就像空心盔甲一樣不會動，只有視線朝我們飄來，鐵手套沒離開過拄在地上的巨劍。正殿門前兩名侍衛互瞟一眼，遲疑之後朝凱薩琳鞠躬，動手為我們開門。我認得其中一人，榆木底號角圖案的胸甲紋章屬於雷利爵士。幾年不見他也老了，推起包覆青銅殼的橡木殿門似乎有些吃力。

門扉開啓，流出暖光的窄縫逐漸擴大為我曾經認識的那個世界：昂奎斯諸王的朝廷。

「公主殿下？」我直接端起她的手走進去。

建造高堡的那支民族技藝精湛，卻顯然沒什麼想像力，縱使牆壁能夠千萬年不壞，卻絲毫不具美感。正殿就是個沒有窗戶的大箱子，四邊大約都是百呎，天花板則高達二十呎，好叫謁見者深感渺小。但總而言之，就只是個箱子。角落設計了樂師表演的舞臺，稍微沖淡枯燥氛圍，國王位居的高臺也特別氣派，可是我不想看向王座。

「凱薩琳・艾普・史克隆公主駕到！」傳令宣告。

完全不提落魄的小裘葛。區區傳令，若非有人事前打過招呼，絕對沒這膽量。我們恭恭敬敬穿過大殿，持續受到牆下侍衛注視，左右牆頂上有弩弓兵，柱底和門口的守衛手持刀劍。

傳令沒有報我姓名，但顯然消息早就傳開。除了戒備格外森嚴，一大清早就有上百位宮廷中人聚集圍觀，絕對不是常態。他們一身鵝絨華服，踏著小碎步侷促不安，等待君主發言。我的眼睛掃過輝煌奪目的人群，忍不住留意起名貴珠寶。在外闖蕩的習慣一時改不掉，下意識開始計算價值：女伯爵巨乳上掛著一匹戰馬，旁邊勛爵的鍊子等於十套鱗甲、每個戒指相當於良質長弓與小馬。回神以後趕緊提醒自己，此一時彼一時，遊戲規則大同小異，但押的注可不同了。談不上孰高孰低，就只是不同而已。

閒言閒語此起彼落，有些銳利得像是直接亮出刀子、劃出一道疤，也有所謂的口蜜腹劍。前面有人倒抽一口涼氣，訝異於王子覲見怎麼還是這身風塵僕僕的模樣，後面立刻有人拿著絲綢手帕遮掩嘲弄的竊笑。

我終於抬起頭。

四年過去了，父王的改變不大。同樣的高背寶座，同樣的銀邊狼皮袍子。我離開的那天，他就是這身裝扮。額上的王冠一眼就知道屬於戰士所有，鑲著紅寶石的鐵環箍住一頭黑髮，摻雜其間的斑白是鐵灰色。左邊后座上就是高堡新任女主人，容貌和凱薩琳神似不過溫和了些，銀絲與月光石交織爲后冠，固定了她的秀髮，一襲象牙白衣裳徹底遮掩了懷孕跡象。

王座和后座之間多了一棵樹：全部都是水晶，葉片綠得媲美凱薩琳那雙眸子，又寬又薄還十分茂盛。樹幹纖細，但高達九呎，枝椏蜷曲、晶瑩剔透，色似焦糖。我沒見過這麼精美的藝品，暗忖恐怕是王后的嫁妝，價值不菲。

賽杰站在晶樹後方斑駁綠意的光影下。昨夜會面時他穿著白袍，現在換了黑色高領，頸間掛著一串黑曜石板。上前時我們視線交錯，我便朝他擠出個笑容。

殿內眾人讓出空間。梅康帶頭，我牽著凱薩琳的手。官紳仕女的香水味竄進鼻子，是薰衣草和柑橘精油，在野外同樣濃厚的氣味只有屎味。

王座底下兩階處站著一個甲冑威武、身形雄偉的騎士，鐵板鍍上火焰色青銅，胸前雙龍彷彿盤踞煉獄。

「蓋倫爵士。」梅康小聲提醒我。

我瞟了凱薩琳一眼，那微笑讓人摸不透心思。蓋倫的藍色眼珠也像是要噴火，敵意這麼清楚寫在臉上，也是值得欣賞的性格。他的頭髮是條頓人的金色，面孔方正英俊，年紀不小了，應該和梅康相差不多，至少經歷三十寒暑。

蓋倫沒讓開，所以我們得停在五階下。

「父王。」我開口了，之前已經在腦袋複誦一百遍準備好的講稿，事到臨頭仍舊被藏在內心的混蛋操縱了舌頭說不出來，於是沉默蔓延。「我想——」再次出聲就被他打斷。

「梅康爵士，」國王看也不看我。「朕派禁衛軍隊長出去找一個十歲小孩，心想快一點的話天黑就回來，小孩比較會躲的話頂多三天。」他的左臂離開王座扶手，儘管就只有、一兩吋高，卻足夠引發波瀾。殿內仕女竊竊私語，但等他手指重返寶座，又立刻安靜下來。

梅康低頭不語。

「一、兩星期叫做庸碌無能，超過三年是欺君罔上。」

梅康一聽猛然抬頭。「陛下誤會了！臣絕對沒有那種念頭！」

「當年朕以為你堪當大任，梅康爵士。」父王的語氣眼神都冷得可怕。「就給你個機會解釋。」

爵士的額頭冒出冷汗。想必他也預習過如何回應國王問罪，但同樣把準備好的說詞忘得精光。

「太子殿下膽識過人，充分具備繼承王位的資格。」此話一出，新王后立刻顰眉蹙額，父王也抿緊嘴角，匆匆朝我瞥一眼，目光沒有透露半點心思。「臣找到他的時候，人已在南方三百哩外的賈瑟斯。」

「梅康爵士，朕很清楚賈瑟斯在哪裡。」父王回答：「不必在這兒給朕上地理課。」

梅康低頭。「亂世凶年，陛下和所有顯赫世家的人一樣樹大招風，無論臣自認多麼忠君護主，憑一己之力，實在無法在賈瑟斯那種地方保護太子周全。裘葛殿下最大的保障就是隱姓埋名。」

我掃視宮廷，發覺梅康可能不像我眞的腦袋空白，這番話似乎打動了不少人。

國王伸手搔搔鬍子。「既然外人不知是誰，你騎馬載回來不就得了嗎，梅康爵士？朕想像不出爲何這路途要花上四年時間。」

「陛下明察，太子與一幫傭兵結伴同行，天縱英才獲得他們效忠賣命。殿下同時明言若我正面搶人，便會遭到傭兵圍攻，若我暗中擄人，則他會一路宣揚自己身分。我相信太子說到做到，他擁有昂奎斯王室的堅強意志。」

該出場了，我心想。「經過四年，換來的是個更出色的軍官，」我說：「戰爭有很多層面是守在城堡裡頭學不到的。我們——」

「梅康爵士，你無所作爲。」父王的視線緊盯著他，彷彿我根本不在現場，語調湧現一絲怒意。「換作朕騎馬追人，一個月內必能帶他離開賈瑟斯。」

梅康爵士深深鞠躬。「因此陛下是一國之君，而臣只是禁軍隊長。」

「已經不是了。」父王說：「隊長一職由蓋倫爵士繼任，他先前在史克隆王室就負責禁軍。」

蓋倫朝梅康淺淺鞠躬，唇上染了一抹訕笑。

「還是你想挑戰蓋倫，贏回舊職？」父王又搔著花白鬍子。

我覺得是陷阱。父王根本不想要梅康回來。

「既然陛下已有合適人選，」梅康說：「臣無權違逆君上旨意。」他也發現了。

「無妨。」入殿之後，父王第一次的笑容就如同冰霜。「你們不在的期間，王宮也靜得很，現在正好來點娛樂，就來場比試吧。」他停頓之後補上一句，「看看出去外頭闖蕩又能學會些什麼。」所以他明明聽見了我的話。

「父王——」我一開口就被打斷，而且氣勢壓不過他。

「賽杰，把人帶開。」他說。

我無法抵抗，邪術師的眼睛鎖定我，我就像頭綿羊乖乖被牽到王座中間。凱薩琳面色蒼白，快步走到她姊姊身旁。

梅康與蓋倫向國王行禮，兩人穿過散開的仕紳仕女，走到地板上大理石鑲嵌出的星形圖案上。星星約十呎寬，標記出正殿中心。他們面對面相互鞠躬，然後執起武器。

梅康手中依舊是當年接下禁衛軍隊長一職時父王贈予的長劍——印度鋼鍛造，色澤偏暗、輕盈靈巧，劍身以酸蝕刻寫古代的力量符文，不過幾年的打殺在劍刃上留下了不少凹損。我沒見過劍藝勝過梅康的人，也不想在今天見到。

蓋倫爵士原地不動，只是提著長劍，姿態慵懶。他的武器沒什麼特殊，就是很普通的長劍，但那種黑鐵是土庫曼人冶煉的。

「別小覷土庫曼刀劍……」我低聲說。

「土庫曼鐵不僅鋒利，還像海綿一樣吸收魔力。」賽杰替我接出諺語後半句。

我本想回話羞辱異教徒，但鏗鏘聲已淹沒我。梅康朝那個條頓人出招，佯攻下盤又朝上疾掃。他的動作大巧不工，彷彿人劍合一，劍柄至劍尖都有生命，就算遇上混戰也總能第一時間判斷危機與轉機所在。

蓋倫爵士格擋之後猛烈還擊，雙劍飛舞，叮咚聲刺耳緊湊，我的眼睛幾乎跟不上。蓋倫的招式極其精準，如同每天日出便起來捉對練功，因而戰無不勝。

對陣才一分鐘，已經出現上百次生死關頭。我意識到自己的右手緊緊扣住了水晶樹，觸感光滑冰涼。這分鐘過去後，我已能判斷蓋倫更勝一籌，騎士競武是他的主場。梅康很厲害，也和我一樣會動腦，問題是我們打的是要踏在泥巴或火燒村莊運用地形的實戰。在正殿互砍單調乏味，卻是蓋倫的人生意義。

梅康往蓋倫的兩腿橫劈，劍弧太小，對手抓到機會馬上回敬。土庫曼長劍劍鋒在梅康額頭留下一道血痕，若劍身多個四分之一吋，就會削開他的腦袋。

「才剛開局，你就犧牲了騎士，裘葛殿下。」賽杰湊近我耳邊呢喃。

我心中愕然，觀戰太入神竟忘了這號危險人物。我的視線挪到頭頂上的綠色樹冠。「異教徒不明白何謂犧牲吧？」左手指尖下的水晶樹幹細膩光滑，不絕於耳的金鐵交擊彷彿為對話伴奏。「也不明白有失就有得的道理。」

水晶樹比我想像的沉重，本來以爲沒辦法翻倒，但是在兩腿一夾緊，加上肩膀使力以後，它便無聲無息栽了下去，撞上階梯，轟然化爲百萬碎片四射飛濺。昂奎斯的貴族應該慶幸自己的目光集中在決鬥而不是王座，否則有一半人現在已經瞎了。水晶渣散落在眾人背上，高臺下盛裝打扮的小丑一個個失聲尖叫，女人們伸手探進鑽石頭冠底下的髮絲，抽回來的時候割得滿掌血；男人們穿著流行的金絲涼鞋，踩在水晶地毯上又叫又跳。

梅康和蓋倫也大驚失色，都放下了劍。

父王豁然起身，所有人不管是否受傷，都不敢發出半點聲息。

只有我除外。他張開嘴巴，但這次我搶先一步。

「梅康爵士在城外學會的可不是這種宮廷決鬥，戰爭豈能靠騎士道或一對一取勝？他和我都深有體悟，只是梅康爵士寧可自己喪命，也不願在大殿上親自示範，以免觸怒主君。」我聲音不大，大家反而更安靜。「父王，」我轉身直接面對他。「我來展示學到些什麼。讓我和你的條頓小狗對打。如果連我這種沒啥經驗的人，也能擊敗你的手下愛將，回復梅康爵士的官職還考慮個屁？」

我故意用粗話挑動他怒氣。

「小子，你根本沒成年，接受你的挑戰反而羞辱了蓋倫爵士，門都沒有。」他咬牙切齒，我沒見過父王這麼氣惱的模樣。應該說，根本沒見過他有情緒。

「羞辱？或許吧。」笑意從心底湧出，我也毫不掩飾。「但我可是成年了，父王。三天前剛過十四歲生日，已經可以成婚，對王室而言是資產。而我要求以這場決鬥做爲成年禮，你拒絕的話就是否定了昂奎斯一脈延續三百年的傳統？」

國王脖子上青筋隆起，手掌開開闔闔的，似乎想找把劍來用。看來不需要顧念情分了。

「要是我死在這兒，還順便解決了繼承問題，」我繼續說：「你從史克隆找來的妓女只要生個兒子就好。我自己去找母后和威廉團圓，你就把我們忘得一乾二淨吧，也沒必要辛苦龔斯特神父特地跑去沼澤找我的屍體。」接著我轉身朝新后鞠躬。「請恕我說話難聽，妳別放在心上。」

「蓋倫！」父王震怒。「殺了這畜生，我不認這兒子！」

我立時拔腿飛竄，踏過滿地翠綠葉片。蓋倫從正殿中央的星形地板提著黑劍衝了過來，口裡高呼取我狗命。他的腳程不錯，可惜與梅康戰了一輪，多少體力不濟。我推開擋路老嫗，她倒地時還噴出口中爛牙，頭上珍珠灑了一地。

鑽過貴族人群，我也沒停步，避其鋒芒是當務之急。蓋倫嘴裡不吼了，但我聽得出他追在後頭，除了腳步還有喘息聲。對方身高超過六呎，不過我的甲冑較輕，又沒跟人動手，彌補了腿短的劣勢。跑到一半時我拔出劍，劍上有太多法術，過招也只是助長敵人氣焰，索性隨手丟下，減輕重量。

剩下的空間不多了，幾碼外是左側牆壁，蓋倫仍窮追不捨。

而我打從一開始就已看準目標：一個生著紅鬢角、嘴巴合不攏的年輕侍衛。等他意識到即將相撞時已經太遲，我揮出右臂鐵甲，小兵的頭顱向後敲在牆上，身子朝下滑落，什麼也管不了了。我左手搶了弩弓，回頭朝蓋倫的鼻梁扣下扳機。

弩箭很勉強地貫穿顱骨。事前上膛就是有這個缺點，不過這種場合一定幾小時前就要做好準備。總之，條頓武士後腦杓噴出一大堆東西，便倒地斷氣。

殿內一片死寂，只除了方才摔倒在高臺前的老婦人還在抽噎不休。我回頭掃視被噴了滿身血的貴族、大字形躺下的蓋倫，以及延伸到門口的水晶樹碎片。

「父王有被娛樂到嗎？」我問：「您先前好像還說過，梅康爵士不在，宮裡靜得很呢。」

我活到現在，生平第一次聽見父王的笑聲。那陣原本含在喉嚨，後來卻狂笑不止，讓他得扶著寶座才能站穩的大笑聲。

21

「都出去。」笑聲毫無預兆戛然而止，像蠟燭驀地被吹滅。父王對著現場的死寂說：「都出去，我要和這小子單獨說話。」

小子，不是「兒子」，我可沒漏掉細節。

位高權重、家財萬貫的貴族們魚貫而行，傷者由侍衛攙扶，還有兩人拖著蓋倫的屍體出去。梅康跟在蓋倫後面，踩著水晶玻璃，嘎吱、嘎吱、嘎吱，好像反覆肯定這人已經毫無生機。凱薩琳被侍衛牽走，走下高臺時，回頭望我一眼，彷彿終於拆穿我的僞裝。我朝她鞠躬致意，嘲諷如同拔劍是本能反應，見到她臉上那抹純粹的厭惡與詫異是有點心酸，但有時候痛是必要之惡，傷口經過燒灼才不會潰爛。刹那間她認清我，我也認清她，兩人脫下假面，如同新婚夫婦裸程相見。凱薩琳反映出我的弱點，就像甫回到昂奎斯綠野那時一樣：溫軟是一種誘惑，我們以爲自己需要、匱乏，無論外表多剛強，都想投入無憂無慮的懷抱內，於是最需要力量的那一刻，破綻也最大。嗯，心裡當然不太舒服，但鞠躬致意以後，我便目送她的背影離去。

王后也走了，左右都有侍衛陪伴，下階梯的動作有點笨拙搖晃，而且終於能看見微微隆起的肚皮。倘若賽杰的預言準確，她腹內的胎兒也是我的弟弟，沒了礙事的哥哥就能繼承王位。明明只是肚子鼓起的一個跡象，卻成爲了局勢發展的關鍵。我想起卡恩兄弟在林丘村割傷二頭肌那件事。

「沒事的，小裘葛。」當時我說幫他烤烤刀子消毒，卡恩卻這麼回答：「農家小伙子拿生鏽鋤頭打一下而已，傷口不深。」

「可是腫起來了，」我提醒：「最好燙一下。」也許都來不及了。

「才不要，又沒怎樣。」

卡恩死得很慘。三天以後，他的手臂腫得和我的腰一樣粗，化膿比鼻涕還要綠，味道太噁心沒人願意靠近，於是他自個兒尖叫著斷氣。或許傷口不深——但若不果斷應對，再淺的傷也可能侵蝕到骨髓。

不過就是肚皮漲了而已。我看著王后離去。

賽杰站在原地，目光時不時回到滿地水晶玻璃上。見他那模樣，不知情的話會以爲是死了愛人。

「異教徒，你去照顧王后。」父王吩咐：「看看她需不需要安胎。」

國王直截了當地趕人，可是賽杰心緒不定，一時沒會意。他的視線這才從我推倒的水晶樹幹飄上來。「君上，我……」

你什麼你，野人？討價還價？你憑什麼？

「我……」看得出來這對他來說是頭一遭，以往他習慣站在主導位置。「不能沒人保護您啊，這──」

這「小子」？有種就說出口啊。

「可能不安全。」

說錯話了。我猜這野蠻人仰賴法術太久，如果真的瞭解父王，就會明白千萬別暗示他面對我還需要保護。

「出去。」

雖然對親愛的父王有很多批評，不過他說話簡潔俐落這點，我一直很欣賞。

賽杰給我的眼色不只是厭惡。凱薩琳的情緒比較純粹，這名邪術師則夾帶很多迷惘和困惑。當然還是有厭惡，但多了些佩服，甚至是敬意，與其他念頭攪和在那雙看似溫和的褐色眼珠內。

「遵命。」賽杰鞠躬，朝門口走去。

我們靜靜目送他踩過這兒一把扇子、那兒一頂撲了白粉的假髮的凌亂地面。賽杰出去時闔上門，青銅邊框相撞的聲音沉悶。寶座後面牆上有道裂痕，那是我小時候丟槌子沒丟中砸出來的。看來這是懷舊念古揭瘡疤的一天。

「我要吉列瑟。」父親一開口就這麼說。

不得不佩服他總能殺得我措手不及，我都已經準備好翻舊帳徹底清算，結果他竟輕描淡寫就開始瞻望未來。

「也就是拿下紅堡。」我回答。像考試一樣，每回的父子對話都是如此。也如同牌局，應對進退都要斟酌賭注高低、提防對方耍詐。

「你嘩眾取寵的小手段使得不錯，殺了條頓武士是該對你刮目相看。在宮廷鬧得這麼難看倒也無所謂，我心知肚明那幫廢物成不了氣候。但是你呢？能夠委以重任嗎？能打下吉列瑟給我嗎？」

父子隔空對視。我遺傳了母親的瞳色，沒有他那樣的藍。他的藍眼裡是無盡寒冬，別無他物。換作賽杰的平淡無波，我都還能從深處挖掘出隱藏訊息，只有父王的眼睛例外，除了冰冷還是冰冷。或許恐懼就來自那份絕對，來自他毫無好奇。我看過各式各樣的怨恨，也看過施虐者眼裡那種病態的光彩，但總會透露出一絲興趣，那是慰藉、是共通的人性救贖。即便手中提著烙鐵，心裡還是想知道燙起來究竟有多痛。

「可以。」我回答。

可以嗎？未必。昂奎斯各鄰國裡，以吉列瑟最難攻破，就這點來看，吉列瑟的君主比父王更接近皇帝大位。百國諸侯之中，莫爾・吉列瑟找不到多少對手。

等我意識到的時候，手已經搭在匕首上。心中極度想要大叫著朝他揮刀，看看那雙眼睛會不會有溫度。*你賣了我母親，混帳！還有自己的兒子！威廉屍骨未寒就被你拿去利益交換，河*

道貿易比他的性命還重要嗎?!

「需要軍隊，」我說：「紅堡沒那麼好招惹。」

「林哨軍任你指揮。」他搭著扶手向椅背一靠，等著看我的反應。

「兩百人？」我的手指又扣住刀柄。兩百人對上紅堡？兩千人都未必有勝算。

「我要帶那些『兄弟』去。」

他眼神裡的凜冬沒有任何漣漪，聽見兄弟兩個字也紋風不動。我心裡的脆弱使我很想提起小威廉。「我打下吉列瑟和紅堡，領主人頭交給你，你把那個番邦人給我。」

還得改口叫我「兒子」。

22

梅康和我到了「墮落天使」酒館，點了一壺酒擺在桌上，破音的歌者唱了半天，也蓋不過店裡的吵雜。兄弟們都在這兒，和下城區的底層人民混熟了，有的打牌、有的嫖妓、有的大吃。萊克坐在隔壁埋首猛嗑烤雞，好像打算一口把整隻吞下肚。

「裘葛，你去過紅堡嗎？」梅康問。

「沒有。」

他盯著酒卻始終沒碰。有好一會兒，我們兩個人靜靜聽著萊克啃骨頭。

「你呢？」

梅康緩緩點頭，靠著椅背，視線飄向店門上方的燈籠。「跟著雷利爵士做侍從的時候，一起送信給吉列瑟領主過，我們在紅堡的賓客區住了一週，才等到莫爾·吉列瑟接見。和人家的正殿一比，你父王的城堡遜色很多。」

卜羅搖搖擺擺走過來，扣緊腰帶也藏不住肥肚，一手提著大肉塊，另一手是兩壺酒，指節用力得發白。

「結構本身呢？」誰的大殿更氣派，我一點也不關心。

梅康把玩杯子，仍沒喝入喉。

「裘葛，這是自殺。」

「那麼糟？」

「超乎你想像。」他回答。

紅褐色頭髮、擦脂抹粉的妓女，一屁股往梅康腿上坐下。「這個人這麼英俊，怎麼不笑一個？」她的巨乳不錯，又大又挺，在鯨骨和蕾絲做的緊身衣裡，擠得像個三明治。「讓我幫你找回笑容吧。」她雙手探進裙擺內，游移在梅康腰間，「有莎莉就夠了，這麼英俊的騎士不必找男孩取暖啊。」說完還朝我這兒使了個嫉妒眼神。

梅康把她摔到地板上。

「紅堡蓋在山壁上，光是從外面眺望城垛就會脖子痠。」梅康兩手抓起酒壺。

「噢！」妓女從溼地板起來，手掌在衣服抹了抹。「也不用這樣吧！」

梅康看也不看，直盯著我。「城門是鐵打的，有長劍劍身那麼厚。露在外面的只是十分之一，城裡補給品可以支撐好幾年。」

莎莉很敬業，注意力馬上放在我這兒，轉換之快，令人懷疑她一開始就這麼打算。「那你呢？」妓女伸手撫摸我的頭髮。「你這麼可愛的小伙子何必混在傭兵裡，這年紀也該學學怎麼和女孩子玩耍囉，讓莎莉來教你吧。」

她的嘴巴湊到我耳邊，讓我的後頸癢了起來。麥酒掩不住她身上廉價檸檬草香水與口中大麻菸的氣味。

「需要多少人才能見到吉列瑟領主一面？」我問。

梅康又望向燈火，扣著酒壺的指節泛白。背後傳來萊克的咆哮，接著就是不知誰被重重摔在桌上的聲音。

「要一萬人，」梅康抬高音量：「一萬人加上足夠補給，還要攻城兵器，很多攻城兵器。那大概花一年有機會逮到他，而且前提是不被吉列瑟的友邦從背後夾殺。就算想打消耗戰餓死他，也需要三千人。」

莎莉的手從我腹部探到腰帶扣時被我擰住，稍稍使勁一扭，整個人便隨著驚呼躺在我面前。她的眼睛也是綠色，和凱薩琳一樣，不過比較細長，也沒有那麼澄澈。脂粉下的年紀應該沒我起初猜測那麼大，最多不過二十。

「要是找到路進去呢，梅康兄弟？如果有辦法潛入，需要多少人才能奪下紅堡？」我朝著幾吋外莎莉的那張臉問。

「紅堡駐軍九百，都是老手。領主習慣派新兵到邊境，歷練幾年以後才調回去。」我聽見梅康重心向後，推開椅子，「哪個婊子王八蛋丟的？」他嚷嚷。

我一手繼續鎖住妓女手腕，另一手掐著她的咽喉，將她的臉拉過來。「今天晚上妳叫凱薩琳，讓我看看女孩子能怎麼玩。」

她的眸子裡少了一抹朦朧，多了一分恐懼。我無所謂。兩百兵力，不知道什麼密門可以進入紅堡，總該要有人操心。

23

我的書又滑開了。雖然說是「我的」書，實際上是離開高堡那時從圖書館借來的。書彈起來，差點兒夾到我的鼻子。

「煩死了，別亂動。」

「唔……」睡夢中的莎莉嘰哩咕嚕一陣，又把臉埋進枕頭裡。

我將書本重新放在她的屁股上，然後用手肘稍微推開她的腿。書頁上方就是莎莉一節一節的脊骨，在光滑背部向上延伸，最後從脖子竄進紅色鬈髮裡。其實我並不真的肯定書封上面的內容比下面的有趣。

「這兒說吉列瑟國境內有個亞人獸峽谷，」我喃喃自語：「位置在紅堡底下的荒土。」

陽光從打開的窗戶流瀉到室內，空氣仍清冷，不過也清新，帶著一點點麥酒香。

「唔……」莎莉又夢囈。

她被我累壞了。再有經驗的妓女碰上夠年輕的人也頂不住。不過身邊有女人再加上完全自主的時間，倒是前所未有的經驗，感覺挺不賴。沒人等著接手，也不必擔心房子被燒到塌下來，確實輕鬆多了，再加上配合度！這也是全新體驗，雖然要給錢，但熄了燈就裝作沒這回事。

「如果我的古希臘語沒有太差——是真的不差——所謂『亞人獸』是一種會講人話、引誘獵物的妖怪。」（注1）我低頭咬了咬她的大腿。「個人經驗裡，會說人話的妖怪根本都是人類，或者曾經是人類。」

腳掌掉到床外了。扭扭腳趾，可以幫助思考。

我伸手拿起偷來的三本書裡最舊的一本，它印在塑膠製的紙張上，內容來自太古造族。東方學者願意花上百枚金幣買這些古書，但我覺得利潤太差。

郎翟教過造族古語，我一星期就學會，他逢人就提、得意洋洋，直到撞上父王出名的一臉陰寒才閉上嘴。太傅說我對古語的掌握在破碎帝國已經數一數二，可是這小小一冊書，我卻看不懂大半。

每一頁的頁首頁尾寫著「最高機密」，這個我還能看懂。但「神經毒理學」、「致癌原」、「突變原」是什麼東西？古代的地名？讀了半天也搞不懂。幸好認得的字詞都挺引人注意：「武器」、「庫存」、「大規模毀滅」。最後面還附上清清楚楚的等高線地圖。我從郎翟那裡學過些地理，能將地形與《吉列瑟史》裡頭很小很小的〈紅堡瞭望圖〉連結起來。史書很大一本但是很無趣，皮革書背陷進莎莉讓人想多咬幾口的背部線條裡。

即使理解太古造族文字，卻無法組織成有意義的句子。「雙劑合成武器（注2）外洩目前為地區性問題，輕於空氣之單劑化合物毒性薄弱，但局部曝露仍常引致紅瘢症狀。」

同一頁還有：「雙劑洩露地區下游常見突變原作用。」套用古希臘語源大概能猜到意思，但怎麼想都沒道理，難道這是古時候的故事書？

「裘葛！」梅康隔著房門大叫：「有人過來要爲你引見林哨軍。」

莎莉驚醒了，被我壓著沒起身。

「叫他們等等。」我回話。

反正林哨軍派不上多大用場，除非他們能呼朋引伴，生出上萬人給我。

「耶穌保佑，怎麼渾身痠痛。」莎莉又想起來。「啊！居然天亮了！薩米瑟會殺了我。」

「要說幾次別亂動，」我從桌上錢包拿了硬幣丟過去。「有這個他就會閉嘴了吧。」

莎莉輕聲咕噥以後又趴下。

「雙劑武器外洩……」彷彿多念幾次就能參透似的。

「你們是不是要去紅堡？」莎莉忍著呵欠問。

我舉起手想拍下去要她安靜。但一方面她沒看到，另一方面《吉列瑟史》太大本，擋住了

注1：原本希臘語詞彙leucrota是指民俗傳說中半犬半狼（亦有綜合多種動物的外觀描述）的怪物，具有改變外形、顏色、性別和操人語的能力。斑鬣狗學名亦來自於此，因爲民間對該生物也有類似想像，且斑鬣狗發出的一部分聲音確實類似人。此處所指「亞人」只是外形接近人類的怪物。

注2：以兩種原本（相對）無毒藥劑混合爲劇毒物質的化學武器。

好目標。

「替我和小血人問好。」

紅瘢。

我的手掌搭著她的臀部。「小血人？」

「嗯。」

感覺她身子想扭動，我輕輕用力抓好。「什麼小血人？」

「啊？」她語調有點煩躁。「不然你以爲爲什麼叫做紅堡？」

我坐起身。「梅康，你進來！」我扯著嗓門大叫，叫得整間酒館都能聽見。騎士立刻衝進來，手搭在劍柄，看見莎莉裸體趴成大字形，嘴唇忍不住上揚，可是手卻沒換位置。

「王子殿下？」

「王子？什麼王子？他怎麼可能是王子？」

這回莎莉認眞想起身，幾乎都快蹲著了，我的《吉列瑟史》又彈起來。

我再把她按下去。

「梅康，昨天討論的事情……」

「怎麼了？」

「能不能描述詳細一點？例如那九百人有什麼特徵？」

一瞬間裡，他的神情就像白癡麥柯。

「例如他們的膚色？」我試著引導。

「啊，」梅康咧嘴笑。「『紅臉人』是不是？對，他們看起來很像煮熟的龍蝦，每個都一樣。聽說和當地水質有關，我以爲是常識呢。」

紅癜。

「我就不知道。」

「那應該奏請陛下處決郎翟太傅。」梅康回答：「大家都知道啊。」

山下有妖怪。

「他不是王子吧！」莎莉快要發瘋了。

「妳得到王室寵幸了。」梅康朝妓女微微鞠躬。

山上是紅堡和紅皮膚士兵。

我跳下床。

庫存武器。

外洩。

「那麼，」梅康問：「要出發了？」

我伸手拿起呢絨褲，綁褲帶的時候莎莉在床上翻身，那情景可眞是妨礙我更衣。就著晨光看裸女，我暗忖是不是眞的要將林哨軍和兄弟的性命，壓在意義不明的文字、盲目的臆測猜想上……

「一小時。」我又將褲子解開。「吩咐下去，我一小時以後就好。」

莎莉躺在枕頭上微笑。

「真的是王子啊？」

我忽然覺得想躺下。

24

「什麼風把寇丁上尉給吹來了？」午後下樓時，我的心情特別好。上尉對我一鞠躬，動作僵硬，嘴唇抿緊成一線。角落幾個年輕兄弟魯達、喬布、紭姆正照料宿醉的人，卜羅倒在桌子底下打鼾。

「還以爲你急著回去切尼灘，保護我國不受盜匪侵害。」我笑著說。

「有人對我的表現不滿。宮廷傳出議論，說我前兩天縱放惡棍入境，所以如今被調來奎斯城，擔任隨行護衛。」他朝門口揮手。「裘葛殿下準備好了嗎？」

我對這人的印象還可以，這點連我自己也訝異，通常我覺得大部分人都是蠢的。或許是情緒影響吧，嫖了一晚態度就軟了下來。

寇丁與四個部下帶我們穿越西門，梅康當然陪著，我還帶了艾班。老歸老，兄弟裡頭他算是會動腦的。另外則是紐客人，原因我自己也不確定，反正他坐在旁邊吃蘋果，弩弓擱在大腿，就順便帶上了。

我們走古道前往倫納特森林。如果能用飛的，距離只有十二哩，但古道是遠古羅馬人建造的，路線特別直，所以和飛的也差不了多少。

寇丁帶頭，兩個部下跟在左右，後頭的我們貌似悠閒。梅康蹭著他的火躍靠到蓋洛德隔壁，兩匹駿馬嘶嘶呼呼凶了彼此一頓。

「裘葛，你應該讓我和蓋倫打到底的。」梅康說。

「你覺得自己能贏？」

「不能。那條頓人有他的一套。」梅康抹抹嘴。「我沒見過劍術比他高明的人。」

「他沒那麼厲害。」我回答。

但兩人都沉默了。

結果艾班開口：「有梅康打不贏的人？梅康爵士耶？我不信。」咬字含混的他說到「爵士」兩個字聽起來更像是「椰四」。

梅康在馬鞍上轉身望向他。「這次是真的。國王找到比我厲害的高手，但被裘葛收拾掉了。」爵士又朝紐峇人點頭，「用的是弩箭，你的得意功夫。」

紐峇人煤黑色手掌摩挲弩弓金屬部分上的異教諸神面容。「梅康，這沒什麼好得意。」

還是看不穿黑人的心思，有時候單純得像麥柯，有時候卻比古井還深沉，甚至有時候兩者兼具。

「話說麥柯……」我回想：「那白癡最後怎樣？死了？都忘記這回事了。」

「被我們留在北林鎮了，尤葛殿下。他的肚子被開個洞早該沒命，不知怎地撐著不死，老鬼吼鬼叫。」艾班邊說話抹掉下巴上的飛沫。

「太傻了，不知道怎麼死。」梅康笑著說：「只好拖到小鎮最邊緣的屋子。小萊克可是很想一劍讓他閉嘴。」

大家聽了咯咯笑。

「不過裘葛，你眞的應該讓我和蓋倫打完。」梅康回到正題。「你沒介入的話，現在已經回到宮廷，好好當太子，而且那個潑辣公主遲早會落入你手中。打翻那顆爛樹、出兵討伐紅堡，根本是自找死路，加上你還叫他老婆是妓女。國王的心胸可不寬大。」

「梅康，你說得都對，」我回答：「但前提是只想『好好當太子』，那樣的話確實不必插手。算你走運囉，我打算在百國戰爭勝出，統一破碎帝國、坐上皇帝大位。帝位之路上，以兩百人攻破紅堡，只是小菜一碟。」

一行人在森林邊緣享用了從酒館買來的羊排午餐。再騎馬鑽進大橡樹、櫸樹和染霜的秋紅之間時，大家仍沒擦乾淨嘴角油脂。頭上是層層枝椏，蹄下喀擦踩碎落葉，馬兒鼻子嘶嘶不停，但我又感覺到了，彷彿皮膚底下被拉扯的悸動。有人說一輩子遠行，也逃不開昂奎斯的鄉愁。

打了個呵欠，下顎嘎嘎作響，昨天晚上沒睡多少，此刻裹著斗篷的身體發暖，我坐在蓋洛德背上搖搖晃晃，心思回到那個細滑柔軟的懷抱，嘴唇念著那名字，好像品嘗著那份氣味。

「凱薩琳？」梅康問。我驚醒過來，回頭發覺他盯著我看，那種翹眉的神情特別惹人厭。

我別過臉，看見左邊三棵榆樹底下圍著一大圈荊棘。那個風雨交加的夜裡，我結結實實上了一課，鉤著我意念的根本不是這片土地的美好。

殺掉她。

我在馬鞍上轉身，梅康卻已經和紐峇人說說笑笑去了。

殺掉她，才能永遠自由。

句子彷彿來自荊棘之下的黑暗，隨著馬蹄踩碎枯葉的沙沙聲，深深鑽進我腦海。

殺掉她。

古老、凋萎的聲音，語調沒有一絲善意。我眼前閃過凱薩琳的身影，鮮血從一口皓齒中溢出，又圓又大的眼眸充滿驚懼。我感覺到自己手中有刀，刀柄按在她腹部上，血液沿著手指滴落。

不想太戲劇化就乾脆下毒。

最後這句可能出於荊棘也可能出於自己。漸漸合而爲一。

爲了取得力量必須有所犧牲。人遲早要爲自己的軟弱付出代價。

現在肯定是我的自言自語，荊棘早被拋在後頭，清風變得有些冷涼。

林哨軍很快找到我們，要是都沒反應才得擔心。六人巡邏隊身著黑綠色服裝從樹後現身，要求我們表明來意。

寇丁可以引見，但我沒讓他開口。「我來找林哨軍哨官。」

哨兵面面相覷。我想了想，整團人裡除了梅康為見父王，所以裝扮有點宮廷味，其餘都活脫脫是山賊惡棍模樣。我換上了以前的舊盔甲，艾班和紐呇人的外形不用法庭審判也能直接處死。

寇丁趕緊出面。「這位是裘葛太子殿下，昂奎斯王位現任繼承者。」乍聽很難相信，但他身穿軍服，使哨兵們越來越糊塗。

「太子殿下想見哨官。」寇丁提醒。

哨兵這才領我們走小徑，進入森林深處。大家排成一列縱隊，本來騎著馬，後來我受不了臉三不五時就被樹枝打中便下了馬。林哨軍的腳步很快，完全沒顧念我的王室身分或一身重裝。

「現任哨官是誰？」我喘著氣問。盔甲鏗鏗鏘鏘，連冬眠的熊都會被吵醒。一個士兵回頭，年紀很大，皺紋和樹皮一樣多。「文森．迪．古倫勛爵。」才說完他就朝旁邊灌木吐口水，可見這人在下屬心裡的分量。

「今年春天才就職，」寇丁在我背後補充：「我看不是升官，是貶謫。」

林哨軍的據點在盧洛瀑布旁邊的平原上。逖穆斯河本來的流速緩慢沉靜，到了這兒卻鼓起勇氣一躍而下，隨岩床掉落兩百呎深淵。只見十多間木簷與圓木牆組合成的大屋散落在樹叢間，以瀑布頂端的花崗岩壁廢棄磨坊做為碉堡，林哨軍官兵們就住在裡頭。

數十人注意到隊伍浩浩蕩蕩便出來看熱鬧，荒山野嶺的生活想必很無趣。

那個老兵上去通報，我們就在下面先繫好馬匹。人家從容不迫，我們也只能耐著性子來。寒風刮起落葉，林哨士兵也站在周圍，身上黑綠斗篷飄揚，多半手持短弓。弓太長會被枝葉卡住，何況叢林戰不需要太長射程，他們可不是羅賓漢那種歡樂角色，越軌逾矩者一律格殺勿論。

「裘葛王子——」碉堡開門，一個披著白貂毛皮的人走出來，手指還插在鑲金板的腰帶內。

「你就是文森．迪．古倫勛爵吧。」我露出最不眞誠的笑容。

「而你就是那個爲了奉承父親隨口亂承諾，想要我們跟著去送死的兒子！」對方抬高音量，讓空地上所有人都能聽見。

開門見山不囉嗦，這樣也好，是我欣賞的性格，只可惜語氣不怎麼討好。文森勛爵一臉混蛋樣，好像全世界都欠他債，奇怪的是身材尺寸顯然飲食豐盛，而且那身皮草價値不菲。推估年紀大約三十，但胖子很難確定，皮膚被肥肉繃緊就不太生皺紋。

「消息傳得可眞快。」快得令我懷疑父王眞正的心思是什麼。看我一敗塗地，是否比起拿下紅堡還痛快？換個角度想，這也算對我讚譽有加，居然認爲我有一絲絲成功機會。不大對勁的是，暗中作梗的手法太陰柔，或許出自對於「來自史克隆的妓女」這句話懷恨在心、習慣利用床笫之私套話的女人。她可以派人快馬加鞭趕到倫納特森林，甚至警告吉列瑟。

我邁步上前。「古倫勛爵意思是林哨軍都義無反顧，願意隨你赴死？聽說林哨弟兄們個個驍勇善戰，短短時日就博得大家赤誠，眞令人佩服。」我伸手搭肩，他不怎麼開心，但遇上王室這麼做也無可奈何。「隨我來。」

沒打算給他選擇餘地，我逕自走向遜穆斯河奔入溝壑的峭壁邊緣，眼前的銀帶下墜，掀起層層薄霧。「大家都來，」我喝道：「一切開誠布公。」

所有人站在溼滑岩石上，距離舊磨坊五十碼，激流竄過石塊飛躍，形成盧洛瀑布。

「裘葛殿下，我不是——」文森開口。

「你，過來！」我縮回手臂，指著先前說了勛爵名字以後吐口水的老兵。水聲滂沱，我扯開嗓門才能聽見自己的聲音。

老兵走到峭壁前面。

「哨官，請問這位值得林哨驕傲的軍人叫什麼名？」我問。

胖子總是面部表情特別誇張，至少文森不是例外。他的眉頭隨著思緒糾結，鬆軟下巴顫抖，脖子贅肉蠕動，「我……」

「沒關係，兩百個窮漢子，要你個個都認識是太爲難了。」我一派同情地說：「哨兵，你什麼名字？」

「殿下，我叫克彭。」老兵明顯不想成爲焦點，眼珠子轉來轉去，想找機會開溜。

「哨官，叫他跳下去。」我說。

「什——什麼？」文森立刻面色發白。

「跳下去。」我重複一遍：「命令他跳下瀑布。」

「什麼啊？」勛爵那神情好像水聲太大聽不見。

克彭伸手握住匕首。很識相。

「既然你爲了傻兒子對父親的承諾要帶部下赴死，那個兒子當然也要確定他們是不是眞的願意爲你赴湯蹈火、在所不辭。」我回答：「要是你再問我『什麼』，我就先斬後奏。」

「什——等等，殿下，裘葛殿下——」他堆笑臉想示好。

「快叫他跳！」我朝勛爵大吼。

「跳……跳啊！」

「胡來！這種軟趴趴的語氣誰會理你！」

「跳！」文森擺出貴族氣勢。

「好點兒了。」我說：「投入點感情。」

「給我跳！」文森幾乎是尖叫，臉也漲紅了。「跳！混帳東西，給我跳下去！」

「門兒也沒有！」克彭吼了回去，拔刀退後，隨時要出招。

我聳肩。「文森勛爵，你的表現太差，毫無大將之風。」

我直接把他推了下去，來不及聽到他的哭號，落水聲也沒傳上來。

接下來遲了可不成。我兩大步過去扣住老兵咽喉，另一手箝制那把刀。克彭措手不及，被我逼退一步，腳跟懸在空中，如果我鬆手他反倒會沒命。

「克彭，」我說：「你願意爲新哨官拚命嗎？」雖然我擠出了微笑，但他大概沒看見。「這時候你該說『願意』，而且要發自肺腑，因爲聽命令就算死了也乾淨俐落，不聽命令可能比死了還悲慘。」

他還被我扣著，硬擠出一句「願意」。

「寇丁，」我點名：「新哨官由你接任。」

我將老兵拉回以後，朝碉堡移動，所有人都跟了過來。

「要你們賣命的話，你們只需要知道時間地點。」我繼續說：「不過時候還早，也不會叫你們白白送死。父王是否理解我不得而知，但林哨軍兩百人確實是昂奎斯軍最凶悍的部隊。」

這話並不單純是籠絡，最拿手森林戰的非他們莫屬，換上合適的指揮官，就能鍛煉成一柄利劍。此外，他們腦袋可好了，不會乖乖跳崖。

「哨官寇丁之後會帶隊前往吉列瑟。」我看到幾個人抿嘴，就算文森掉下瀑布了，在他們眼前的仍是個毛頭小子，攻擊紅堡也依舊像是自殺行爲。「你們停在距離紅堡二十哩的地方，不要再靠近，預計會在奧騰森林待兩週，主要任務是伐木建造攻城機具，碰上對方巡邏就格殺勿論。哨官寇丁會給各位進一步指示。」

我旋身推開碉堡大門，「寇丁、梅康進來。」

兩人入內，一進門就是簡陋餐廳，桌上還有冷了的鵝肉、麵包、當季蘋果。我拿了一顆起來啃。

「謝了，殿下。」寇丁鞠躬，動作還是生硬。「這下我不必當保姆，冬天可以去吉列瑟遊山玩水了。」他的嘴角閃過微乎其微的笑意。

「王子要微服親征。這是最高機密，你負責好好宣傳。」我吩咐。

「實際上殿下會在？」梅康問。

「亞人獸峽谷，」我回答：「找怪物聊聊天。」

25

正午的大太陽曬得人後頸發燙，我們走舊城城門回到高堡。家傳寶劍掛在馬鞍上，沒人出來阻攔。

馬匹停在城西廣場。

「好好餵飽牠，我們還要趕路。」我拍拍蓋洛德的肚子，讓馬廄小廝牽走牠。

「客人上門，」梅康伸手搭上我肩膀。「小心應付。」他朝廣場對面撇了頭，白袍子的瘦小身影從主堡樓梯下來，竟是賽杰大人。

「相信異教徒小矮子已經和大家同一陣線，特別喜愛袞葛小王子。」我回答：「如果能收爲己用，倒是挺方便。」

梅康聽了皺眉。「放隻蠍子在口袋都比那更安全點。後來我打聽了一下，你砸壞的水晶樹不是工藝品，是他種的。」

「那只好請他大人有大量了。」

「袞葛，樹是從石頭裡長出來的，原本只是一顆綠色珠子。他花了兩年時間，天天用血水灌溉。」

後頭的萊克發出小孩子似的竊笑，一個大塊頭發出這種聲音聽著挺怪的。

「是他自己的血。」梅康補充。

兄弟裡頭又有人忍不住笑了。他們都已聽說蓋倫爵士和水晶樹的下場。

賽杰停在面前一碼外，視線掃過這幫弟兄，有些人還牽著坐騎，有些人擠在我身旁。他特別打量了萊克的高大體型。

「裘葛，你爲什麼逃？」他問。

「是王子，你這不信神的土狗得尊稱他『王子殿下』。」梅康上前，作勢拔劍。賽杰淡淡瞟他一眼，梅康的手登時軟在身旁，不再叫罵。

「爲什麼逃？」

「我沒有逃。」

「四年前，你逃離自己的父親。」賽杰的聲調溫和，而兄弟們緊盯他的模樣，像是注意力集中在旋轉的硬幣上。

「離開是有理由的。」他的話叫人很不悅。

「什麼理由。」

「殺個人。」

「殺了嗎？」賽杰問。

「殺了很多人。」

「殺了那個人嗎？」

「沒有。」睿納伯爵還在呼吸，活得好好的。

「爲什麼？」

是啊，爲什麼？

「傷了他嗎？破壞了他的利益嗎？」

都沒有。認眞探究過去四年的雜亂足跡，反倒算是增長了睿納的氣焰。我率領兄弟們處處與坎尼克男爵作梗、妨礙他的策略，瑪珀鎮一役更是直搗原本的叛亂勢力。

「我殺了他的兒子，一刀捅死馬可羅。睿納的親骨肉和繼承人。」

賽杰淺笑。「裘葛，你接近故鄉以後就進入我的保護範圍，之前操弄你的幕後黑手，正在退縮。」

眞的？我察覺不到他話語中的欺瞞，視線注意到那張臉上的經文，一條又一條奇形怪狀的文字。明明書本攤開在眼前，我卻完全讀不通。

「我可以幫你，裘葛。幫你回復自我，意志不再受控。」

他伸出手，掌心向上。

「自由意志確實很重要。」懷疑的時候不妨尋求他人智慧，目前的情況以尼采最合適。有些論述一刀就能劈出條理，但偶爾則要搬起魔法石，朝對方的腦袋敲下去。

我握住他的手，不過是從底下抓住他的指節。

「異教徒，我一向自己做決定。」我回答：「如果被人控制，我會知道。」

「會嗎？」

「我知道了之後……呵，會好好款待那個人，到時候東方赤民還要搶著過來觀摩新招。」話是說出口了，但我自己都覺得空洞、幼稚。

「裘葛，不是我在背後影響你。」賽杰說。

「不然是誰？」我用力掐住那隻手，聽見骨頭斷裂的聲音。

他聳肩。「你主動開口，我才能幫忙取回意志。」

「如果我中了法術，會找出那個施法的人，無論是誰都殺掉。」旅行時常犯的毛病又來了。兩側太陽穴連成一線，彷彿有塊玻璃在眼珠後頭，用力刮攪我的腦漿。「不過，我沒受誰控制，意志是自己的。」

賽杰又聳肩，然後轉身離去。低頭一看，我的右拳扣著左拳，指縫間淌著血。

26

與賽杰在城西廣場胡扯一番後，我直接跑去做彌撒。和那個異教徒接觸，心裡忽然懷念起羅馬教會的線香與訓誡。蠻人有魔力，教會也該有什麼儀式能幫助義人，或者難得露臉一次的不義之人。何況我本來就得找個僧侶。

進入小教堂時，龔斯特神父正在主持。一行人的靴子踩在大理石地板砰砰作響，合唱團歌聲開始凌亂，修女見了兄弟們的淫笑趕緊躲到暗處，恐怕是被我們身上的味道給嚇壞。甘斯與紹姆摘下頭盔鞠躬，其他人東張西望，只想找值錢東西。

「神父，抱歉打擾了。」我伸手進門旁水臺，聖水洗去血漬，引發一陣刺痛。

「殿下！」龔斯特將經典放在講桌，一抬頭臉就白了。「這些人……不妥啊。」

「噓。」我穿過走道，眼睛盯著天花板上的瑰麗繪畫，高舉一手任傷口滴血，朝左右比劃。「大家不都是天主的孩子？都來這裡悔改，尋求寬恕？」

到了祭壇前，我回頭望向門口那群兄弟。「魯達，擺回去，否則就把兩根拇指留在捐獻箱裡。」

他乖乖從破爛的灰色斗篷下掏出銀燭臺，放回原位。

「至少別讓那個人進來。」龔斯特指著紐峇人，手指顫抖。「他不屬於上帝的羊群。」

「沒有黑綿羊？」我站到龔斯特隔壁，他畏畏縮縮。「之後你在路上慢慢感化他吧。」

「殿下的意思是？」

「請你陪我去吉列瑟一趟，神父。外交任務。沒想到父王竟然忘記通知你。」既然是撒謊，當然不出我所料。「即刻上路。」

「可是——」

「走了！」我大步邁向門口。龔斯特愣了愣還是跟過來，但腳步聲傳達出心中無奈。

前面兄弟們陸陸續續走出去。萊克伸出手，沿牆壁一路撫摸各個聖物與骨匣。

擄了僧侶我打算盡快走人，吩咐梅康速速調度物資以後，親自帶龔斯特回到城西廣場。

「王子殿下，既然是外交任務，就更不該帶著野蠻人，像那個紐峇來的就是。」龔斯特湊到我旁邊耳語：「你沒聽說過嗎，他們以基督徒的鮮血爲媒介，施展邪術。」

「眞的？」難得神父能說出我有興趣的話題。「我也想學些法術。」

他鬍子底下的臉又發白。「殿下，那些都是迷信。」

但走了幾步龔斯特又補上：「不過如果你燒死他，天主必定會降下恩寵，祝福這趟旅程。」

✕

不到一小時，大夥兒的鞍囊便塞得飽飽的，騎馬回去舊城區。途中又遇上賽杰獨自站在鵝卵石路旁等候，接近他時仍舊讓我感到不自在，那番話已埋下懷疑的種子：先前我說服自己不以睿納伯爵爲第一目標，自以爲是精神力量的展現，是爲了勝出帝位之爭，厲行鐵的紀律。然而我有時仍會動搖，就像現在。

「王子，你該接受我的保護。」他開口。

「沒你保護我也活了這麼些年。」

「但你要去吉列瑟，爲的是替你父王擴張版圖。」

「是啊。」兄弟們的馬匹在周圍嘶叫。

「倘若有別人得知、也認爲你可能成功，必然會試圖阻撓。」賽杰解釋：「這幾年你稍微掙脫箝制，對方便會加強力道。教會僧侶或許能幫上小忙，之前你們見面時，你應該就有感覺到。可是他充其量只能類似護身符，無法從源頭解決問題。」

一匹馬貼到蓋洛德旁邊。有個兄弟過來了。

我伸手搭上劍柄。「異教徒，你讓人很不高興。」

「袞葛，你以爲沼澤亡靈是被什麼嚇跑的？」賽杰一臉平靜無波。

「我——」胸膛裡的自信還沒衝出咽喉就變得空洞。

「憤怒的少年？」賽杰搖頭。「亡靈在你心裡看見的是更黑暗的一隻手。」

「我——」

「接受我的保護。你能有更遠大的夢。」

肢體發軟，睡意襲來，馬鞍彷彿即將融化。

「是夢巫！」隔壁傳來低沉嗓音。

紐呇人握緊拳頭舉起弩弓，手臂肌肉虬結。「夢巫，我們的帳還沒算清楚，你別想染指這孩子！」

賽杰退後，臉上的刺青似乎正在蠕動。

我恍然大悟。「原來就是你。」這麼明顯，我居然沒察覺。「是你害兄弟們進大牢，也是你派刺客暗算我。」

我伸手搭著紐呇弩，想起兩人在穀倉避雨遭到襲擊，卻反殺了對方奪下兵器。一切都是夢巫搞鬼。

「這把弓是你給刺客的，」我完全從賽杰的魔法中清醒。「現在卻是我的人拿來用。」

他轉身匆匆跑進城門。

「別讓我回來再遇上你，邪門歪道。」我靜靜咒罵，就看他自己識不識相了。

✕

我們頭也不回地離開王城。

踏上昂奎斯平原時，開始下雨了，雨勢一路向北，綿延至吉列瑟邊境山區。過去四年淋溼的次數多不勝數，但故土迸行的雨水卻淒冷進了骨子裡。

即便如此，也無法遏制卜羅的胃口與萊克的脾氣，一個似乎要挑戰大胃王，另一個則對每滴雨水繃著臉。

經我吩咐，龔斯特接受所有人告解。聽了血人坎特陳述自身罪孽和外號由來，神父表示不想繼續。又聽了騙子一番耳語，他直接過來求了我。

好幾天過去，白晝漫長、黑夜寒涼。我夢到凱薩琳的臉龐，和她熾烈的目光。晚上吃甘斯煮的怪東西，卜羅照料牲畜，檢查馬蹄和距毛。胖子一向自動自發處理這些雜務，或許覺得自己太重、對馬兒感到抱歉，但我懷疑更大一部分是擔心馬兒出狀況，他就真的得徒步走路。山上景色荒涼，總算等到雨停，大家在高處紮營，我和紐呇人一起看日落。他一直舉著弩弓，口裡操著母語，喃喃訴說著古老的祕密。

接下來兩天山坡太陡峭、尖銳的石頭太多，除了山羊其他動物沒法奔跑，我們只好牽著馬慢慢走。

一根柱子標記出亞人獸峽谷入口。兩碼寬、四碼高，像是巨人生氣之後隨手打斷的樹幹，上半截木頭散落一地。柱子表面刻滿符號，我猜是拉丁語，但磨損嚴重，半個字也讀不出來。

大夥兒在柱子下面休息，我爬到上頭指揮，順便望遠觀察周圍地形。

其他人開始紮營，甘斯生火、架上鍋子。谷地內陣風不大，油布帳篷幾乎看不出搖晃。又下雨了，不過拍打得特別輕柔，連睡著的萊克也沒醒來。他躺在距離柱子五碼左右的石頭上，鼾聲像鋸木頭一樣。

我踮高眺望山壁，上面有些洞窟，數量頗多。

頭髮在我的頸後擺蕩。先前我讓紐岺人幫忙綁成十多條長辮，辮子尾巴紮上青銅符咒。他說可以抵禦邪靈侵擾，留下善靈庇佑。

我雙手拄著昂奎斯家傳寶劍，等候著。

人和牲畜都緊張起來，聽他們咕噥變少就能明白。大家隨我望向山坡，沒牙的艾班和這兒的石塊一樣飽經風霜，魯達稚嫩的臉頰不只生了雀斑還發白，血人坎特依舊一臉滿腹心事的模樣，阿列與騙子警醒留心周遭風吹草動，胖子卜羅和其他邋遢弟兄也戒備著。紐岺人站在柱子下，梅康守在旁邊，大家提心吊膽卻不知道原因。龔斯特顯然想找機會開溜，卡在不知道自己究竟該往哪兒跑。兄弟們對於危險特別敏感，而我早就學到教訓：如果每個人都憂心忡忡，即將面對的事物將會非常、非常棘手。

THE BROKEN EMPIRE

PRINCE OF THORNS

摘錄自特倫特的梅康爵士受審紀錄副本：

控方代表樞機主教黑洛：你是否否認自己參與燒毀威斯頓大教堂？

梅康爵士：不否認。

黑洛主教：劫掠下馬爾卡？

梅康爵士：不否認。上馬爾卡地區的部分也不否認。

黑洛主教：請書記官標注被告坦承犯罪事實時面露笑意。

法庭書記：是。

27

怪物在天黑以後來到，陰影呑噬峽谷，寂靜愈發濃厚，涼風也攪不起半絲聲響。梅康伸手搭上我的肩膀，我微微抽搐，一時厭惡自己的恐懼、懦弱，也忽然厭惡他爲什麼要揭露這種情緒。

「在上頭。」他朝左側撇頭。

一個洞口射出光線。一顆眼睛在暗處偷窺。

「不是火光。」我說。上面的光線沒有暖意，也不會搖曳。

我們繼續注視，發現光源移動，照出山坡上幾道影子。

「燈籠？」胖子卜羅走到身旁，兩頰尋思不解地鼓起，其餘弟兄也圍了過來。

燈光進入山坡以後，洞口消失於黑暗中。光線寒冷如星，彷彿有上千條射線，其中卻缺損一塊，想必是被持燈人遮蔽了。

大夥兒看著對方不疾不徐地下山。寒風拂過肌膚，冰冷的指尖拉扯斗篷。

「*Ave Maria, gratia plena, dominus tecum, benedicta tu in mulieribus*……」（萬福瑪利亞，滿

被聖寵者，主與爾偕焉），龔斯特不知何時誦念起了《聖母經》。

恐怖慢慢降臨。

「聖母保佑！」梅康低呼壯膽。大家都感覺到了，有什麼東西悄悄地爬過岩石。兄弟們可以跑，不過要跑去哪兒好？

「火炬。該死，快點！」我掙脫第一時間的驚惶，也訝異自己居然呆立原地這麼久才反應過來。

「快！」我拔劍的動作終於喚醒他們，幾個人衝向篝火餘燼，在滿布礫石的地面跌跌撞撞。

「紐呇人、阿列、卜羅，你們守住後方，別讓敵人從河岸偷襲。」話雖如此，我知道已經遭到包夾。

「那邊！高地後面！」紐呇人舉起弩弓。他不是大驚小怪的性格，一定眞的看見什麼。我們的注意力被奇異燈光吸引，敵人已趁機繞到背後。就像市集常見的扒手手法，派個俊男美女勾搭，另一人抓準破綻、盜走財物。

點燃火炬，大家拿起兵器。

光源接近，我們終於看清楚是什麼：一個小孩子，皮膚散發光亮。她的步伐從容，但全身上下射出融銀般的白光，只有破爛衣裳稍微遮蓋。

「*Ave Maria, gratia plena*！」龔斯特更大聲念經，以爲禱詞能夠當作盾牌。

「聖母駕到？」我附和著：「的確光明遍照呢。」

女孩的眼睛銀得發燙，皮膚上有縷縷火苗流竄。

這份病態美令我屏息。

她身後跟著一頭怪物，若不是女孩太搶眼，應該會先注意到他。乍看以為是普通男子，但他之於人類就如同牛之於馬，光線照得清清楚楚，那身皮膚狀況太可怕了，目測身高更超過七呎，比小萊克還高上幾吋。

騙子架好弓箭，五官皺成一團，似乎覺得怪物噁心。見他瞄準對方，我立刻扣住他的手臂。

「別動手。」我想聽聽他們會不會說話，更何況弓箭可能只是給對方搔癢。怪物長了扭曲的紅色厚皮，那胸膛和一百加侖的水桶差不多大小；肋骨鑽出肌肉，交纏糾結在心窩上方。

女孩散出的光芒在我們身上留下冰涼的吻，我能感覺她進入自己意識，聲音彷彿來自大地，腳步徘徊於記憶的迴廊。

有些地方小孩子不該亂闖。我凝視那雙銀色眸子，她臉上忽然閃過一抹陰暗。

「歡迎來到我們的營地。」我開口接待，留下兄弟們，自己上前，踏進圍繞女孩的靈光。

怪物朝我冷笑，露出惡狼嘴裡才該有的利牙，但眼珠子卻像貓，瞳孔受到光照便瞇成一線，不受光照時又擴張。

我沒理會美麗女孩，直接站到怪物面前，彼此窺伺一陣。我注意他的骨架上肌肉膨大、血脈僨張，有一條條隆起疤痕，手掌大得可以當餐桌，但除了拇指只有三根長指，都有女孩手臂粗細，應該單手就能拔掉我的腦袋再捏碎。

我的脖子猛然後縮，作勢往他撲過去的同時暴喝，將臉整個湊在他面前。怪物嚇了一跳，重心不穩，向後跌坐在石子地。我忍不住大笑出聲。

「爲什麼？」女孩看得一臉茫然，歪頭發問時臉上的陰暗消失。

「因爲——」我換口氣，怪物也重新站起來。

爲什麼？一時半刻我自己也說不上來。

「因爲……因爲，隨便。大概因爲他個頭太大。」我收斂笑意，暗忖可能因爲他令我顧忌，也可能因爲他讓我覺得自己太渺小。

我低頭望著女孩，「我比妳高大不少。妳會因此害怕嗎？」

「我怕你。」女孩回答：「但，不是因爲身材，裘葛。我怕你身上的線，它們錯綜複雜，最後纏縛在哪兒，我無法看見。還有你背負的重量，以及支撐那股重量的刀尖。」她的嗓音如歌，清脆甜美。

「小姐是很厲害的預言者，」我說：「言談的深奧和空泛比例恰到好處。」我用力將長劍收回劍鞘。「妳已經知道我的名字，願意交換嗎？亞人族應該也有名字吧？」

「珍（Jane）。」她回應：「他叫貢革斯（Gorgoth），是山底居民的領袖。」

「幸會。」我朝兩人淺淺鞠躬。「那麼請你們的朋友也別躲在石頭後面，免得我的兄弟們手癢想朝影子射箭。」

貢革斯的貓眼鎖定我，瞳孔瞇緊、神情剽悍。

「上來！」他的聲音比我想像得還低渾，我想像中已經夠低了。

營地四周陸續爬出怪物，有些躲藏得很近了竟仍沒被發現。要是把各地大教堂外頭奇形怪狀的惡鬼石雕變成活物、組成大軍，應該就和這群亞人族差不多。每個怪物的長相都不同，看似保持人類骨架卻黏上壞掉的皮肉。其餘成員沒有貢革斯那麼高大可怕，但很多人身上生瘡流膿、肢體萎縮或者滿布怵目驚心的疣瘤。

「耶穌保佑！貢革斯，你這些朋友一露臉，連我家小萊克都顯得英俊了。」

梅康走過來，眼睛被珍發出的光線刺得睜不開，得伸手掩著臉才能，好好觀察貢革斯的身形。

「這位是梅康爵士。」我介紹：「奧利丹王宮廷騎士，聞名於——」

「可以信賴的人。」珍的高亢嗓音打斷我。「言出必行的人。」她的銀色眼珠望向我，讓我覺得自己的過去在一時之間全部壓上肩膀。「你想要進入山脈中心。」

「對。」無法否認。

「昂奎斯王子，你帶來死亡。」她又說。

貢革斯一聽便發出低吼，聽起來像巨岩相互傾軋。不過女孩伸出發光的手，拉著怪物手腕。「我們同意是死，抵抗也是死。」珍的視線集中在我臉上，「你用什麼交換平安通行？」

這孩子的讀心術確實高明。一切按照我的計畫進行，他們佔不到便宜；但若雙方起衝突，他們的下場也好不到哪去。

「我們帶了見面禮。」我回答：「但要是你們還不滿意，也可以請梅康爵士另外承諾，畢竟他說話算話。」我低頭朝珍嘲弄一笑，「在地圖上看到這裡的時候……」軟玉溫香浮現在回憶中。

「莎莉……」珍喃喃道。她和我一起重溫了酒館那夜。

我有點錯愕，而且很不喜歡小女孩闖進腦袋、隨意偷窺和妄言批判，還意圖將她的光射進本該黑暗的角落。心裡有個衝動想砍了她。很強的衝動。

放鬆下頷之後，我才回答：「我在地圖上看到這裡，心想眞是個『叫天天不應』的鬼地方，也因此靈機一動，猜到你們需要什麼——我帶了上帝過來。」我回身指著襲斯特，「這是獻給你們的救贖、聖禮的祝福。我帶來恩典和教義……如果有需要，也可以告解。你們渺小醜陋的靈魂能夠得救。」

襲斯特發出女孩子似的尖叫，拔腿就想跑，紐呇人一把揪住他的腰部，扛到肩膀上。

本以爲珍負責交涉，但卻是貢革斯直接出面答應。

「僧侶留下。」那嗓音聽得我胸口好疼，「其他人可以跟我們到『大階梯』，不過若是碰上亡巫的話，你們會再也無法活著回來。」

THE BROKEN EMPIRE
PRINCE OF THORNS

有人說血人坎特（Red Kent）的心是黑色。說不定是眞的。但見識過他如何用短斧和短刀收拾高逾六呎的巡邏兵，就能明白他體內藏有藝術家的靈魂。

28

「亡巫？」小珍走在前面，貢革斯走在後面，我完全沒猜到亡巫這件事。

「是操縱死者的法師——」

「我知道亡巫是幹什麼的，」我打斷貢革斯。「但是他們爲什麼要擋我的路？」

「他們受到禾納斯山吸引。」小珍說：「山脈中心有古代魔法造成的死亡，能輔助死靈術。」

亞人族的洞窟裡頭也很醜。我七歲、威廉五歲的時候，太傅郎翟曾經偷偷帶我們進入帕德拉克地方(注)的山洞。昂奎斯王位的兩個繼承人，在宮廷毫不知情之下鑽進山脈深處，找到古代大教堂，裡頭的雕樑畫棟徹底體現了上帝恩典，至今我仍無法忘懷那份感動。亞人族居住的地方可沒那麼典雅恢弘，並非與世隔絕的隱藏美景。可從走廊材料判斷，此地建築也出於太古造族之手，以失傳的技藝融化岩石，再凝固成形。珍散發的光芒照亮年代久遠的大窖，龜裂的

注：此處爲帕德拉克（Paderack）而非帕迪拉克（Padirac，現代法國洛特省的市鎮）。

牆壁灑下石灰。磚塊崩落在地，尺寸比馬車還大，我們繞過去繼續深入，像蛆蟲般朝著核心不停地蠕鑽，目的地是這座山脈的根。

「讓人耳根子靜靜吧，僧侶。」

阿列從紐沓人後頭上前，對著龔斯特亮刀，刀刃鋒利得嚇人。

神父也眞的嚇得慘叫，叫聲在洞窟陰森迴蕩。我退到後面，除了要講幾句話，也確保阿列不會一怒之下把他大卸八塊，給怪物們的禮物還是維持原狀好些。

「神父，冷靜點。」我吩咐並推開阿列的刀。阿列那張麻子臉瞇起眼睛，有點不爽。

「只是換個地方講經罷了，」我告訴龔斯特：「新的信徒外表是不大體面，但內心呢？我覺得應該比阿列來得好相處。」

紐沓人悶哼一聲，挪挪肩上的神父，調整重心。

「放下來吧。」我說：「他自己能走，而且拐了這麼多彎，我們誰也跑不掉。」

紐沓人將神父放下然後看著我，那張臉太黑了讀不出心思。「袞葛，這麼做不對。交易靠的是錢，不是人，尤其他還是神職，白基督的代言者。」

龔斯特卻怒瞪紐沓人，眼神裡那股濃濃恨意，我從未在他臉上見過，彷彿黑人忽然長角、呼喚了魔王。

「他只是以後代替基督對貢革斯傳道而已。」我回答。

紐沓人不再回應，一臉空白。

每次他不說話，我都想講些什麼填補沉默，否則就好像自己對不起人家。面對梅康有類似的氣氛，只是弱了一些。

「又不是他一輩子不能走。」我繼續：「想回去一定回得去，討些吃食和地圖慢慢走就好。」

紐谷人那抹微笑像是白色月牙。

接下來一路上，我心底冒出悄悄話，責罵自己軟弱、退讓，應該一刀削掉所有眼淚，拿烙鐵燒灼傷口，阻止感染擴散。不能對兄弟產生情感依賴。

珍身上的光在我接近時變得黯淡搖曳。她抽了口氣，微微縮起身體。我噘唇想像她從懸崖墜落的場面，看來這招的效果出乎預料得好，女孩低呼一聲，蒙上了眼睛。

貢革斯站到我們中間。「心思黑暗的人離她遠一點！」

我只好走在暗處，跟著亞人族下地底。隧道很寬，綿延數哩，地板平坦，頂端呈弧線，周圍能看見平行的鏽痕，然而我想不出什麼文明的人能夠這樣子操作鋼鐵，也許鐵管裡隱藏了太古造族祕火的來源。

我們來到一座湖泊，亞人族只留下珍和兩個同胞。湖面相當大，她的銀光無法照耀對岸。湖岸陡直、洞頂平滑且毫無裝飾，看來也是太古造族的傑作。珍的同伴們紛紛走向水邊以木頭或皮革製作的小屋，帶頭的貢革斯伸出一臂，摟住龔斯特神父的肩膀。

珍停下腳步，視線掃向留下來監視我們的兩個同族。女孩沒有講話，但我能感覺到思緒流動，她朝兩人交代了事情。

「小朋友，都最後了，沒什麼話想和我說嗎？」我一時興起，單膝跪在她前面。「來個預言？給羔羊指點迷津？發個好心，用未來戳瞎我也好。」

珍直直凝視我的眼睛，銀光刺目，但我沒別過臉。

「你的抉擇是鑰匙，我不知道門後有什麼。」

這句話聽得我有點火，低吼一聲克制脾氣才回答：「太簡短了吧。」

「你的肩膀上有隻黑手。你的心裡有個空洞。記憶裡也是。空空的，拉著我——拉我進去——」

我抓住她的手。此舉大錯特錯。兩人接觸的瞬間皮膚燃燒、骨頭卻結凍。本能反應該鬆手，但我一點力氣也沒有，只是怔怔望著女孩。

「遇見她就跑。跑就對了，不要多想。」感覺像是自己說出這句話，但耳朵裡卻是珍的音色。我昏了過去。

✖

第一眼看見的是火炬的光。

「他醒啦。」

然後我就與萊克大眼瞪小眼。

「耶穌保佑！萊克，你又拿老鼠尿漱口了嗎？」我推開那張野人臉，撐著他的肩膀起身。四周兄弟們紛紛拿起行囊，梅康正從湖畔回來，貢革斯跟在後面。「不要隨便亂碰亞人先知！」怪物罵歸罵，卻帶著幾絲笑意，而且眼神中明明有股安心。

「我會記住的。」

貢革斯先瞪了我一會兒，接著舉起小樹那麼高的瀝青火炬帶路。

這次的隧道是上坡，空氣中很多灰塵，飄進口中的氣息帶有苦杏仁味。走了不到一千碼，只見眼前路面開闊，兩旁有幾碼寬的壕溝，深度可供一個成年男性站在裡面，不知道究竟什麼用途。甬道盡頭的牆壁上有一圈木欄靠著牆壁，以繩索捆成牢籠。

籠裡有兩個小孩緊緊相依，都是亞人族。貢革斯扯開籠門。「出來。」

看那模樣應該尚未經歷七個寒暑。不知道以寒暑來計算生活於黑暗地底的亞人族年紀是否合宜。兩個孩子出來時全身赤裸，都是男性但骨瘦如豺。容貌看來大概是兄弟，弟弟可能僅五歲。就亞人族而言，是截至目前爲止最不像怪物的兩個，然而身上也長滿一條條黑紅色斑點，好似印度河流域的老虎。他們的手肘下長出倒刺，膚色特別暗沉，指尖也變成利爪。哥哥朝我瞥一眼，眼睛全黑，分不出眼白虹膜與瞳孔。

「我們可不帶小孩。」梅康開口，順便從口袋掏了條肉乾出來，朝兩兄弟丟過去。「叫他們兩個回去。」

肉乾掉在哥哥腳邊，他一直盯著貢革斯。弟弟看著肉乾一臉巴望，但不敢動作。兩個人都沒幾兩肉，肋骨根根分明。

「他們是給亡巫的，別浪費糧食。」貢革斯聲音眞的太低沉，聽得耳朵發痛。

「祭品？」紐呇人問。

「一開始就死了。」貢革斯解釋：「他們不具備亞人資質。」

「看起來體格不差，」我說：「補上一、兩餐就好。該不會是長得沒那麼醜，惹你們大家嫉妒？」小鬼的死活不關我的事，但挑釁大塊頭很有趣。

貢革斯的雙手握拳又鬆開，指節發出的聲音如同原木丟到篝火上。

「吃。」

兩個男孩立刻趴在地上狼吞虎嚥。

「亞人是天生的，成長過程逐漸轉變，顯現自己的特徵。」他指著連石地板上渣滓也要舔乾淨的兄弟倆。「他們的變化速度是同年齡亞人族的兩倍，特徵來得太快太猛，身體一定承受不住。以前我們見過很多次，這種情況長大了也是悲劇。」從那雙眼睛，我知道他眞的親眼目睹過，並且充滿感慨。「既然注定要死，不如爲我們引開亡巫，總比犧牲原本能活下來的人好。對他們來說也算是死得俐落，免了很多痛苦。」

「你都這麼說了也沒辦法，」我聳肩。「繼續前進吧。我挺想會一會你口中的亡巫。」

一行人跟著貢革斯穿過甬道，那對兄弟也在旁邊蹦蹦跳跳。我看到紐呇人從羊毛衣裡偷偷掏出杏乾給孩子們。

「計畫是？」梅康湊近，壓低聲音。

「唔？」我眼睛停在那個弟弟身上。騙子砸靴子過去，瞄得很準，但他居然躲開了。

「亡巫——你打算怎麼應付？」梅康還是說著悄悄話。

哪有什麼計畫，反正就是必須克服的一關。「以前人死了就死了，不會再起來。」我回答：「高堡圖書館有文獻。很長一段時間會動的死人只是虛構故事，連柏拉圖都認爲往生之後就得渡過遠方的冥河。」

「書上怎麼說不重要吧，」梅康說：「我還記得自己在沼澤碰上什麼東西。鬼魂大概都沒讀書。」

「紐峇人！」我回頭叫喚：「紐峇人，你過來和梅康爵士解釋爲什麼死人不安分。」

他扛著弩弓過來，身上纏繞一股丁香油氣味，「紐峇的智者說生死之門沒關好。」他停頓一下，露出特別白的牙齒，滑過嘴唇的舌頭顏色也格外粉嫩。「生死兩界之間有層隔閡，人死了之後穿過門才會到達對面。但某一天，世界被上千個太陽燒毀了，那瞬間太多人要擠進那扇門，結果門被壓垮，兩界的隔閡也因而變薄。如今只要喁喁細語加上合適的諾言，就能召回亡者。」

「就是這樣，梅康。」我附和。

爵士皺眉又揉揉嘴巴。「那，計畫是？」

「唉。」我嘆氣。

「是？」梅康這人有時候執拗得討厭。

「跟平常一樣。來多少殺多少，殺到他們起不來。」

THE BROKEN EMPIRE

PRINCE OF THORNS

大夥兒都相信阿列（Row）兄弟。給他短弓，遠方會有人中箭。給他刀子，待會就有人見紅。無論偷拐搶騙或者把風站哨，相信他就對了。但他的眼睛例外，他溫柔的眼神完全不可信。

29

不知道太古造族是否特別嫌棄樓梯，貢革斯帶我們更深入山脈，沿著彷彿沒有盡頭的豎井向上爬，每一階都鑿在牆壁上。也許太古造族有翅膀，或者像印度河那邊的冥想大師一樣，能靠意志力飄在空中。總之這條路是後人在凝固的石頭上開挖而成，因此特別窄也特別粗糙，大家的動作很小心，雙臂朝前面收攏，避免下意識聳肩就將自己撞得滾下去。幸好裡面沒光線，否則大概得拔劍才能逼某些弟兄邁步前進。昏暗中反而能假裝沒事，就當作二十呎底下有看不見的地板。

怪的是洞越深越吸引人，就像劍刃與刀尖上的生活一樣，從高處墜落的刺激令人目眩神迷。向上爬行途中，我無時無刻不感受到那股悸動。

就外觀看來，貢革斯應該最不適合在這種地形移動，但他爬起來似乎不怎麼費力。兩個岀人族小孩在我前面跳來跳去，一步好幾階，太輕鬆了，眞想一掌推出去。

「他們幹麼不逃？」我朝前面開口問貢革斯。他沒回答。我猜兩個小鬼可能以爲能爬到頂端，下場就會比較好。

「你是帶他們去送死，他們為什麼還跟來？」我又朝他的闊背問了一遍。

「去問他們。」賈革斯說起話就像遠雷迴蕩在豎井中。

我揪住哥哥的脖子，讓他懸在空洞上，一點兒重量也沒有。反正我也想歇一會兒，爬太多階了，雙腿肌肉好像要起火。

「小怪物，你叫什麼名字？」

他那雙眼睛簡直比腳下的空洞還黑還深。

「名字？沒有。」小男孩聲音清亮。

「沒名字怎麼成。給你取個名字。」我說：「身為王子，我有資格這麼做，以後你就叫伽戈，你弟弟叫瑪戈。」

我瞟了後頭的血人坎特一眼。他只是呼了口氣，對我說的兩個名字沒有一絲一毫反應。

「伽戈、瑪戈……耶穌在上，難得我說了個聖經笑話（注），僧侶不在誰能聽懂！」我嘆氣。

「沒想到我居然會有懷念龔斯特的一天！」

我再回頭盯著小伽戈。「所以你到底在高興什麼？前面那個賈革斯要帶你們去給死人吃掉呢。」

「打贏就好。」伽戈淡淡地說：「這是規定。」就算他被我扣住了脖子很不舒服，也完全沒表現出來。

「小瑪戈怎麼辦？」我朝前面階梯上的弟弟撇了頭。「他也要打？」我想像兩個小鬼和亡巫打架的場景，忍不住嘴角勾了起來。

「我保護他。」伽戈回答之後開始扭動，力道不小，速度挺快，我不得不放下來，免得兩個人一起摔下去。

他跑回弟弟旁邊，生著條紋的手搭上生著條紋的肩膀，兩個人的黑色眼珠都盯著我，靜悄悄的，活像老鼠。

「聽起來可以開局。」坎特在我背後說。

「我賭小的撐比較久。」萊克大叫起來，似乎覺得自己這句話很好笑，結果重心一個不穩，差點栽跟斗，笑聲戛然而止。

「伽戈，你想贏的話，就得讓瑪戈自己照顧自己了。」這句話脫口而出時，我忽然覺得寒毛直豎。「你們能自己保護自己的話，我就看看能不能讓亡巫沒那麼想要你們的靈魂。」

貢革斯又開始向上爬，兩兄弟無言跟隨。

我也追過去，荊棘在前臂留下的傷痕有點發癢。

已經數了一千階，而且是無聊以後才開始數的，也就是說前十分鐘都沒算進去。雙腿已變得像果凍，甲冑彷彿一吋厚的鉛板，腳掌麻木得快要抓不住地。最後是甘斯兄弟說服貢革斯停

注：伽戈（Gog）與瑪戈（Magog）是聖經中與神或救世主爲敵者的名字（依據出處不同可能爲人名、種族名或地名）。

下來休息——他親自示範如何跌進豎井，哀嚎足足十秒鐘，才被看不到的地面堵住嘴。

「爬了這麼多階，結果目的地還叫做『大階梯』！」我朝大洞吐痰，紀念逝世的甘斯兄弟。

梅康朝我一笑，撥開散進眼睛的汗溼鬈髮。「可能亡巫催我們上去。」

「得找新廚子了。」血人坎特也往洞裡吐口水。

「反正誰做菜都比甘斯好。」胖子卜羅只有嘴巴動，身體其他部分都靠著牆壁，一點生氣也沒有。他這樣說甘斯有點諷刺，明明他一個人吃下肚的分量比我們加起來還多。

「萊克做菜的話可就不一定哦。」我說：「要他生火做飯，等於要他放火燒村子。」

其實甘斯沒那麼糟，起初跟著兄弟們上路那時，他還雕了骨頭笛子給我玩。只是在外闖蕩久了，大家習慣說壞話和笑話來悼念死者。真不喜歡甘斯的話根本不會有人講話。我覺得自己真傻，不該讓貢革斯帶頭馬不停蹄趕路，這下嘗到苦果了。之後得注意行進節奏，要是亡巫想動手，可得留存一份氣力下來。

到達頂端，沒有更多傷亡。貢革斯領著我們走入一連串廳堂，裡頭的柱子很多，但是空空蕩蕩的天花板很低，萊克伸手就能搆到。每個廳堂之間有寬敞彎曲的斜坡連接，不過除了灰塵之外什麼也找不到。

氣味瀰漫，來得很慢很慢，所以我也說不出究竟何時開始。死亡有各種不同氣味，但無論什麼裝扮，我都認得出死神。

灰塵堆得越來越高，有些地方已經達到一吋厚，三不五時還能看到半掩的骸骨。太古造族的石牆也會有裂縫，裡面滲出水，與塵埃攪和成灰色泥巴，形成小三角洲。我從泥沼撈了個顱骨上來，從七孔流出的泥水黏滑如蜜漿，打在地上啪啦啪啦作響，聽得很爽快。

「貢革斯，你說的亡巫在哪兒？」我問。

「朝著大階梯走，一定會遇上。」

「已經遇上了。」她赫然從離我最近的柱子現身，彷彿來自夢境的深夜。女人在粗硬的石頭地板滑動，好像腳下是最細膩的絲綢，竄進耳朵的嗓音是厚重豐潤的鵝絨。

沒人拔劍，只有紐峇人舉起弩弓、扳開機匣，手臂上的肌肉鼓成黑球。亡巫沒理會他，起初她牢牢攀著柱子，像是依偎戀人，後來依依不捨鬆手，轉身望向我。我身旁的梅康抽了口氣。她穠纖合度、姿態曼妙，像是貴族少爺們在書本空白處畫下的裸女，身上只有顏料與緞帶組成凱爾特結，黑底灰面的圖案如無數漩渦。

遇見她就跑。

「幸會，女士。」我朝她做了宮廷式鞠躬。

跑就對了。

「貢革斯，你不止帶了禮物，還找了客人過來！」她的笑聲激起我大腿間一陣酥麻。

不要多想。

女人伸出手，我遲疑半晌。

「你是？」原本她的眸子只反射火光，此刻竟驟然竊佔了遠方王宮中那抹綠。

「昂奎斯國太子裘葛，」我牽著她冰涼、沉重的手掌獻吻。「任您差遣。」當下確實這麼想。

血液內慾火流竄。女人笑了，笑意蔓延到我自己臉上。她走近，我渾身顫抖，深深吸入她，那是古墓的苦澀，混雜鮮血的熾熱。

「從小的來吧，貢革斯。」她的視線凝在我這兒。

我的眼角餘光看見貢革斯的巨掌抓起伽戈。

空氣驀地變冷，傳來摩擦岩石的聲響，我下意識咬牙。這個空間彷彿重重嘆了口氣，氣化爲霧，四下繚繞，縷縷白煙中看得見鬼魂形影。我手上仍抓著顱骨，手指隨著裡頭的穢物結凍。

摩擦停止，骸骨組合好了。包覆在外的魔霧充作筋肉，骷髏一具一具喀噠作響站起來。

伽戈又扭又踹，但貢革斯毫無反應。小瑪戈原地不動，骷髏開始逼近。情緒失控的哥哥連要人放手都說不清楚，喉嚨的怒嚎很尖銳又滿滿憤怒，聽來卻有種喜劇的荒謬感。

亡巫的手臂纏住我，那感覺言語無法形容。兩個人一起看著瑪戈掙扎求生。

亞人族小孩伸出手也頂多只搆到骷髏膝蓋。他逮到、或者說自以爲逮到一個破綻就衝上前。畢竟才五歲，不能指望過高。骷髏手指一抓就將小男孩甩向柱子，瑪戈重重撞上、留了灘血。他沒有哭，另一具骷髏靠近時已經爬起來，但肩膀被削下一層皮，露出底下紅色的血肉。

我別過臉。即使女巫柔軟地挨在身上，這光景還是不堪入目，自己也不明白原因。我望向伽戈，他還在對抗巨人的手掌。貢革斯改用雙手扣住他，我覺得換作自己也掰不開怪物的一顆拳頭，無法想像那樣嬌小的身軀能爆發足夠力氣。

骷髏一手箝制了瑪戈，兩根骨指準備鑽入眼窩。

風暴在恍惚中降臨。或許只降臨在我心裡。無月的夜、閃電照亮一幕幕光景，小男孩的哭叫迴蕩腦海，我怎麼斥責詛咒都不肯沉默。明明渾身蓄勢待發，卻連抽搐一下也辦不到。我被荊棘捆綁，躺在女巫懷抱中，眼睜睜看著骷髏的手指刺向小孩黑塘似的眼珠。

因此那隻骨頭手爆裂的瞬間，我和所有人都同樣吃驚。被粗重弩箭射中就是這副慘狀。紐峇人的視線離開望山（注），朝我露出月牙之笑。我的四肢重獲自由，手臂立刻往上狠狠一揮。顱骨在亡巫臉上砸出的碎裂聲，眞是大快人心。

注：「望山」是弩機的瞄準裝置。

無論誰創造了紐峇人（Nuban），想必材料是岩床。我沒見過更實在、更言行一致的人。兄弟裡願意聽他勸誡的不多，畢竟良知在這亂世無用武之地。紐峇人從不批判，心中卻自有分寸。

30

家傳寶劍出鞘，朝亡巫劃出銀弧。據說寶劍夠銳利的話連風也能撕裂，被我劍鋒掃過的空氣斷斷作響，不過也就只劈到空氣而已。

亡巫的動作很快，我沒來得及跟上。方才是攻其不備才能得手，恐怕她不會再掉以輕心。剛剛的顱骨攻擊大概擊中鼻梁，還能看到痕跡。沒出血，只留下瘀青，她的面部皮肉竟像上百隻蛆蟲那樣蠕動。

大部分兄弟還沒脫離魔法控制。紐峇人換上新的箭矢，梅康緩緩抽出長劍，貢革斯放開同族男孩。

亡巫吸了口氣，喉嚨發出鐵器摩擦似的聲音。「你，」她開口：「犯了個大錯。」

「那就抱歉了！」我故意語調快活，提著劍又殺過去。她竄到柱子後面，我只砍到石頭。

伽戈整個人朝瑪戈飛撲，將弟弟從骷髏拉扯中救出來。我瞥見小男孩脖子上留下一排蒼白指印。

我留神警戒地繞過柱子，卻看到亡巫已經到了五碼外，躲在另一根柱子後。

「我對能在自己身上施法的人，標準可是很嚴苛的。」我轉身往萊克速速踹一腳，反正那麼大個人很難踹不中。「小萊克起床！有客人！」

他回神時大吼大叫地埋怨，像是一頭被驚醒的海象，或者脫離冬眠的大熊。面前剛好兩個骷髏朝亞人兄弟倆探手，孩子們還在髒兮兮地板上和對方扭打。萊克立刻以身形氣勢壓制骷髏，抓著它們的頭骨朝中間相撞，撞出兩大團骨渣。

不過他隨即搖著手掌，嘴裡嘰哩咕嚕，起初聽不出到底說些什麼。「好冰！」他總算開始說人話。「操他媽的冰！」

轉身收拾亡巫之前，我已想好一番尖酸刻薄的臺詞，卻停在舌尖吐不出去。蠕動擴散到她的整張臉，四肢肌肉萎縮、斷斷續續抽搐，之前性感誘人的胴體，眞相竟是餓死鬼般的女屍。

那雙眼睛牢牢盯著我，眼裡充滿腐敗和殺意。亡巫笑了，笑聲如同溼布條在風中拍打。

兄弟們圍到我身邊，貢革斯站在原地，亞人小兄弟蹲縮在暗處。

「女士，寡不敵眾，何況妳這副尊容也活該守寡，所以還是識相點，讓路給我們過去比較好。」我說歸說，心裡卻知道對方沒那麼好講話，單純抱著試試不吃虧的想法而已。

她蟲一樣的臉蛋咧開個大大微笑，都能看到下顎關節骨頭了。接著她的長相開始扭曲，忽然浮現甘斯墜落慘叫的模樣。

「死人多得是啊，小鬼。」她回答：「你們當然可以過去——去死人那邊吧。」氣溫猝然下降，降個不停，彷彿沒有極限。最初只是不適，一下子變得難受，很快就冷得荒謬。然後是聲音。湧起的魔霧再度包覆骸骨，為了組合為人形，它們在地上拖行摩擦，嘎吱嘎吱、喀噠喀噠，聽久了會想拔掉自己牙齒。梅康手上的火炬不敵寒冷，咻地熄滅。

霧氣中大家只能看見靠在身旁的人。骷髏來襲，動作很慢，彷彿尚未自夢境醒來。若非貢革斯拿著大火炬，現場就是徹底黑暗。

我朝頭一個接近的敵人揮劍，劍柄變得像冰塊，但我當然不敢鬆手，只能靠活動來保暖。骷髏化為碎骨灑落地面，還沒來得及替自己慶功，立刻就對上第二隻。

混戰之中分辨不出時間過了多久，凜冽魔霧裡，大家心裡只有揮劍殺敵這件事。但是每次劍刃接觸到魔霧模擬的肌肉，寒意便顯得更濃烈，感覺長劍越來越沉重，像是拿著鉛塊與骷髏廝殺。

魯達死了。他露出破綻，被骷髏逮到，骨爪扣住腦袋兩側，被觸碰的部位凋萎壞死。雖說魯達本來就是下三濫，但能把殺他的凶手劈成兩截，我心裡還是挺痛快的。背後又傳來哀嚎，應該是喬布。

從聲音判斷，他應該再也站不起來了。

梅康突破重圍來到我身邊，胸甲蒙霜、嘴唇發青。「一直上來，沒完沒了。」

後頭有人怒吼。魔霧似乎會吸收聲音，但是壓制不了這人的吼叫。

「是萊克？」我也提高音量，不然聽不見。

「是貢革斯！你該過去看看的，他是名副其實的怪物！」梅康高聲回應，我聽了嘴角上揚。

可是骷髏源源不絕，一大批一大批從黑暗竄出，感覺越砍越多。又有夥伴死在隔壁，不知道是誰。

砸了少說兩百具混帳骸骨，還沒個盡頭。

我一劍劈在骷髏肋骨，力道不夠。梅康再平斬，砍斷它的脖子。

「謝了。」我的嘴唇發麻，連說話都費勁。

我可不能死在這兒。腦袋裡反覆這句話，卻一次比一次更難說服自己。不能死在這兒，身體冷得思考遲鈍。不能死，狠狠劈下骷髏爪子。或許它們沒感覺，但那賤人的臉總會痛。

那賤人。

遲疑的時候，跟著仇恨走。平時我覺得不妥，被情緒牽著鼻子的人太好預測。然而此時此地被骷髏大軍包圍，已顧不了那麼多，只有這股怨氣維持一絲熱意。我砍倒骷髏以後，向前飛奔。

「裘葛！」梅康在後頭大喊。我鑽進黑暗，戰場那頭迷霧深鎖。

外面太黑了，黑得讓人忘記所有顏色。我揮出幾劍，打中些骨骸也掃過幾片空氣，後來劍身敲在柱子上，回彈力道太強，而我的四肢太僵，武器被震飛出去。我慌張地要找回寶劍，但其實手麻到摸自己臉頰也沒知覺。我忽然意識到周圍已沒有骷髏，黑暗中不再有東西朝自己亂抓。於是儘管沒了劍也沒方向，我仍跌跌撞撞繼續前進。

那個賤人。想必她正在附近等大夥兒死光，好收割靈魂。

並以此爲食。

我停下腳步站定，身子持續顫抖。如同紐呇人的傳說，亡巫撤下生死之間的隔幕，於是死者回到現世。只要阻止她，亡靈就不能回來。我凝神細聽，聽著天鵝絨般密實的黑暗與沉靜。我試著讓肢體完全靜止，集中所有精神尋找線索。

「丁香……」嘴唇默念出來。我扭扭鼻子，丁香油？其實微弱得不得了，但無可奈何的我，只能循著氣味先找到來源再說。

我的手摸到一扇窄門，跨進去以後，有火炬掉在地上的微弱光線。

我也想起了誰身上會有這味道。紐呇人的弩弓就在火炬旁邊，看得出並非刻意放下，弓弦搭好了、箭矢卻滾到一旁。爲了解救大家，他搶先我一步，獨自展開追獵。

「亡巫……」我低聲說。

她站在古建物豎井前，方形入口通向微弱火光探不到底的漆黑。女巫扣住紐呇人的頭撇向一側，嘴巴正咬在筋肉虬結的頸子上。我注意到他粗壯的臂膀繃得很緊，然而十指抓著身體沒辦法舉起。闊劍已脫手，劍柄稍稍沒入豎井內。

亡巫抬起頭，牙齒染得鮮紅。從紐呇人脖子汲取的能量，使她回復青春美貌，鮮血從她的豐唇滴落到線條完美的喉嚨。

「裘葛王子，你居然派這麼一個新鮮肉體給我。」她說：「唔……還帶著異邦人風味，眞是感謝。」

我跪下來撿起紐峇弩弓，擺好箭矢。這弓的重量不管拿幾次都會令人吃驚。女巫立刻將紐峇人旋到身前當盾牌，腳跟縮到豎井內。

「王子殿下，很冷吧。」她柔美的語調令我猝不及防，挑逗滲透到心尖裡。「讓我來溫暖你。」

疲憊的身體其實禁不起邪術勾引，還好先前看過那張臉蠕蟲般變成甘斯的死狀，我用力在腦海勾勒那畫面，終於壓抑了衝動。雖然我高高舉起弩弓，仍感覺得到氣力即將耗竭。

「那是墳墓的寒氣，」她的語氣多了絲怒意。「會凍死你的。」女巫隔著紐峇人的肩膀朝我冷笑，以他的無助取樂。「裘葛，你在發抖呢，還是把弓箭放下吧。別說要射中我，你別射中自己的朋友就好。」

很誘人的一句話。把弓箭放下。

「他不是朋友。」我回答。

女巫搖頭。「他願意將性命交給你，我從他的血裡頭嚐到了。」

「死人任妳玩弄，我可不會。」我舉起弩弓瞄準，手臂顫抖一直對不到，要是晃得再厲害些，連箭都會晃出去。

她又笑道：「我看得見活人之間的連結。裘葛王子，你只有兩個朋友，我手上這個味道鮮美的人，對你來說就像個父親。」

犧牲。

她的手指刺入紐呇人脖子上的血紅色小孔。「不如這樣吧，其他的部下都讓給我，我拿了他們的命就放過你和他。你們兩個留下來幫我收拾亞人族。有些部落特別難纏，加上也有別的亡巫要對付，你們兩人心思敏銳，會是我的得力助手。」

設局。

女巫的笑靨仍能挑動我體內慾望。「王子殿下，我挺喜歡你的，我們一起統治這片山脈的地底世界吧。」每個字都能牽動生理反應，莎莉在床上滾動的畫面頓時相形失色，面前的誘惑無以名狀卻更加深刻。她提出了交易：生命、權力、地位都屬於我，只要我願意低頭。

求勝。

紐呇人與我視線交會。我第一次看懂了他的眼神。倘若是別種情緒我反而能承受。仇恨、恐懼、哀求，什麼都好。

可是他原諒我。

咻。

弩箭正中紐呇人胸膛，貫穿他的身體以後，連帶著女巫一起，向後跌進豎井。兩個人都沒叫，聽見撞地聲則是好久、好久以後的事。

多數人至少會有一處可取。要在萊克（Rike）兄弟身上找到那一處特別困難。「大」就一定好嗎？

31

等我回去時，弟兄們已經開始療傷包紮。魯達、喬布、埃爾斯、法倫克躺在稍遠處，無論生前多少人喜歡，大家對屍體總是敬而遠之。我也懶得看，他們身上的值錢貨想必已經被搜刮一空。

「還以爲你丟下我們跑了呢，裘葛兄弟。」血人坎特低著頭瞥我一眼，然後繼續磨他的刀劍。

那句話裡的「兄弟」兩個字帶有譴責。不知道是單一的音符還是整組交響樂，亡命之徒裡沒有王公貴族這種身分。

連梅康望著我的眼神也帶著臆測。他癱在地上，累得起身靠著柱子都懶。

萊克倒是撐起身子，緩緩朝我走過來。他拿著一枚金戒指在胸甲皮墊上擦拭，我認得是魯達的幸運戒，黃澄澄的金子。

「還以爲你逃走了呢，裘葛小兄弟。」他矗立在我身前，顯得高大壓迫。

類似騙子那種人看似好對付，眞正過招時才會被他們的棘手給嚇著。萊克沒辦法營造那種反差，他的凶狠歹毒虐待狂全刻在身上，或許是大自然給其他人的一個警告。

「紐耆人死了。」我沒理萊克，轉頭告知梅康，從背後取出弩弓。看見弩弓，大家就會明白，他眞的死了。

「死得好，」萊克接話：「誰叫他要逃。早看那膽小鬼不順眼。」

我全力轟了萊克一拳，拳頭打在他的咽喉上。這並非有意識的行動，如果再遲疑半秒鐘，應該就會忍住。與萊克鬥劍還有勝算，赤手空拳另當別論。

而且「赤手空拳」都還高估自己。我戴著鉚釘鐵手套，雖然年僅十四但也身高六呎，線條精瘦，不過經年累月與刀劍甲冑爲伍，因而肌肉很結實。我的空手搏擊技巧不差，方才那拳集中了整個體重與全身力氣。

鐵指節敲在萊克牛一樣的頸子上。這行爲不理智，所幸大腦沒有空轉，要是目標放在萊克的厚臉皮就糟了，自己的拳頭受傷還只能給他搔癢。

他悶哼一聲愣在原地，表情有點迷惘。我居然自尋死路，確實需要點時間才能反應過來。我的潛意識察覺自己鑄成天大的大錯，但心裡很大一部分根本不在乎，思考被盲目的憤怒壟斷，只想拿萊克當沙包發洩怒氣。

既然他都給我一秒空檔了，我就多賞兩下。縱使是七呎巨漢，體重是我的兩倍，鼠蹊部被包著鐵甲的膝蓋猛力一蹬也受不了。萊克乖乖彎了腰，我交握兩手朝他後頸捶落。

郎翟太傅從極東之地帶來不少書籍，其中一本主題是日本武術，他也傳授過我。根據米製紙張上記載的架勢、招式、人體關節與穴道，我很肯定自己正中萊克頸部要害，而且力道夠大。

之所以沒效，一定是因爲萊克太笨了。

他揮臂毆打。對我而言算是喜出望外，倘若被擒拿住的話，萊克很快就能拔掉我腦袋。臂甲敲在我的肋骨上，我猜要不是還穿著胸甲，斷的就不只兩根而是全部。我的身子被打飛，墜在骸骨堆中，再抓著柱子叮叮咚咚爬起來。

本來這是拔劍的好機會，理智分析也是最妥善的選擇，不過當然違反一般人打架的不成文規定就是了。是我自己先出拳，理論上就該靠拳腳功夫打到底。但反過來說，在兄弟們面前顏面無光，與真的被萊克大卸八塊，其實並不需要糾結哪個選項。

可是我站起來以後只開口說：「死雜碎，有種再來啊。」

發自鬱積胸口、滿腔怒氣的一句話，沒給對方留餘地。此刻我憤怒自己失控更甚於他辱罵紐呇人，紐呇人不需要萊克證明自己的英勇。我氣自己生氣——神話裡有種蛇追著自己尾巴跑——以後應該用銜尾蛇(注)做族徽。

萊克發出那種聽不懂的叫聲，朝我衝過來，速度極快。沒多少城堡大門能擋住這種狀態的小萊克，猛一看會嚇掉半條命，除非知道他不會轉彎。

注：即Ouroboros，柏拉圖形容爲處於自我吞食狀態、結構完美的始祖生物。

我驟然一閃，肋骨還是好疼。萊克撞在柱子上往後彈開，撞下好幾大塊石頭。他想站起來的時候，我從地上抓了根看來夠硬的大腿骨，朝他腦袋劈下。骨頭幾乎折斷，我索性拆開，一手一根圓頭棍。

和萊克對打最受不了的事情，大概就是他不會乖乖倒下，明明昏昏沉沉還是要撲過來，口裡的威脅恫嚇全部都很認真。

「小鬼，看我挖了你的眼珠，讓你自己吞下去！」他吐出斷牙。

我稍稍向後跳開，兩根骨棒往他臉上甩過去。萊克又吐了一顆牙齒，我忍不住笑了，怨氣也化解不少。

他大步追著我跑，我不斷保持距離，有機會就賞他一棍。最貼近的比喻是鬥熊（注）。砰！吼。咚！啊——我咯咯笑個不停，實在不大好，走錯一步可能就被他逮著。只要被萊克的手沾到、扣住……我就真的得吞下自己的眼球了。他說到做到。

其他兄弟們早就開始下注叫囂。

「我要拔了你的腸子！」萊克對嚇人的說詞有無窮盡的靈感，麻煩的是他似乎也有無窮盡的精力，我這支舞卻不知道還能跳多久，腿已經有點痠了。

「看我打爛你那張娃娃臉！」

繞了一圈，我們回到最初動手的地點。

「拆掉那雙皮包骨的手！」下巴沾著血的萊克，看上去更凶殘。

等到機會了。我朝前衝刺，他又愣著不知所措。明明硬碰硬的話，我對付他就像他對付杜子一樣毫無勝算，但萊克本能地退後了，那就是我賭的破綻：他勾到梅康的腿向後絆倒。我順勢撈起紐峇弩，趁著萊克未能起身揮過去，弩機前端巨大的鐵隼，對準了他的臉。

「還有話說嗎，小萊克？」我問：「你伸手碰到我之前，腦袋瓜就會像雞蛋一樣爆掉。要不要試試看？不要的話，是不是該把話收回去？」

結果萊克一臉茫然。

「你說紐峇人什麼？」我提醒。他眞的忘了自己說過什麼。

「啊，」好不容易萊克終於有印象，皺著眉頭盯緊弩弓回答：「我收回。」

「累死了。」總算鬆口氣，我滿身大汗，感覺骨頭快散了。兄弟們倒是樂不可支，彷彿重獲新生，收錢的收錢，模仿萊克撞牆的也玩得很開心。我偷偷記住了誰下注給自己：卜羅、騙子、鄺羅、坎特，看來有點年紀的人反而不會低估小一輩。爲了給我慶功，梅康終於起身，過來搭著我的肩。

「你和紐峇人應該收拾掉對方了？」

我點頭。

「該叫她死無葬身之地。」梅康補上一句。

注：以人或其他動物爲誘餌，與熊進行追逐或戰鬥的遊戲，曾經流行於英國、印度、巴基斯坦等地。

「是死得挺慘。」我沒老實。

「紐峇人……」他遲疑了一下，不知怎麼表達。「比這兒很多人善良。」

這我倒是很肯定。「沒錯。」

看我與萊克打起來，貢革斯還是沒什麼反應，他盤腿坐在冷冰冰的石頭上，身體留有不少骷髏抓痕，魔霧接觸的部位發白壞死。他遲遲沒動，貓一樣的瞳孔卻總停在我身上。

距離他一、兩碼地方有團小小黑影，是伽戈和瑪戈抱著彼此。

「小鬼，剛才你挺賣力的，」我朝伽戈叫著：「看來一開始不是說大話。」

男孩抬起臉，瑪戈的頭卻往後一翻，脖子上都是白色線條，像老虎的斑紋被截斷。

我意識到的時候已經跪在兄弟倆身旁，伸手想碰那孩子時，伽戈發出低吼，但沒有眞的阻止我。瑪戈捧起來好輕，年幼與孱羸混合而成的柔軟觸感很怪異。

「你弟弟——」一時間我竟不知如何說下去，聲音鯁在喉嚨。「好小。」腦海浮現瑪戈在豎井裡蹦蹦跳跳的模樣，最後伸手按了按自己斷掉的肋骨，靠痛覺刺激，驅散那份愚蠢的傷感。

我放下死去的孩子起身。「至少你爲他奮鬥過，伽戈。這麼想的話，或許心裡會好過些。」自責不會如影隨形。

「兄弟們，咱們有新吉祥物啦！」我宣布：「現在開始，伽戈也是大家的兄弟！」

貢革斯終於開口：「亡巫她們——」

他還沒站起來，我已經到了他面前，紐峇弩距離那顆突起額頭只有三吋。「貢革斯，有意見嗎？」他又坐了回去。

我轉身。「屍體都燒了，免得之後過來問候我們。」

「拿什麼燒？」血人坎特提問。

「骨頭不能當柴啊，尤葛。」艾班朝靠近的骸骨堆吐痰，彷彿想證明自己所言無誤。

「不能也得能。」我說：「回來的路上有儲放焦油的地方。」

大家把骨頭搬過去。太古造族石牆上的一條裂縫，正緩緩流出黑色液體，沾了以後就能點火。魯達等人放一起，小亞人有自己的火堆。艾班幫忙以條頓人國王駕崩的規格辦喪事。

我接過梅康手中火炬，點燃焦油。「晚安了，雞鳴狗盜的兄弟們，記得告訴惡魔，你們在我這兒有被好好照顧。」

我將火炬遞給伽戈。「點火吧。你也不希望亡巫拿他的遺體當玩具。」男孩身上散出一股熱力，彷彿體內的火焰覺醒，再熱些的話根本不需要火炬了。

點燃之後，他從濃煙退開。焦油燒起來總是黑壓壓一大片，但有掩護也算是好事。伽戈將火炬還給我，黑眼珠比紐峇人還會隱藏情緒，可是我能看見那抹光彩。他爲自己驕傲。

一行人繼續前進，我把紐峇弩丟給卜羅扛，身爲王子總得找個人使喚。我們依舊由貢革斯領路，帶著焦油火炬的烏煙，往下出發。

✖

連續好幾哩都是毫無特徵的方形廳堂、走道與迴廊。我暗忖太古造族向魔王採購地獄烈焰時，大概拿想像力付款。

大階梯倒是讓我吃了一驚。

「到了。」貢革斯停在路邊開口，後頭是天然隧道。名字叫做大階梯，結果根本沒我以爲得壯觀，一眼望去，找不到寬度超過十呎的地方，入口也很狹窄。唯一的特點大概在於性質天然，方方正正的線條我早就看膩了，終於能夠換個口味。這裡曾經有古河沿著坑道斷層，唏哩嘩啦跳向下面深淵，經過漫長歲月只剩涓涓細流，但也鑿刻出極其崎嶇、扭曲的谷道。

「看起來還有得爬。」我說。

「大階梯不是給活人走的。」一個亡巫巧妙潛伏於狹窄入口，他的影子像蛛網般披掛在身上，乍看與奪走紐呇人性命的賤人像是雙胞胎。

「夠了！」我拔劍行雲流水掃過去，他的頭顱乾乾淨淨掉下來。但我沒有停，利用慣性轉了一圈，全力灌注於劍刃，朝亡巫脈搏尚存的頸部劈落。他還沒倒下又被第二劍重挫，胸腔裂成兩半。

「我沒興趣！」我朝著屍體吼叫的同時，手臂也被他的體重往下拖。生命是一連串的時機，死亡也一樣。先前我犯的錯誤就是給了賤人亡巫足夠時間，而她充分運用了。當初珍不該說什麼逃跑，該叫我一見面就砍她。要是亡巫露面時，我第一反應不是回話而是狠狠刺過去，說不定紐咨人現在還能站在我身旁。

我在亡巫胸口狠狠扭轉劍柄之後，取出藏在靴子裡的鋒利匕首。兄弟們不發一語，旁觀我挖出亡巫心臟，它到了手上還持續跳動，但是溫溫的，不似活物那樣燙熱，卻又不是死物的冰冷。就連亡巫的血液看起來也少了點活力，經驗告訴我，挖心臟出來要有心理準備會被血噴得從頭紅到腳，可是這人的血液在火光下呈現紫色，只緩緩沿著我的手臂滑到肘部而已。

「如果你們這些混蛋還想上演鬧劇，浪費我的時間，至少乖乖排隊來！」我的聲音沿著隧道迴蕩。

紐咨人說過他的故鄉某個部落，有吃下敵人心臟和大腦的習俗，認為能夠藉此得到對方的力量與智謀。我沒看紐咨人自己那麼做過，但也沒聽他反駁這種說法。

我將心臟拿到嘴邊。

「王子殿下！」梅康上前要攔阻。「上頭有邪術！」

「梅康，世界上沒有所謂善惡。」我回答：「只有對於權力、舒適和性的追求，以及願意爲這些追求付出的代價。」我踹了亡巫的屍體一腳，「你覺得這些可悲的傢伙邪惡嗎？你覺得我們應該感到害怕？」

我大大咬下一口，塞滿嘴巴。生肉應該很硬，可是亡巫心臟卻是軟的，就像動物被捕獲後還吊了一陣子。血裡的苦味浸潤喉嚨，我用力吞嚥以後，酸澀慢慢湧上。

卜羅那雙綠眼睛看著我吃東西而沒露出妒意，應該是破天荒頭一遭。我把沒咬的部分丟在地上，兄弟們還是不講話，全被火炬熏得眼眶泛淚。拿焦油當燃料就有這問題，幾乎不能停下來。我的身體有股異樣感，覺得自己不該在這裡，彷彿答應別人什麼事情卻想不起來。寒意竄過我的背部與胳膊，好像被幽靈手指四處摸索。

我才張開嘴巴又合上，因爲耳邊響起一陣低語。我環顧四周，每個角落都傳出耳語，不大不小，聽得見卻聽不懂，那是最能逼瘋人的音量。兄弟們也東張西望神情緊張。

「你們聽得到嗎？」我問。

「聽到什麼？」梅康反問。

聲音越來越大，語調氣憤。仍然聽不懂，只是不斷放大也不斷變多，像是無數微弱氣流在周邊擾動。

「各位，該往上爬了。」我抹抹嘴角，紫色黏液沾在鐵手套背面。「看看大家能多快。」

我抓起地板上的亡巫頭顱，以爲他會翻個白眼瞪我。

「看起來這個沒心的傢伙呼朋引伴了，」我說：「聲勢很浩大。」

THE BROKEN EMPIRE
PRINCE OF THORNS

是人都得吃，軍隊表現如何就看每個士兵吃得如何，不過胖子卜羅（Fat Burlow）喜歡只吃不動，有些兄弟看了很不順眼。但我和卜羅講話次數特別多，除了梅康之外只有他能讀書。讀書才會動腦袋，所以外頭流傳一句話：「識字的人不能信。」

32

攀登大階梯時，底下傳來鬼魅般的哭號。俗話說害怕的人會長翅膀，兄弟們是沒有眞的飛上去，不過爭先恐後向上爬的傻勁，連蜥蜴看了也會獲益匪淺。

我跟在他們後面，有人幫忙找落腳點再好不過。鄺羅帶頭，騙子第二，再來是年輕人緆姆。伽戈快步追上，貢革斯隨著男孩走，看起來亞人部落和亡巫間的默契應該蕩然無存了。

我前頭是梅康，他彷彿能感覺到亡者在後面追逐，臉色特別蒼白，好像自己先死了一樣。

「裘葛，快上來！快！」他抓著我手臂。

我甩開他，早就看見鬼魂沿著隧道或自牆壁竄出。

「裘葛！」梅康又掐著我肩膀，想拉我上去。

他什麼都看不見，否則視線就不會左飄右移，卻沒落在那些東西身上。近距離觀察，鬼魂像是被抹得模模糊糊、懸在半空的粉筆畫，畫的自然是屍體。有裸裎的、有披著碎布的，也有穿戴破爛甲冑的。鬼魂散發寒氣，凝在我皮膚上，彷彿隱形觸手般吸走我的體溫。

我笑了。不是覺得它們無力傷害自己，反倒正因爲它們可以。笑意是要鬼魂們知道即便如此，它們也威脅不了我，而它們會因此痛苦受傷。亡巫心頭肉的滋味還卡在我的咽喉，一股力量在身體裡流動。

「死！」我斂起笑容暴喝：「無論多蠢也知道死人不該醒來！」

看樣子它們聽懂了，又或者必須服從我的命令。梅康拖著我迅速轉彎，但我看到亡魂已經停下來。它們被黯火纏繞肢體、淒厲哀鳴，這次梅康也能聽見，聲音就像釘子刮擦石板，頭痛時吹來一陣冷風。我和他拔腿狂奔，再快些眞的就能飛了。

過了好幾個鐘頭，大家才停下來，應該已經在大階梯上升逾一千呎。滾滾向下的古代河流在這裡沖刷出小盆地，周圍有許多小坑洞和光滑如冰的岩石，呈現地下世界風情。

「操他媽！」胖子卜羅像無骨肉球倒地不動。

血人坎特倚著石筍歇息，臉頰紅得與綽號名實相符。在他隔壁的艾班往水坑吐痰，轉頭抹了抹乾癟嘴唇。

「哇！坎特你怎麼變成紅臉人了！」坎特白了他一眼。

「那，」梅康大大吸了口氣才繼續說：「王子殿下，開始往上爬是好事，不過再上去就眞的要進紅堡了。」他又喘息，重裝爬山就是這麼狼狽。「就算攻其不備進了人家家裡，我們終究只有二十幾個人，要怎麼對付九百名守軍呢。」

我微笑。「確實進退兩難是吧，梅康兄弟？裘葛能不能再締造一次契機？」所有人注視過來。只有卜羅除外。爬了這麼大一段路，除非基督降臨，否則誰也別想叫他轉頭。

我站起來朝眾人淺淺鞠個躬。

「那個王子裘葛像個神經病一樣橫衝蠻幹，是不是不要命了？」

梅康尷尬蹙眉，心裡大概嘀咕希望我閉嘴。

我在兄弟們周邊踏步。「裘葛年紀小，血氣方剛、心浮氣躁，老是拿大家的命去賭……可是呢，不知道爲什麼，結果大都挺順利的！」

我朝萊克油膩的頭頂輕輕一拍，他擠起還瘀青的臉擺出凶樣。

「運氣好？」我問：「還是天神眷顧王室血脈？」

「尤葛，紅堡裡面有九百個紅臉人，」艾班的拇指指向洞窟頂端，「就算我們人數變成十倍也打不下來。」

「長者的智慧！」我走到艾班旁邊摟他的肩膀，「唉，兄弟們，才剛把神父送人，但你們立刻對我失去信心，眞是令人感慨。」

我將艾班推向大階梯，接近洞口時感覺得到他全身緊繃，一定是記得前任哨官的下場。

我又指著河道，「老爹，接下來走這兒。」

我放開手以後，艾班鬆了口氣。我又轉身面對眾人。貢革斯那雙貓眼也盯著我，伽戈躲在杜子般石頭後面，滿臉好奇。

「我的計畫是走進紅堡地下層之前，得先找到個東西。」我的語氣強硬起來。「不過就算最後真得摸黑殺進莫爾領主寢室，像個傀儡師傅一樣拿劍操縱他讓出領地……」我的視線掃過所有人，這回連卜羅也抬頭了。「即便如此……」我提高音量，這裡的回音效果出奇地好。「咱們也沒退路了。誰再他媽的懷疑我沒那麼好運，就滾出這個小家族。」想必他們明白脫團不是沒代價。

大家繼續向上爬，不久之後便離開了大階梯，重新回到太古造族留下的盒狀結構建築物。貢革斯熟悉的地形僅止於大階梯，所以換我帶頭。我心裡有張地圖，正方形、長方形、工整的走道，全部符合塑膠古書的記載。轉過這個彎，左手邊有個房間……郎翟有種奇怪藥水，無論摻入多小的顆粒，都會百分之百化爲結晶。我也一樣，百分之百肯定自己身在何處。

地圖不僅在腦海，也在背包。從「墮落天使」酒館出發以來，我詳讀過數遍，目前也沒必要翻出來參考，讓一切符合兄弟們對奇蹟的想像最好。

來到五條岔路的路口，我一手按著額頭，另一手裝模作樣探測神祕氣場。「這兒！快到了。」

左側甬道留著古代鏽痕，門板早被拆下。

我停在門口，拿出骨頭和焦油做的新火炬，從舊的那支引火。

「到啦！」

我用最宮廷最正式的姿勢行禮，然後率先跨了進去。

根據地圖，這裡是地下區塊的玄關，然而一道恐怕厚達十呎、閃閃發亮的圓形金屬門，擋住了去路，每根鉚釘都和我的手臂同樣粗細。天知道太古造族用了什麼魔法，讓它沒像別的門那樣鏽壞，反正這麼大一塊鋼板堵在面前，就是既成事實。

「你要怎麼開？」萊克嘴唇被我打腫了，講起話含混不清。

我可眞沒頭緒。

「先用你那顆頭敲敲看好了。」

被我用刀扎進手掌那天起，他就叫做騙子（Liar）。刀子拔了，外號留著。他的身材精瘦、肌肉虬結，雖然嘴巴沒半句眞話，但外表倒是沒騙人。

33

「看起來十分堅固。」梅康說。

無法反駁，從沒見過這麼堅實的物體，就算我那把劍也劈不出什麼痕跡。

「所以怎麼辦？」血人坎特站在旁邊，兩手搭著短劍劍柄。

我抓著巨門中間閃亮的轉輪，身子往後仰。它眞的很大，乍看像一塊銀礦，足夠當作國王的贖金。

「挖開。」我回答。

「挖開太古造族遺跡？」梅康挑眉。

「試試看。」我放開轉輪，指著卜羅和萊克。「你們兩個，從那邊開始。」

兩人聳肩以後開始行動，萊克走過去踢了牆壁一腳。

卜羅盯著手掌半天，然後嘟起了嘴。

我看上他們的本來就不是主動積極而是那身蠻力。「梅康，你的連枷給他們用。還有阿列的戰錘。」

萊克單手拎起錘子往牆壁猛敲，卜羅也重重揮出鏈錘，結果帶刺鐵球回彈，差點兒打在他自己臉上。

「這次我賭牆壁贏。」梅康說。

五分鐘以後，我心想要在這兒耗上一段時間了。牆壁連個裂縫也沒有，只灑落了一些粉末。萊克的瘋狗式攻擊只留下幾道淺淺刮痕。

兄弟們索性靠著行李休息。騙子拿出小刀修指甲，阿列放下提燈，鄺羅取出紙牌開始玩，他們兩個總是把搶來的錢給輸光，牌技怎麼練也沒進步。梅康掏出肉乾坐下來大嚼。「裘葛，存糧大概可以支持一星期。」他邊吞邊提醒。

我在玄關來回踱步，知道挖掘不是辦法，要他們勞動圖的是耳根子清淨，雖然錘子敲敲打打也很吵。

*說不定根本沒辦法過去。*這念頭在我心上纏繞、發癢、騷動。

一次又一次的噹噹巨響，震得耳朵發痛。我提著長劍，劍尖抵著牆壁，沿著房間四周繞行深思。*無路可走。*伽戈蹲在角落，黑色眼珠注視我。兄弟們倒在地上的話，我就當作木頭踩過去。經過騙子以後，我察覺到牆壁的質地不同，肉眼看上去一樣，但劍身傳來的觸感既非石材也非金屬。

「貢革斯，這兒需要你的怪力，麻煩幫個忙。」我懶得回頭看他有沒有起來，收回長劍以後就拔出匕首，挨著牆壁猛鑿，最後鑿出個方塊形狀，卻還是看不出究竟，只能肯定材質不是木頭。

「怎麼了？」火炬下，貢革斯的影子籠罩我。

「還指望你能告訴我呢。」我回答：「或者至少打開它。」他握拳敲了敲那塊板子，聽得出後頭是空的。

貢革斯上前探探板子邊緣，大概寬一碼、高一碼半。他先猛烈出拳，力道連橡木門都該凹陷，但那塊板子竟晃也不晃，只有左邊稍微翹起。接著貢革斯左右手的三根指頭扣在板子邊緣，紅黑色爪子用力挖，一身硬皮韌肉好像互相打仗般交錯重疊。好一段時間，我什麼反應也沒有，只是怔怔望著他凝聚全身力量，後來意識到自己居然忘記呼吸，一吐氣就聽見牆壁傳來震動，啪一聲之後嘎嘎叫得刺耳，板子被他扳開了。後頭像個空櫥櫃，令人失落。

「袞葛！」身後的錘子敲打也停了。

我轉身看到萊克伸手擦汗、抹去一臉灰塵，卜羅招手示意。

我慢條斯理，心裡一半很著急，另一半卻完全不想管。

「沒進展不是嗎，卜羅？」我搖頭裝出一臉失望。

「不會有進展的。」萊克呸了一口。

他們敲出一個洞，不太深。卜羅撥開塵埃，露出兩條金屬，糾纏在太古造族石壁內。「整面牆裡頭都是這玩意兒吧。」

我眼睛飄到一手緊握的匕首上。聽到壞消息總是讓人不開心，有時候很想處罰說話的人，好好發洩一下情緒。

「應該吧。」我咬牙回答，趁著胖子卜羅再多嘴變成死胖子卜羅之前掉頭，回到密室前面。裡頭的空間可以塞進折起來的屍體，除了灰塵似乎沒別的東西。我拔劍探進去試試看，結果響起怪異的鈴聲。

「外感應器故障，生物辨識機能未連線。」空櫃子發出語音，音調冷淡理性。

我左顧右盼之後，又注視那小小空間。兄弟們紛紛抬頭起身。

「那是什麼語言？」梅康問。其他人擔心又遇見鬼，只有他還能提出有意義的問題。

「我知道就有鬼了。」我懂不少語言，精通的六種可以流利對話，另外六種聽到一定能辨認。

「請回答密碼。」語音再度傳來。

這句話就聽得懂了。「遊魂，你還是會說帝國語的嘛，」我高舉長劍，四處張望想找到說話的人。「出來談。」

「請回答姓名和密碼。」

櫃內堆積的塵埃在燈光下跳動，像是晶瑩的綠色蠕蟲。

「能不能把門打開？」我問。

「機密資訊，您是否具有權限？」

「當然有。」四呎長的鋒利寶劍在我的字典裡等於權限。

「請回答您的姓名和密碼。」

「遊魂，你被困在這兒多久了?」我又問。

兄弟們圍到我身邊一起望向小格子。梅康畫了十字，血人坎特掏抓護身符，騙子的手探進鏈甲下私藏的那排聖物匣。

沉默半晌的期間，格子深處壁面塵埃之下，爬滿綠色蠕蟲般的光點。「一千一百一十一年。」

「要怎樣你才肯開門?給你錢?還是幫你殺人?」

「需要您回答姓名和密碼。」

「我是昂奎斯國太子裘葛，密碼是天授君權。你他媽的給我開門。」

「無法辨識。」這遊魂的語氣太冷淡了，聽得我特別生氣，要是能看見它，早就砍下去。

「你在裡面一千一百多年，除了這板子還能辨識什麼。」我踹了板子一腳做爲強調，結果板子彈到房間對面。

「您未獲授權，不得進入十二號室。」

我回頭想從兄弟們身上找靈感，但這世上很難找到更茫然的一張張臉孔。

「一千一百年很漫長，」我再和遊魂對話：「你這麼多年來，獨自關在黑暗裡不寂寞嗎?」

「寂寞。」

「寂寞了一千一百年，而且還要繼續寂寞下去。我們把這格子堵起來的話，大概不會有人找到你了。」

「是不會。」它的語調依舊平淡，可是燈號卻變得慌張。

「……我們也可以還你自由。」我放下長劍。

「我沒有自由。」

「那你想要什麼？」

它沒回答。我探身進格子，伸手觸碰深處那面牆，灰塵下是冰涼如同玻璃的物體。

太古造族困住的孤魂野鬼究竟有什麼經歷？也許它可能目睹世界被太陽毀滅的時刻，見證偉大古文明在億萬人哀嚎中滅亡。

「你孤伶伶的，」我說：「自己在黑暗獨處一千多年，只有回憶作伴。」

「造出我的人賦予我意識，以求我『能夠靈活並有效因應無法預知的情況』。」遊魂說：「然而自我意識在長期隔離狀態成爲負累，更加突顯記憶容量限制。」

「記憶很麻煩，你翻來覆去不斷回顧，以爲自己每個細節都清清楚楚了，結果還是會受傷。」我彷彿望著自己內心的漆黑，明白無助受困、渴求自我滅亡是什麼感受。「記憶一天比一天沉重，你也陷得一天比一天深。就算折彎記憶不去碰觸，它們也只是變成一條條纏在身邊的絲線，最後交織成裹屍布，像蠶繭般緊緊地包裹你，直到你抵抗不了，變成瘋子。」光點在我指尖下躍動，隨著我的話語忽明忽滅。「你只是坐在這裡，壓著肩膀的歷史就不停累積。你耳邊迴響那些人的斥責，卻又埋怨他們賦予自己生命。」

幾束光芒凝聚在我的手掌下，滲透到玻璃另一側，進入牆壁裡。光芒使我的掌心微微發麻，在那一瞬間像是和它血脈相連。

「我知道你渴求什麼——結束。」

「對。」

「那就開門吧。」

「電磁栓六百年前就故障了。門沒鎖。」

我一劍刺進去，隨著玻璃碎裂，格子裡強光大作。我使勁一推，劍鋒扎進如人肉般鬆軟的東西，接著什麼物體喀擦一聲像鳥骨斷折，一股巨大力道湧來。

我向後彈飛，還好梅康接住了我。我眨眨眼睛等殘像散去以後，只見長劍插在格子裡，烤得焦黑冒煙。

「你們快開門！」我甩開梅康。

「但——」卜羅出聲，被我打斷。

「根本沒鎖。貢革斯、萊克，你們用力拉！卜羅也過去，你那身肥油難得派得上用場！」

三人照我吩咐豁出全力，合計超過一千磅體重拚命向後拉。起初看不出反應，過了片刻，連鉸鏈聲音都沒聽見，門板忽然滑開。

路途永無止境，人類壽命則否。我們終將疲累崩潰。年齡在不同人身上有不同展現，或許更強韌，或許更敏銳。艾班（Elban）兄弟像熟皮一樣越陳越勇，不過時間一到還是會腐壞，或許就從眼底那抹恐懼開始。他像鮭魚一輩子逆流而上，卻察覺前方沒有等待自己的淺灘靜水。偶爾我覺得找機會賞他個痛快，或許才是慈悲，否則總有一天，他會失去現在的自我。

34

「這是什麼地方？」梅康和我站在入口前。

巨大的倉庫延伸到視野之外，天花板上鬼魅似的燈光驟然亮起，有些一開門就甦醒了，有的掙扎一陣才回神，好像上課遲到的頑童。面前堆了太多東西，根本看不到後頭還有什麼，就算荷蘭穀物大戶的倉庫也沒這麼滿。想要細數這兒的物件，需要用上太多描述形狀性質的詞彙，還好有歐幾里得與柏拉圖先打好底子。比人還高還粗的圓柱體、一碼長寬的立方體，都堆得碰到上面石頭頂，許多錐狀物和球體靠著牆壁，羅列在鐵絲籃內，全部覆著灰，一排排一列列看得人眼花撩亂。

「是武器庫。」我回答。

「武器？在哪兒？」萊克好不容易擠進門，抹了滿額頭大汗又朝灰塵呸口水。

「在箱子裡啊。」梅康翻了個白眼。

「那趕快打開啊！」卜羅說完從腰帶取下小撬棍。

只有打劫這種事情，他們很自動自發。

「要開無妨，」我揮揮手。「不過去開後面的吧，裡面都是毒藥。」

卜羅已朝裡頭走了幾步，才聽懂我說什麼。「毒藥？」他慢動作轉身。

「太古造族創造出來的最強毒藥，可以毒死全世界所有生物。」我回答。

「那種東西對我們有什麼好處？」梅康問：「偷渡到紅堡廚房，加到他們鍋子裡？裘葛，這計畫太小家子氣了吧。」

我沒生氣。一方面他的質疑合理，另一方面現在還不想跟梅康翻臉。

「這種毒藥不是吃下去才會中毒，透過空氣就能殺人。」

梅康先舉起手掌捂著臉，緩緩放下之後，又將兩頰和嘴唇擠成一團。「裘葛，你怎麼知道？你那本古書我也讀了，沒提到這種事情啊。」

我朝那些兵器伸出手指。「這些是太古造族做的毒藥，」我從腰帶掏出造族的塑膠書。「這本是地圖。然後，」再指著貢革斯，「這就是活生生的證據。他和紅堡的紅臉人，都中了毒。」

我走到貢革斯面前，他靠在巨大的銀色門扉上。

「雖然我不建議，但你們可以好好搜一下這個倉庫，應該會在地板和牆壁找到縫隙，裡頭有地下水流過。會往哪兒流呢？」

原本期待有人回答，回神才想起自己是對牛彈琴。「水都往同一個方向流啊？」還是一臉癡呆毫無反應。「水往低處流！」

我拍拍貢革斯的畸形肋骨，他的低吼連大灰熊也要自嘆不如，胸腔共鳴非常強大。

「流到下面山谷的水，都含有非常微量的毒素，但已經足夠使人類變成這種模樣。接著，水是從哪兒來的？」

「上頭？」至少梅康還願意試試看。

「對，上面。」我說：「換句話說，毒藥隨空氣擴散到上面，造成住在裡頭的居民身體產生變化，所以出現像龍蝦一樣的紅臉人。兄弟們，毒藥的毒性千年前就有記載，只是這本書現在才傳到你們親愛的小袞葛手中。」

趁著貢革斯聽得入迷，我趕快走遠些，不然他的拳頭可還沒鬆開。「毒藥依然裝在奇形怪狀容器裡，經過一千年時間，仍舊能造成這麼明顯的影響。所以說，卜羅兄弟，你最好別急著撬開它們。」

「我們拿這些毒藥做什麼，尤葛？」艾班走到我手肘後。「聽起來應該挺卑鄙的？」

「卑鄙到極點了，大叔。」我拍拍他的肩膀。「在這兒生一把小火，顧好之後逃之夭夭。這些玩具烤熟了自己會裂開，煙霧向上飄，灌滿整座紅堡。」

「不會散出去？」梅康目光銳利。

「也許。」我掃視一干兄弟。「騙子、阿列、卜羅，你們弄點可以燒的東西來，骨頭或焦油也沒關係。」

「袞葛，你剛才說過，這些毒藥『可以毒死全世界所有生物』。」梅康追問。

「梅康爵士，這世界已經病入膏肓了。」

他抿嘴。「問題是擴散出去怎麼辦，可能波及吉列瑟全境。」卜羅等人退到門口，回頭望著我們倆。

「父王要我打下吉列瑟，」我回答：「沒有指定勝利條件。就算剩下烏煙瘴氣的廢墟，他也該心存感激，有什麼好不高興的？他自己爲了鞏固疆域，什麼壞事都幹得出來！跟他一比，這只是小巫見大巫！」

梅康蹙眉。「要是煙霧朝昂奎斯飄過去怎麼辦？」

「我甘願冒這個風險。」

他轉過身，手卻搭著劍柄。

「怎麼？」我張開雙臂朝他的背影質問，聲音在古兵器庫的塵埃中迴蕩。「怎麼啊？這下子你又在意無辜百姓了？特倫特的梅康爵士棄惡揚善要保護婦孺了嗎，是不是太遲了點兒？」這股怒氣並不只因爲梅康懷疑自己。「這世界根本沒什麼好人壞人之分，勝者爲王敗者爲寇，你憑什麼替我決定什麼能做什麼不能做？打從最初就沒人希望我們贏，就算違逆天理，我還是會獲得勝利！」

這番長篇大論說得我上氣不接下氣。

「只是會害死的人真的太多了，尤葛。」艾班開口。

沒幾個星期之前，基特逞一點點口舌之快就賠上性命，本以爲親眼目睹過那場面大家會學乖，看來我太高估他們了。

「一條命還是一萬條命對我來說沒分別，也不想分別。」我的長劍瞬間架在艾班脖子上，快得他來不及反應。「砍你頭一次，和砍你頭三次，有孰重孰輕之分？」

但我沒想動手。雖然眼前的人大都是人渣，但少了紐峇人之後，他們好像相對多了點價值。

我收回劍。「兄弟們，」我繼續說：「你們應該知道我的修養不差，剛才是激動了點，可能太久沒曬太陽，或者吃壞肚子了……」萊克聽出我是指亡巫心臟而竊笑起來。「梅康，你說得對，波及紅堡之外的地方太……浪費。」

爵士轉身，雙手交握著。「就照王子殿下的吩咐。」

「小萊克，你搬一箱玩具過去。就那個吧，看起來像巨人鳥蛋的那根。」我指著手邊最近的球體，「小心別摔壞，要是它跟看起來一樣重，就找貢革斯一起搬。去高一點的地方，再給紅堡人加菜，應該一個就夠了。」

他們依言動作。

後來我得知事情經過，回顧這段插曲，才明白梅康的所作所爲，足夠抵銷從前全部罪孽，縱使他毀了威斯頓大教堂，還是值得受人尊奉，與所有傳奇英雄齊名。紅堡下風處屍橫遍野，顯見阻止我原本計畫、巨幅減低毒劑用量，確實阻止了一樁末日浩劫——儘管末日可能只是被推遲了些。

35

「差不多該看到效果了。」梅康說。

我轉頭一瞥，禾納斯山像是以天爲背景的一顆醜陋拳頭緊握著紅堡，零散跟在後頭山坡的兄弟們一個個模樣狼狽。

「他們會死得無聲無息，」我回答：「就像被隱形人暗殺一樣。」我朝他咧嘴一笑。

「連搖籃裡的嬰兒也不放過，是嗎？」他抿起厚唇。

「難道讓萊克或阿列下手就比較好？」我反問並搭上梅康的肩膀，鐵手套按著甲冑，兩個人衝出坑道時沾了一身灰泥，梅康連黑色鬈髮也黏著硬塊。

「老朋友，你最近總是心神不寧，」我說：「覺得之前造孽太多，想要金盆洗手了？」

我注意到自己已經和他一般高。梅康的個頭可不矮，但再過一年，他可能要抬頭看我了。

「裘葛，你很行，有時候眞的能唬到我。」他的語氣有點疲憊，眼角也布滿細紋。「我們才不是什麼『老朋友』，三年前你不過十歲。十歲而已！我們算不算朋友另當別論，但『老』是怎麼回事？」

「你說我什麼東西很行？」

梅康聳肩。「扮演別人的角色，靠直覺彌補歲數，靠天資代替經驗。」

「你覺得人一定得等年紀到了，思想才會成熟？」

「我只是覺得你還是要多活幾年，才能眞正明白人性。與更多人接觸，才能眞正理解你當作玩具的，到底是什麼東西。」他轉身望著夥伴們。

萊克走在最後，正翻越山頭，暮色下只是個大黑影。天際像新的瘀青那樣黑紫，西邊的雲霞狀似彩帶。他的上臂與額頭隨便包紮，繃帶末端在風中飄蕩。

我心裡忽然起了一股騷動，彷彿聽見鬼魂低語，莫名的寒意湧上。

梅康轉身要前進。

「等一——」

尖嘯四起。亡魂已死，卻仍會恐懼。

實際上沒有聲音，只是禾納斯山猝然向上升起，彷彿有個巨人吸進了一口氣。岩壁浮現裂隙，下方滲出強光。下一刻，整座山脈繞著螺旋軌跡被炸上高空，紅堡一磚一瓦，從地窖到塔頂也跟著被拋進天國。

晨曦在那道光芒面前太過遜色，幾乎可謂黯淡。萊克成了黑色人影，背後是能刺瞎眼睛的明亮光芒。在這麼遠的距離，我仍覺得身遭火吻、兩頰發疼。

如此劇烈的爆發自然不會持續太久。強光褪去，陰影罩下，酷似暴風雨前的寧靜。我看見災變的前鋒，新生的亡靈朝四面八方飛竄，好像有人朝池塘丟了顆石頭，一圈灰色漣漪擴散的速度比思緒更快，所經之處岩石化爲微塵。就連天空也受到這股波動震撼，彩帶似的雲霞紛紛碎裂。

「耶穌保佑……」梅康嘴巴還張著，卻說不下去。

「快跑啊！」卜羅扯開嗓門，但聲音好像啞巴那麼小。

「幹嘛跑？」我張開雙臂迎接滅亡，跑也跑不掉的。

兄弟們一個個倒下。時間變慢，體內血液帶來一陣陣冰冷脈動。只不過兩下心跳時間，所有人都趴在地上，最初是萊克，他的身影埋沒在灰色漩渦中，如同孩子溺水在汪洋中那麼渺小。熱風拍擊我的腳，死亡流入身體，口腔又湧出亡巫血液的苦澀。

之後一段時間，我像廢墟冒出的煙，飄浮在半空。

周圍是一片虛無。我的感官一片空白。比睡眠更深的寧靜。直到……

「嘖！這下可好了。」聲音刺進耳朵，非常之近，而且有種熟悉感。「百國戰爭之冬已被回頭浪子照耀成駭人之夏。」話語帶著奇妙的韻律和腔調。

「撒拉森人，你糟蹋自己的母語就算了，別糟蹋莎士比亞的作品。」(注)這是性感且充滿磁性的女人嗓音。

跑就對了。

注：出自莎劇《理查三世》，原句爲「吾等不滿之冬已被約克紅日照耀成光榮之夏」。

「他喚醒太古造族的太陽，你們還有心情說笑？」這次是個女孩兒。

「小姑娘，妳還沒死啊？山谷不是被壓垮了嗎？」女人的語氣很失落。

「挈菈（Chella），妳別理她了。先跟我說說那小子後頭究竟是誰，難不成柯瑞恩（Corion）玩睿納伯爵玩膩了要換顆棋子？還是沉默的姊妹（Silent Sister）總算要出手？」

我認出來了。是賽杰！

「那她是以爲靠著半生不熟的小鬼就能得逞？」女人冷笑。

這個也認識。是山裡的女亡巫。「我明明用紐岧弩射中妳心臟了，賤人妳還沒下地獄？」

「時母（注1）在上——」

「你聽得見？」挈菈打斷賽杰。唯一讓我勃起過的屍體，這聲音我怎麼會忘記。

濃霧大作，我找不到他們的位置。

「不可能。」賽杰說：「小子，你靠誰撐腰？」

一片混沌，我什麼也看不見。

「裘葛？」耳語傳來，是怪物部落那個全身發光的女孩。

「珍？」我試著回應，卻發現感覺不到嘴唇以及肉體任何一個部位。

「乙太（注2）無法隱藏，」她說：「我們存在於乙太。」

我思索了片刻。「現身讓我看看。」

我集中注意力，試圖找到他們。「讓我看見。」這回意念更強，終於在煙霧中找到影像。

最先浮現的是挈菈，一如初見面那般苗條婀娜，皮膚花紋化爲靈絲，在她身周旋繞。再來是賽杰自虛無曝露，凝望我的眼神依舊溫潤，像是更寬廣更沉靜的一泓水。珍從他旁邊走了出來，光芒變得微弱，隔著皮膚稍稍透出而已。迷霧中還有別人，其中一個特別黑，輪廓很眼熟。我努力想看清楚，灌注大量精神上去，結果腦袋卻冒出紐咨人的面孔、自己伸手推門以及跌進無底深淵的感受。似曾相識。

「裘葛，誰給你這種力量？」挈菈朝我露出誘人笑靨，像頭狩獵的豹子在四周兜圈。

「搶來的。」

「胡扯，」賽杰搖頭。「都這麼久的一盤棋了，還能有什麼驚喜，下棋的人、觀棋的人早就彼此認識。」他朝珍輕輕點頭。

我沒理他，視線留在挈菈那兒。「是我把整座山砸到妳頭上。」

「我就被埋了。所以？」她語氣隱隱透露了眞實年齡。

「祈禱不會被我挖出來吧。」然後我望向珍。「妳也被埋了嗎？」

女孩身上的光芒搖曳，我看見另一個珍與其重疊，像個壞掉的娃娃，獨自在深暗密閉的石堆內發亮，骨頭從臀部和肩膀刺出，慘白上沾了血紅，但在幽微光線下更接近黑色。她稍稍轉

注1：時母（Kali）爲印度女神。

注2：Ether，亞里斯多德設想的第五種宇宙元素。

拘無束。

頭，銀色眸子對上我的眼睛，光芒又晃動一次，變回原本完好模樣，站在我面前毫髮無傷、無

「我不懂……」其實我懂。

「好可憐的珍。」挈菈在女孩身旁走來走去，總是不敢太靠近。

「就算死，她也死得乾淨純潔。」我說：「她不怕放手，能向前邁進。妳沒那種勇氣，所以作繭自縛，受困在地底靠腐肉爲生。」

挈菈一臉怨毒，開口發出嘶嘶聲，彷彿肺部積水，迷霧如毒蛇在她身上蠕動包覆。「撒拉森人，別讓他死得太痛快。」女亡巫朝賽杰瞟一眼之後，消失無蹤。

我察覺珍來到身旁。她不發光了，皮膚變成灰燼的顏色，好像火焰即將熄滅。女孩向我低語：「幫我照顧伽戈和貢革斯，亞人只剩下他們了。」

貢革斯需要人照顧？我忍不住想要自嘲，又將話吞了回去。「我會的。」或許我是認眞的。

她牽起我的手。「裘葛，你眞的能得勝，前提是要爲勝利找到更好的理由。」一股力量流過我指尖。「找回失去的歲月，找出你肩上那隻手、拉扯你的絲線……」

女孩和她的手散去，留下的只有迷霧。

「裘葛王子，別再回來了。」賽杰威嚇別人也能講得像是苦口婆心。

「現在開始跑。」我回答：「說不定你還有機會能活命。」

「柯瑞恩?」他瞪著我背後翻騰的乙太。「別妄想靠這小伙子對付我，免得場面難看。」

我想拔劍，但手還沒碰到劍鞘，就看不到賽杰了。

霧氣湧出的苦味鯁在咽喉，我猛然咳嗽起來。

「醒了。」朦朧中聽見了梅康的聲音。

我掙扎起身，咳出滿嘴口水。「天殺的!」

禾納斯山脈的位置被巨大砧狀雲掩蓋。我眨眨眼睛，抓著梅康的手臂站好。「不是只有你昏倒。」爵士朝一旁點頭，貢革斯背對我們，蹲在幾碼外。

朝那方向走沒幾步，就注意到不尋常的熱氣和光輝。明明還是白天，貢革斯的背影卻被照得特別黑。換個角度以後，看到伽戈像子宮裡的胎兒蜷縮在地上，每一吋肌膚都釋放白光，好像造族的太陽從這孩子的身體滲漏，看得貢革斯都忍不住慢慢後退。

不過等我到的時候，男孩的皮膚已逐漸褪色，如同熔爐裡的鐵自閃橘降爲暗紅。當我上前，他已睜開眼，兩團純白如同太陽中心。伽戈喘口氣，口腔彷彿有熔岩翻滾，之後身子縮得更緊。他的背上偶爾冒出火花，沿著手臂流竄躍動然後消失。經過十分鐘，伽戈才眞的冷卻下來，回復原本膚色和常人能忍受的體溫。

男孩抬頭咧嘴笑。「我還要!」

「小朋友，今天夠多了。」我並不眞的明白太古造族的兵器喚醒了伽戈身體裡的什麼東西，但就方才所見，最好設法讓它再次沉睡。

回頭眺望，雲層繼續從禾納斯山脈上升，周邊幾哩都陷入一片火海。

「大夥兒，該回家了。」

36

四年前

「太難。」紐峇人告訴我。

「有意義的事通常不簡單。」我回答。

「做不到，」他堅持。「一旦動手，活不過五分鐘。」

「假如刺客願意賠上性命就能成功，百國戰爭應該已經變成十國戰爭了。」父王遇刺多次，有時候刺客根本沒打算逃走。「有資格繼承地位的人，都不會簡簡單單死掉。」

紐峇人在馬鞍上轉身，朝我蹙眉。他不再好奇一個小孩怎麼懂得這些，我想過陣子也會放棄勸退才是。

我策馬前進。走了半小時，伯爵城堡看起來一點兒也沒變近。

「首先得找到伯爵最強的防禦是什麼。」我說：「他最信賴、最有信心的地方。」

紐峇人又皺眉。「應該尋找敵人的弱點，」他告誡：「給予精準打擊。」說完他拍拍繫在鞍囊的沉重弩弓。

「但你不都說做不到了嗎？」我提醒：「說了那麼多次。」夕暮寒涼，我拉緊斗篷。斗篷是從某個高個兒身上拿來，所以很不合身。「找尋對方弱點只是用最合理的方式認輸而已。」

紐崙人聳肩，他沒有堅持自己最正確的習慣，這點我很欣賞。

「縝密的防禦層次分明，弱點之所以存在，就是為了引誘敵人。敵人以為得逞，結果卻掉入早已備妥的下個環節。環環相扣，繼續前進就會發現，最初避之唯恐不及的難關終究到了面前。更糟的是打草驚蛇、彼長我消。」

他沒回話，那張黑臉在黃昏時更難看清楚。

「出其不意是唯一機會。不踏進對方預備的重重關卡便直取中心。」

挖出他的心臟。

我們繼續趕路，塔樓總算變高變近，城門進入視野，外面房舍雜蔓，都是低俗酒館、鞣革工廠、簡陋的旅舍與妓院。

「保護睿納的人叫做柯瑞恩。」馬兒沿路靠近城門，紐崙人嗅著氣味，皺了皺鼻子。「據說是來自馬岸地的術士，也是厲害的參謀，並且從故鄉帶來了傭兵團，戍守在伯爵身邊。那些傭兵無親無故，所以無法威脅，堅守誓約所以無法利誘。」

「看來得研究研究怎麼和這位柯瑞恩見上一面。」

城門前的隊伍三不五時會移動，但速度和蝸牛差不多。在我們前面十碼處，牽著一頭牛的農民和穿著制服的衛兵吵了起來。

「你覺得那個柯瑞恩真的會法術？」我望向紐呇人。

「馬岸地有很多術士。」

農民似乎吵贏了，帶著牲畜進門，市集還有些地方沒收攤。

輪到我們的時候，天空飄起小雨，衛兵頭盔的羽毛被雨水打得稍微下垂，但臉上的神情倒是很認真。

「你們入城做什麼？」

「買補給。」紐呇人拍拍鞍囊。

「去那邊就好，」衛兵朝城外市鎮一撇頭。「該有的都有。」

紐呇人一聽輕輕嘟嘴。雖說城內市集品項齊全，質量又好，但這理由恐怕說服不了人家。想要衛兵放行流浪漢模樣的紐呇人傭兵，需要更好的說詞。

「弩弓拿來。」我吩咐。

他皺眉。「你要射他？」

衛兵笑了，實際上紐呇人可不是說笑。他越來越瞭解我。

我的手掌停在半空，他聳聳肩，將弩弓從鞍囊後側解開，遞了過來。它實在很重，我接過之後差點兒重心不穩摔下馬，得兩手拖住、雙腿夾緊才沒太丟臉。

我將弩弓呈給衛兵看。

「將這個送到柯瑞恩那邊，轉告他說有人想賣。」

煩躁、鄙視、譏諷在衛兵臉上五味雜陳，想著怎麼應對，不過至少他接過了弩弓。

我在他能碰到前縮了手。「小心點兒，這玩意兒很重，上頭有很多魔法。」聽見這句話，對方才微微揚起眉毛，慎重接手、仔細打量弩弓上雕刻的紐沓諸神，不知他看見什麼，總之是同意了。

「看好這兩個。」衛兵囑咐站在哨站裡的同袍之後便離開。他伸長手臂將弩弓拿遠，彷彿閃個神就會被它咬一口似的。

雨漸漸大了，我們只能坐在馬上當落湯雞。

我的腦子開始思索何謂復仇。即使復仇成功，已經失去的也回不來，但是我不在意。無論是祕密、欲望，甚至謊言，擁抱久了就會成為自己的一部分。我必須完成復仇，我無法放下復仇。或許伯爵的血才能洗滌我的心靈。

天黑以後，士兵在哨站和城牆凹龕點亮燈火，抬頭就能看到鐵閘鋸齒，如果敵軍趁著城門尚未關閉長驅直入，直接放下鐵閘，就會將他們困在裡面。我不禁想像若父王選擇為母后尋仇，派兵進攻這兒要犧牲多少性命，所以現在這樣也許就是最好的結果。既是私事那就私了，畢竟死的人是我母親，昂奎斯的士兵們有自己的母親要照顧。

雨水順著鼻梁滑落，到了頸子依舊冰涼。但我不覺得冷，身體裡有把熊熊烈火。

「大人要見你們。」衛兵提著燈回來，羽毛已經完全黏在頭盔後側，神情也略顯疲倦。「傑克，把他們的馬帶開。納達，你和我送他們進去。」

終於踏進睿納城堡的我們，狼狽得像是游過護城河。

柯瑞恩的房間在西塔，鄰接伯爵宮廷。我們被帶進一道螺旋梯，灰塵很多，感覺年久失修。

「需要卸下武器？」我問。

紐呇人朝我白了一眼，衛兵則哈哈大笑，後頭那個輕拍我腰間的匕首。「小伙子，你拿這種玩具，想加害柯瑞恩大人？」

我當然不必認真應對。衛兵停在巨大橡木門前，門板鑲滿鐵鉚釘，烙印怪異象形符號，看得我頭皮發麻。

侍衛敲門，急促的兩下。

「你們在這兒等。」說完以後，他將提燈塞到我手裡，抿嘴盯著我一會兒，就轉身從紐呇人身後下樓。「走吧，納達。」

兩人的身影沒入樓梯，接著傳來解開門閂的聲響，卻沒有後續。紐呇人的手搭在劍柄上，我示意他別緊張，搖搖頭再敲一次門。

「請進。」

原本預備要克服自己的恐懼，沒料到傳進耳朵的兩個字，卻融化了我堅定的決心。紐呇人也察覺了，渾身繃緊想逃走。

「請進，背負荊棘的王子。無需藏匿，進來這場狂風暴雨吧。」

門消失了，彷彿被黑暗吞噬。我聽見慘叫，淒厲的慘叫，像血淋淋的獵物在地上爬行，掙扎逃離獵食者的魔爪。不知究竟是我，還是紐640人的叫聲。

然後，我見到了他。

37

紅堡連斷垣殘壁也沒留下，只看見山脈化作荒蕪。大家盡速撤離，暗自慶幸自己逆風而行，不會吹到來自吉列瑟國的風。當晚我們隨便在野外找地方睡下，沒人有胃口，就連卜羅也是。

重返高堡的路途遙遠，回程比來時更顯漫長。首先過來的時候可以騎馬，現在我們只能走路。再者來時上坡此時下坡，我自己是寧願往上爬也不要向下滑，兩者引發的腿疼不大一樣。尤其下降時像是被一股力量拽著前進而非出於自願，向上爬則是自己選擇對抗高山。

「可惡，這下子想念那匹馬了。」我說。

「已經變成馬肉排。」梅康點著頭，啐了一嘴塵土。「叫王宮馬廄再給你找一匹就是，昂奎斯應該到處都是蓋洛德的種。」

「說得也是，牠精力旺盛。」我也清喉嚨吐口水，鎧甲磨破了皮，還會吸收午後烈日的熾熱，底下的肌膚全被汗水浸溼。

「感覺怪怪的。」梅康繼續說：「明明是最徹底的勝利，結果要靠自己沒了馬匹才能當作證據。」

「搶農夫家都比較賺！」萊克在後頭嚷嚷。

「老天，別刺激小萊克了。」我回答：「兄弟們，現在賺到的是無形財富啊，咱們打了漂亮的勝仗。」凱旋而歸確實能轉換為宮廷貨幣，任何人事物都有對應的代價，君主的恩寵、繼承權，以至於父王的尊敬都不例外。

正因如此，歸途也更加難熬。我背負的不僅僅是身體、甲冑、乾糧，還有新的重量：沒有談心事的對象，得忍受好幾天才能說出口。好消息和壞消息一樣沉重。我可以想像自己在王宮豪氣干雲的模樣，許多人將被挫了氣焰，特別是某個後母。然而我沒辦法在心中描繪出父王的反應，無論不可置信地搖頭、微笑起身搭著我肩膀，都不對勁。我試著為他編寫如何感謝我稱頌我，如何開口叫我一聲兒子的劇本，但構思不出那場景，臺詞太薄弱也太隱微，根本無法成句。

一路上，兄弟們沒說太多話，大家都感受到隊伍缺了一塊，原本屬於紐咨人的地方仍是空白。只有伽戈精力充沛，自己跑在前頭追兔子，或纏著人問問題。

「裘葛兄弟，為什麼這裡的洞頂是藍色？」他這麼問我，似乎以為外頭的世界只是更大的洞窟——有些哲學家會附和這說法。

他的改變不只如此，皮膚紅色部分的顏色變得鮮明，紮營時亦對篝火極度著迷，身子不斷湊近。貢革斯非常不以為然，總是將男孩趕到暗處，似乎頗為擔心。

環境漸漸變得熟悉，路面沒那麼陡斜，原野開闊蒼翠。走在充滿孩提記憶的道路上，我回想那段黃金歲月，無憂無慮、鎮日徜徉母親的歌聲和音樂中，直到六歲才理解何謂難過。人生第一課就是父親教的，主題是痛苦、失落和犧牲。將他的教導發揮到淋漓盡致，就成了吉列瑟此刻的光景：爲求勝利不擇手段、毫無顧忌。進宮以後，我首先要感謝奧利丹陛下的指導，轉述敵人在我手上是何種下場，想必他會無比認同。

更接近高堡時，則想起了凱薩琳。閒下來的時候，心思都是她的倩影，重複與她有肌膚之親的片段。腦海留存所有細節：光影下她的輪廓、顴骨以及柔潤的雙唇。

進入昂奎斯中心地帶，大夥兒除了腿瘦，也各自沉浸於自己的思緒，沒人想到可以偷馬匹加快旅途。一閉上眼睛，就會看見吉列瑟背後升起的旭日，聽見滅絕之後鬼魂們的呼號。

上了歐斯騰嶺，看見高堡城垛，只剩下七哩便能抵達城門。夕陽西下，天色緋紅，彷彿催促我們快快趕路。

「尤葛，我們算是英宏吧？」大舌頭艾班問道。聽起來即便這把年紀了，他仍舊無法參透結果比手段更重要的道理。

「英雄？」我聳聳肩。「勝利就好，其他不重要。」

眾人在黃昏中走完最後一段路，下城城門衛兵沒盤問，可能因爲認得王子，也可能因爲我臉上的表情觸動他們的自保本能，沒人阻攔我們進城。

「坎特兄弟，你帶大家到下城找個地方休息。可能就『墮落天使』吧？」

我和梅康能進宮，其他人恐怕不受歡迎。爵士跟著我走過上城區，顧不得一身疲憊，趕緊穿越三道連環閘門，踏入王宮土地。夕陽殘照下，小教堂前方廣場十分昏暗。

通過侍衛把守的門口進入謁見廳，我的精神變得亢奮，首先確認賽杰在不在王座周邊，接著視線在人群中搜索。傳令宣召結束時我還在找他，卻只看到凱薩琳站在王后身旁，伸手搭著姊姊肩膀，對可悲的裘葛投以嚴苛目光。我稍微等候，靜默之中氣氛緊繃。

「親愛的父王，你把那個裝模作樣的野人藏哪兒去了？我巴不得再見識見識他在別人夢境下毒的手法。」

我的眼睛在旁聽群眾又掃過一遍。

「賽杰奉旨去外國辦事。」父王佯作鎮定，不過仍被我捕捉到他和王后姊妹匆匆交換的眼神。

「期待他回來的那天。」異教徒居然真的逃之夭夭……

「聽說你自己逃回來，林哨軍毫無音訊。」新王后莎瑞絲（Sareth）開口，在座位上捧著遮不住的肚皮。「我想這代表你把所有兵力都賠光了？」儘管她抿緊嘴，嘴角還是透露出笑意，不得不說那雙嘴唇十分漂亮。

我微微鞠躬，其實致敬的對象是即將爬出母親子宮、我那同父異母的弟弟。「王后殿下，林哨軍折損慘重，這點我無法否認。」

父王輕輕斜著頭，彷彿王冠太重了似的，眼睛因此蒙上陰影。「一一列舉殉職的貴族。」

「文森．迪．古倫勛爵──」我伸出食指計數。

朝臣紛紛倒抽涼氣。

「連哨官都死了！」莎瑞絲王后奮力站起身。「連哨官的命都給丟了，居然還有臉說要繼承王位？」

「文森．迪．古倫勛爵，」我繼續數：「惹火我了，被我推下逖穆斯河的瀑布。現任的林哨官是寇丁，雖然出身寒微但做事幹練。

「吉德．維洛，」我比出第二根手指。「和人打牌起爭執被刀捅死，事發於穿越吉列瑟邊境後兩天。

「還有來自背風鎮的麥特斯。」第三根手指。「死因明確，他小解在熊身上。看來林哨聞名遐邇的潛行技術可能稍微誇大了些。就這幾個。」

我高高舉起三根手指，左右張望，看看大家反應。

「我自己帶的人也有不少傷亡，但攻打九百名精兵駐守的山城談何容易，怎能期待林哨軍兩百五十名輕裝官兵皆毫髮無損。」

「你這懦夫，根本就沒進去紅堡！」王后指著我，好像怕人家不知道是在罵我一樣，聲音非常尖銳。

我冷笑不語。女人懷孕的時候常常失控，凱薩琳也試著安撫姊姊坐回椅子上。

「我明明下令要你攻擊紅堡。」父王的語調不帶怒意，反而更像是威脅。

「是的。」我從梅康身旁走向王座。「你還說『打下吉列瑟給我』。」

彼此距離剩下一碼不到，終於有個侍衛想到該舉起弩弓。父王伸手示意士兵別妄動，三人相互對峙，我和衛兵背上都流過一絲冷汗。

「你說你要吉列瑟，還特地爲此授權我調動林哨軍。」

弩弓瞄準自己，士兵隨時可能扣下扳機，但我無視他們的存在，伸手探進腰間包袱。

「吉列瑟領主、紅堡堡主在這兒。」我鬆開拳頭，指縫間滑下粉塵。「然後，」我撈出一塊石頭，沒有核桃大。「這是紅堡遺跡最大的一塊。」

石頭在一片靜默中落地。石頭和塵土自然和我說的事情沒有直接關係，不過宮廷中人都能明白：莫爾．吉列瑟已經隨風而逝，他的堡壘化作了荒山野地。

「全死了。紅堡一個人也不剩。」我望向王后。「女人也不例外，無論貴族、廚娘、奴婢還是妓女。」視線又落在她肚子上，「或者小孩也一樣，連爬出搖籃的機會也沒有。」我提高音調，「馬和狗、鴿子和獵鷹，老鼠以至於跳蚤，全死了，不留任何活口。乾乾淨淨、徹徹底底的勝利。」

父王搖搖晃晃地起身。

一步而已，父子的鼻尖幾乎接觸。我讀不出那雙眼睛藏著什麼思緒，只知道自己不再恐懼，那份情緒彷彿隨著塵土自指縫消散。

「重立我爲太子。」我的話語不帶情感，但其實下顎忍得發疼。「給我兵權，我會統一天下，重組帝國。別讓那個異教徒在背後擺布。」我朝新王后瞥了一眼。

但我不該轉開視線。不該忘記自己的脾氣遺傳自誰。

我的心窩下方一陣劇痛，本來要說的話全部吞了回去，差點兒連舌頭也咬斷。口裡冒出血腥，滾燙中帶著金屬氣味。我退後一步、兩步，站不穩了。然後眼睜睜看著刀刃滑出自己身體，另一端在父王手上。

那是把匕首？問題像腦海的一個泡泡。笑聲夾雜血沫從咽喉衝出。我想講話，但發不出聲音，空氣隨著生命流失。

世界天旋地轉，彷彿宮殿也選擇在這時才現出隱藏許久的扭曲面貌。一雙雙眼睛盯著我退向門口，仕紳仕女、王后姊妹還有自己的父親，每個人的目光都像長槍刺在身上。就連拖著我從吉列瑟千里迢迢回來的兩條腿也變節，彷彿打從紅堡到高堡的每一步疲累，都在此時此刻爆發，壓得我渾身無力、眼冒金星。

他拿刀捅我！

曾經我是眞的孺慕過自己的父親。回憶中、夢中、偶爾在現實中，也尚有一絲感情如雲朵掠過心頭。失去的年月裡有他的笑臉，那時候幼稚的我並沒察覺父子之間充滿隔閡。印象中的父親是個蓄鬍、嚴厲但不會傷害我的人。

那是把匕首？

我連動嘴自嘲的力氣也沒了，只能發笑，接著倒下，好像操縱我的絲線被刀斬斷。

不知道自己倒了多久。我的臉頰貼著冰冷的大理石，耳裡有梅康的吼叫，鏗鏗鏘鏘的聲音代表他被衛兵合力壓制。最後只剩下緩慢心跳。

倒下時，最後映入眼簾的仍是父王。他的頭髮比夜色更黑，閃著喜鵲羽毛般微乎其微的翡翠光澤。

「帶下去吧。」聽起來他也累了，直至此時終於曝露出一丁點人性的脆弱。

「要與先王后合葬嗎？」

另一個人的聲音在我耳朵拉長、迴響。我認得出來，那是很久很久以前將我和威廉扛在肩膀玩耍的諾沙。諾沙最後一次抱起我，我聽見了父親的回答。聲音好微小、好低沉、好難聽懂。眼前一黑，臉頰又在地板摩擦，意識隨後褪去。

38

我吞噬黑暗，黑暗也吞噬我。

沒有光，沒有心跳，無法計算時間，於是明白永恆不值得恐懼。或者說只要不受打擾，獨自在黑暗中度過永恆，比生存的辛勞更誘人。

可是天使來了。

最初的閃亮像眼瞼被切開縫隙。光芒從遠方一點射入心間，散化為黎明，剎那抑或無盡之中，黑暗遭到驅逐，連影子也沒能留下，彷彿未曾存在。

「裘葛。」

她的聲音旋律優美，滿滿的慈愛與保護。

「妳好。」

自己的聲音則像是蘆葦被撕裂。妳好？話說回來，該對天國的使者說什麼才對？除了透過這兩個字表達內心的無力與質疑，似乎沒有更好的選擇。

她張開雙臂。「過來吧。」

我裸身蹲伏在找不到分毫陰暗的純白中，四肢沾了塵土和血跡，來自致命傷的血液凝固以後，如同我的罪孽一般濃黑。

「過來。」

我想看清楚她的模樣，可是她並沒有固定的容貌。也許形體只能拘束凡人，與她的本質相悖。她是許多層次的白，眼神中充滿關懷，那雙翅膀——她的確有翅膀，但並非白色羽毛構成，而是飛翔的可能性，彷彿將天空披在身上，有時肌膚就像雲朵飄移疊合。

我別過臉，蹲在原地，思索塵埃血漬玷汙的自己，如何承受得起祥光萬丈。

「過來吧。」她依舊展開雙臂，懷抱像是母親、愛人，也像是父親或摯友。

「不。」

訝異隨著光芒在我與她之間脈動。我感覺下顎繃緊，憤恚的苦澀湧進口裡，黏在咽喉後側發燙，終於找回一絲熟悉。

「放下苦痛，裘葛。羔羊會洗淨所有的罪。」話語中找不到半點虛假，情感清澈透明。天使的懷抱是餽贈，是慈愛……也是憐憫。

贈予太多也不好。嘴角漾起同樣的冷笑，我緩緩起身，仍舊低著頭。「羔羊的血不夠多，洗不乾淨。找長大的羊來。」

「沒有大到不能悔悟的罪。」她回答：「也沒有無法放下的惡。」

她是眞心的。她的口中絕無虛言。至少這一點肯定是事實。

我望向她的雙眸，浸沐於毫無保留的深沉慈愛，意識幾乎被帶走。但我牢牢把持、對抗，冷笑浮了上來，暗罵自己真是大驚小怪。

「世上我還沒擔過的罪孽不多。」我朝她邁出一步。「我在教堂咒罵過神……我貪圖鄰人的牛，偷過來做成烤肉全吃光了。七大罪之初，早在喝母奶的時候就已學會。」

她傷痛的眼神也刺痛我，但我很習慣互相傷害。

我在天使周邊打轉，每一步都踩髒地面，雖然留下的汙穢逐漸褪色。

「我也覬覦鄰人的妻子，所以強佔了人家。還殺過人，嗯，殺過很多很多人。究竟什麼壞事沒幹過呢……要不是這麼早死，應該就能全列出來。」怒火一上來下顎又緊了，再用力下去，牙齒可能會碎掉。「多給我五分鐘的話，就能加上弒父這項大罪。」

「同樣能得到寬恕。」

「可是我不需要妳寬恕。」地面忽然冒出黑色紋路，從我腳下往四面八方蔓延。

「孩子，放手吧。」她的話語蘊藏強大的溫暖和溫柔，幾乎覆蓋我的意識。透過那雙眼睛能夠看見完美的世界、理想的未來，萬事萬物都能如願以償，我嚐得到、嗅得到。若非她過度自信，或許我當下真的會被帶走。

然而我專注心裡泉湧的怨毒。它們不正面，但至少屬於我自己。

「女士，我是可以接受妳的慷慨一起離去，可是那麼一來，我究竟是什麼人？即便犯了很多錯，也是過去塑造了我，放下一切的話，我算是什麼？」

「你能得到幸福。」她回答。

「得到幸福的是別人，是新的裘葛，失去驕傲的裘葛。我不想成爲別人的寵物，無論是妳或者祂。」

黑夜像沼地霧氣升起。

「裘葛，傲慢也是罪，更是七大罪之首，你一定要放下。」總算聽她露出淡淡的命令語氣，足夠我振作起來了。

「一定？」黑暗在周圍轉動。

她伸出雙手，但黑暗茁壯，身上的光芒受到壓制。

「傲慢？」我的嘴角上揚得更高。「我就是傲慢！溫順的人要上天國就自己去——就算永生永世待在這片黑暗，我也不接受妳提的代價。」或許不是眞心話，但沒有別的答案。她的手不是用來握的，只能咬下去。一旦隨她走，「我」就不復存在，殘存的都是渣滓。

她的身上剩下微光，對抗厚實深邃的黑。「路西法(注)也曾經這麼說過。儘管位居神的右手，卻因爲傲慢而被逐出天國。」她的聲音逐漸微弱，像是悄悄的耳語。「追根究柢，傲慢是唯一的罪，諸惡的源頭。」

「但我也只剩下驕傲了。」

我吞噬黑暗，黑暗也吞噬我。

注：Lucifer，墮天使的首領，有人認爲等同於撒旦。

THE BROKEN EMPIRE

PRINCE OF THORNS

39

「還沒死？」女人的聲音，條頓腔，聽起來上了年紀。

「還沒。」年輕的女子，也是條頓人，很耳熟。

「拖這麼久太反常了。」老婦說：「明明那麼慘白，看起來應該死了才對。」

「好多血。我不知道原來人的身體裡有那麼多血。」是凱薩琳！黑暗中，腦海浮現她的面孔：碧綠眼眸、雕像般的顴骨角度。

「又白又冷。」她的指尖抵著我手腕。「但是鏡子放在唇上還是會起霧。」

「我說不如拿個枕頭來一了百了。」我忍不住想像自己伸手掐死這老太婆，那畫面在身體裡激起一點點熱意。

「我並不特別希望他活著，」凱薩琳回應：「畢竟他用那種手段殺死了蓋倫。走下王座那時候他的血流個不停，如果當場死了我不會多事。」

「陛下應該直接砍斷咽喉才對，省得麻煩。」老婦人講話肯定是奴婢的嘴臉，獨處、沒旁人在場才敢大放厥詞，平時壓抑太久所以特別刻薄。

「漢娜，暴虐無道的人才會一刀砍死獨子。」

「不是獨子啊，莎瑞絲王后懷了您的外甥，將來要繼承大位的。」

「妳覺得他們眞的會讓他葬在這兒嗎？」凱薩琳換了話題，「讓他和自己母親、弟弟相伴？」

「我覺得啊，孽種和賤人擺一塊兒，封了這墓最好。」

「漢娜！」耳中聽見凱薩琳往旁邊走動。

推敲起來，我被搬進母親的墓穴了，是個地底下的小房間。上回進來時灰塵堆得很厚，完全沒腳印。

「人家好歹做過王后。」凱薩琳斥責，她的手在什麼物體上摩擦。「妳過來看看，應該也能感受到那股堅毅。」

母親的大理石棺蓋依照她的容貌雕刻，乍看好像只是躺著休息、雙手合十禱告。

「莎瑞絲王后比較美。」漢娜回答。

凱薩琳回到我身旁。「比起美貌，王后更需要堅毅的人格。」她的手指拂過我的前額。

四年前，我伸手輕觸大理石面孔，發誓絕對不再回到昂奎斯，並且留下生命中最後一滴淚。不知道凱薩琳是否也觸碰了她的臉龐，撫摸同一個地方。

「公主，我來處理吧，能和母親、弟弟一起長眠，也算對這孩子的慈悲。」漢娜故意放軟語氣安撫，手卻扣住我的脖子，皮膚的觸感粗糙得像鯊魚。

「不行。」

「您剛剛還說沒特別要留他活命。」漢娜的老手使了更多勁。可以想見她曾這麼掐死過雞隻好幾回，說不定也掐死過小嬰兒。雖然緩慢，但力氣越來越大。

「我說的是在王座前面，血還溫熱的時候。」凱薩琳回答：「現在看他單靠薄薄一口氣支持這麼久不放手了，何必苦苦相逼呢。他心裡還有牽掛吧，時候到了自然會走。就這個傷勢來看，他不可能活下來，至少讓他自己決定何時嚥氣。」

但那隻手扣得更緊。

「漢娜！」

手縮了回去。

40

世界混沌而神祕，我們卻總裝作自己已經理解，以科學或宗教填補空白，便想像宇宙自有其規律。通常這種想像有效果，即便人類如同蜻蜓點水越過深潭，仍不知道下面還有好幾哩深，停留在表面茫然無緒，毫無意義移動著，直到最後被那片冰冷中竄出的什麼東西給拖進未知。

我們對自己撒了天下最大的謊，假裝自己是神，可以做決定，事情會如預料般進展。人類以爲自己脫離野蠻，以爲控制一切，以爲文明並非浮誇的裝飾品，以爲進入黑暗之中，仍有理性相伴。

十歲的我就已看清眞相，只是記得的不多。柯瑞恩只用了一點點時間就教會我全部。幾下心跳裡，我的意志如風中殘燭倏地熄滅。

那時候我和紐咨人都倒下，像沒了骨頭般癱軟在地。能動的只有眼珠，視線一直跟著那老人。換作其他情境，或許會以爲他挺和藹可親，有種近似郎翟太傅的氣質，只是更加瘦削憔悴。可怕的不是他的長相，甚至也不是那雙眼睛，單純只因我意識到一切都是假象，像人皮面具緊緊裹附在未知的虛空上。

外觀看來，他只是個穿著舊袍子的老人，但只要望著他，心裡就會湧出恐懼，回想起來也不覺得可恥。那是兔子面對老鷹的恐懼，能夠徹底改變一個人。許多人因此犧牲家人、朋友和摯愛的一切，只為了逃離這種恐懼。

柯瑞恩走近，彎腰拎起我的手腕。就這麼輕輕一碰，心中那股巨大恐懼便被稀釋了，彷彿酒桶的水栓被他關上，再也流不出來。他不發一語拖我進房間，石地板刮擦著我臉頰。

房裡空無一物，只有紐呇人的弩弓靠在牆角。我想像柯瑞恩獨自關在這兒，凝視永恆虛空，意識脫離這副年邁軀體。

「賽杰終於碰上對手了？」

我想講話，但嘴唇動也不動。這人知道夢巫和他的此刻，剛才也叫我「背負荊棘的王子」，他究竟掌握了多少情報？

「我全都知道，孩子。你腦子裡的一切，你隱藏的祕密，連你已經遺忘的事情也不例外。」

他在讀我的心！

「就像攤開的書本。」柯瑞恩點點頭，用腳輕輕挪我的頭，我又看到了紐呇弩弓。

「裘葛．昂奎斯王子殿下，你十分有趣。」他走到弩弓旁邊。「你好奇擁有這種力量的人，為什麼沒成為皇帝。」我的確正在這麼想。

「因為只有百國國王能稱帝。百姓不會服從我這種身分的人，他們只相信血統、神選那些世襲的東西。儘管我們從別人沒勇氣面對的境界取得力量……也必須透過睿納伯爵或者你父王這些棋子來爭奪皇位。說不定，你也可以上棋盤。」

他伸手撫摸弩弓，空氣微亮、搖晃，彷彿火爐吹出熱風。

「嗯，我覺得這主意不壞。賽杰找上奧利丹王，那你父親就當他的玩具，然後奧利丹的長子則交給我。」

恐懼刺得太深反而激出憤怒，我在腦袋中想像自己一刀捅死他的畫面。

「去外頭闖蕩磨練吧。要是你熬得過，浪子回頭時，也就是你父親引狼入室時。以下駟對上駟之策。」柯瑞恩在半空模仿下棋動作。「背負荊棘的王子，或許你也能在這局棋裡掙有一席之地，成為決勝關鍵。」

柯瑞恩輕而易舉拿起弩弓，好像絲毫不覺得沉重。他舉到嘴邊低語一陣，聲音太輕無法聽清。他走個五步就到了門口，把弩弓放在紐呇人隔壁的階梯上。「我的傀儡就交給黑騎士保護。」

「至於你，孩子，忘了睿納伯爵吧。」

談何容易。

「怒火發洩在哪兒都好，世界開闊得可任你撒野胡來，但別回到這兒了，想都別想這件事，心思放去別的地方。」

呆望中，他越來越靠近，接著跪在旁邊，扯住我的衣領，將我的臉拉過去。我對上那雙空白的眼睛，恐慌油然而生，像洪水沖走意志。更糟糕的是，彷彿有冰冷手指鑽進顱骨，抹煞我的記憶、扭曲我的思維。

「忘了睿納。去向全世界發洩。」

睿納必須死。

「我要……親手……」不知怎地嘴巴自己吐出幾個字，但同時那念頭也被柯瑞恩給奪走。我連自己怎麼來到這座塔，面前這個人叫什麼名字都忘得一乾二淨。

老人微笑，彎腰朝我耳語幾句話。我只記得擦過頸部的鼻息帶有腐敗的氣味。

理智隨著那些話語消散。

眼珠後頭彷彿有一群蛆蟲蠕動，我完全不記得這個人，僅留下一個無法察覺的空洞。睿納這名字失去重量，取而代之的是全世界都成了我怨恨的對象。

我墜進黑暗，耳朵被自己的嚎叫震聾，不知名的手緊緊扣著喉嚨。目不視物，但我的手也找到一隻脖子，牢牢掐住。對方越扣越用力，叫聲小了、啞了，沉默了。我繼續狠掐，雙手化爲鐵箍，再多使分勁的話，指骨可能就會像枯枝折斷。

還是黑暗與死寂，唯一能感覺到的是緊扣我咽喉的手，以及我手中緊扣的咽喉。我需要空氣，心臟跳得太厲害，彷彿一次又一次錘擊。

年月時光在眼前流過，我墜進生命的點點滴滴……

然後摔在地板上。摔得很重。睜開眼睛，發現身在石頭地板上，眼前有一張面色發紫、突眼吐舌的臉孔瞪著我。陽光從高處窗戶流瀉進來，心臟朝著胸骨敲打，好像要蹦出來，渾身上下無處不痛。我發現自己的雙手扣在那張臉下的頸子，花了很大力氣才有辦法鬆開手。我的手指已發白，不聽腦袋的使喚。

渾身疼得要命，而且身體需要某種東西，但我說不出來。視野鼓動出一陣一陣的紅色，忽明忽暗，僵硬的手探向自己脖子，發現還被人掐著。

不認識那張臉。但是個女人吧？

世界變得遙遠模糊，疼痛漸漸減弱。

睿納……這名字浮現腦海，身體湧出一點力氣。雖然掰開那女人的手掌時，我仍感覺不到自己的指頭。睿納！第一口氣在氣管咻咻作響，好像經過細長的蘆葦桿。

空氣！身體需要空氣！

喘了半天接不上那口氣，喉嚨被捏扁了，呼吸不順。

睿納……

發紫的臉是個白髮老婦。怎麼回事？

睿納。柯瑞恩。

我的天！想起來了，那股恐懼變得鮮明，但相較此刻心底發寒的怒意不算什麼。

「柯瑞恩——」距離入塔那夜已經四年，我終於能夠喊出他的名字。我想起來了，知道自己被奪走什麼，也是這麼長時間以來，首次覺得自己完整。

擠出力氣以後，我將自己撐起來。

這是城裡的房間，旁邊有張床……我被老婦掐住時從床鋪摔了下來。門響，有人扳動門把。「漢娜！漢娜！」也是個女子。

我居然在門開啓前就站好。

「凱薩琳……」瘀青的喉嚨只能發出氣音。

是她。情緒激動時也很美，半開的小嘴、張大的綠眸。「凱薩琳……」我像是說悄悄話，其實想要大聲喊叫，有好多話想說。

我懂了。我懂這個棋局，也懂了下棋的人，我知道自己該怎麼做。

「殺人凶手！」她叫道，從腰帶抽出針錐形狀的短刀，長度足夠貫穿成年人。「果然你父王沒看走眼。」

我想解釋卻發不出聲音，連舉起手臂的力氣也沒有。

「他沒能大義滅親，我要代替他了結你。」

我只能怔怔望著那份美貌。

41

若是男子對男子、刀劍對刀劍，堂堂正正的決鬥，技巧差的一方會死，不過更常見的是運氣不好的人會死。拖久了，則是先疲累的人容易死。

持久力最關鍵。墓誌銘應該加上一條「累了」的範本。也許不是對生命感到疲憊，而是維持自己活下去很辛苦。

眞正的打鬥，也就是大半的打鬥、不受規則拘束的打鬥，疲累更是最大的死因。刀劍就是鐵塊，揮個幾分鐘以後，手臂好像會產生自我意志，決定它們肯做什麼、不肯做什麼，即便不繼續揮下去就是死。

我也體驗過。有時繼續揮舞兵器，需要赫拉克勒斯那般神力才辦得到。但是面對持刀的凱薩琳之前，我從來不知道自己可以虛弱到這個地步。

「畜生！」

她眼裡的火焰如此明烈，恐怕殺了我才能平息。

我想擠出阻止她的意志力，但什麼也擠不出來。

被銳利冰涼的刀尖抵著咽喉，會喚醒心底的畏懼。我想起在沼地鬼道遇見亡靈的那一夜。凱薩琳提著閃亮錐刀竄過來。想著被它刺穿血肉甚至眼球的感覺，不免令人竄過一陣寒顫，但最後終會明白背後意義：我輸了這局。輸了什麼？輸了一局棋。柯瑞恩告訴過我，全部都是一盤棋。我腦袋裡有多少東西來自於他，有多少價值觀是那死老頭塞進來的垃圾？陷溺黑暗中太久，那盤棋彷彿已經與我無關。

我使出最後一絲力量，張開雙臂。大大地張開，迎接她那一刀，臉上帶著微笑。某個念頭拉住了她的手。我能從她那雙弧度完美的眉毛，看見糾結的憤怒。

「父王沒戳中心臟的樣子。」我啞著嗓子。「姨母或許更準些？」刀尖晃動。我懷疑她根本沒切過生肉。

「你……你殺了她！」

右手摸到東西。很重，很光滑。在床頭櫃上。

凱薩琳垂眼注視著老婦人的臉。

我拿起那物體朝她打下去。力道不算大，我沒多少體力。但那個花瓶還是碎了。她沒吭一聲就倒下。

她的衣裳散開，彷彿石地板上一泓藍玉。我的手臂流入一些氣力，似乎她倒下的同時，身體也慢慢復原，就像法術被破解。

殺了她，才能得到永遠的自由。熟悉的聲音，薄得像紙片。我的，還是他的？凱薩琳的臉孔被秀髮遮掩，藍玉上沾了一圈赭紅。

她是你的弱點。挖出她的心。

這句話沒錯。

勒死她。

我看著自己的手，在逐漸變紅的頸子上顯得更蒼白。

佔有她。是荊棘的聲音，荊棘始終鉤在我皮膚之下，此刻拉著我跪在凱薩琳身旁。佔有她，奪走一輩子得不到的她。我明白。

殺死她，你就自由了。

耳裡傳來遠處的風暴。

凱薩琳的髮絲在指縫間如絲綢溜過。「她是我的弱點。」我的唇、我的聲音。跨出一小步，取走一條命，再沒有誰能阻礙我。只要一步就能關上通往那雨夜的門，往後的棋局僅僅是棋局。我能成爲勝出的棋手。

勒死她。佔有她。荊棘在心中催促逼迫，聲音虛無縹緲。

是個空洞。

她的頸子有股暖意，脈動透過指尖傳來。

「殺了她，背負荊棘的王子。」

我看見一對薄唇，在空無一物的房間，覆誦著這句話。

「殺了她。」

又看見了。然後是望進永恆虛無的雙眼。

「殺死她。」

「柯瑞恩！」

一瞬間，我的手確實箍緊了凱薩琳的脖子。

「老賊，你等著！」我鬆了手。

那雙薄唇動了，帶著一抹殺意。迷茫的眼睛和扭動的嘴角自腦中畫面消失。彷彿動的是我的嘴唇，我的冷笑。

被他玩弄了許久，將近四年根本不記得這人，以爲避開睿納是我自己的決心，象徵我的堅強意志能夠放下復仇，追尋更大的力量。直至生死關頭，我終於奪回屬於自己卻遭到霸佔的心智。我低頭看著凱薩琳，想起漆黑中出現的天使，叫人不寒而慄的記憶。

拿了凱薩琳的錐刀，留下她和被勒閉的老媼，我一個人走出房間，進入長廊。這是我認得的地方，高堡的西翼。我舉起錐刀一吻，無論睿納或那個到處放線的人偶師，都只需要一刀就夠。

THE BROKEN EMPIRE
PRINCE OF THORNS

魯達（Roddat）兄弟對上幾個人就能背刺幾個人。他傳授我所有逃亡匿跡的訣竅，所以我明白要尊敬懦夫。因為懦弱，所以更理解如何使人痛苦。人急懸樑，狗急跳牆，不可不慎。

42

「別擋路。」

「你他媽的——」

「耶穌幫幫忙！上次不也是你這糟老頭想攔下我嗎？」的確是同個人，他一開門，身上的臭味衝出，我全想起來了。「沒想到父王會留你活命。」

「你——」

「我他媽的是誰？你居然不認得了？算了，上次你也認不得，何況身高差很多。」我伸手比給他看。「有一陣子了，但三、四年對你這把年紀的人，可能只是一晃眼而已吧？」我朝他鞠躬。「王子裘葛向你致敬，或者，是你該向我致敬。上回我帶著一幫惡棍走出去，這回我只想帶走一個騎士。梅康·孛薩爵士，麻煩你了。」

「我可以叫衛兵捉拿你。」老頭兒的語氣很無禮。

「是嗎？國王又沒有對我發布通緝令？」我猜的。父王應該認爲能夠一刀斃命，所以不大可能有後續動作。「何況要是你亂來，只會害死自己而已，假如你想找的是外頭那個拿著長柄槍的大塊頭，不到三分鐘之前，我才抓他的腦袋去撞牆。」

獄卒決定讓路給我過去。上次我還小，有郎翟跟在旁邊，這次我長大了，便順手賞他一拳。拳頭落在肚子，等他彎腰以後，再朝頸後劈了一記手刀。本來考慮拿凱薩琳的錐刀了結他，但想想沒用的獄卒留著或許更方便。

搶了鑰匙穿過甬道，我提著錐刀以防萬一，如果家傳寶劍在手邊就好了，少了它就好像衣服只穿一半，而且腰上少了劍的重量，竟三不五時讓人分神，像舌頭忍不住要舔一舔缺牙的牙齦。

身爲禁衛軍隊長，出外搜找王子，梅康當年帶著寶劍出發，一見面就轉交給我。數年來我始終帶在身邊，畢竟是以太古造族精金鍛造而成的家傳至寶。

到了當時找到紐峇人的刑房，今天的刑桌上沒人，牢門後頭也沒動靜。我緩緩繞一圈，提燈照亮每個角落。第一間裡頭有具屍體，就算還沒死也只剩一層皮。再來三間空空如也。第五間才是梅康，他靠牆坐著，滿臉大鬍子，全身髒兮兮，抬手遮住突如其來的強光，卻沒打算起身。我的喉頭一緊，自己也不明白原因，就是覺得有股氣憤和酸澀從胃裡湧上。

「唉，梅康兄弟……」我聲音很輕。

「嗯？」他啞著嗓子，像是已經壞掉的人。

「梅康兄弟，我還要上路，準備去南方。」我插入鑰匙，他的身子微微顫抖，沙沙作響。

「裘葛？」像是啜泣又像是打嗝的回應：「王子，你死了，死在自己父親手下。」

「我準備好了才會死。」

我轉動鑰匙，牢門毫無抵抗開啓，臭味迎面而來。

「裘葛？」梅康放下手掌，整張臉被打得很慘。「不可能！你死了。我親眼看著你倒地。」

「嗯，那就當作我死了，你這是在做夢。趕快起來，還要我扶你不成？難道被他們整兩下，你連站都站不起來了？」

被刺激之後，梅康一手按著牆壁，試著挪動身子。

我倒眞的沒想過他會有什麼遭遇。我以爲父王那一刀只是昨天的事，不過看梅康的鬍長，可想而知至少幾週了。

他還沒站穩，腿就支持不住。

我朝他走近。

伯爵的城堡有一百多哩遠，必須穿越豐饒的昂奎斯中心地帶，才能進入睿納高地。看這情況，他沒辦法。

梅康呻吟著滑落地板。「你死都死了……」沒受傷的那側眼睛裡泛出淚水。

這是一局棋，爲了拿下城堡，犧牲騎士也値得。腦海又迴蕩乾澀蒼老的聲音，聽久了眞的很難分辨究竟是眞心話，還是柯瑞恩的操縱。但無論如何，棄置梅康才是明智之舉。

「梅康，你有一次機會，已經比起大半混帳多了兩次。」提燈光線掃過牢房牆壁。「不管我是死的活的，你不站起來一起走，我就自己出發。上次我也留了一個人在這兒沒帶走，還是一個很照顧我的人。你也一樣，我不會猶豫。」

他往地板一踏，十分用力，不知道是因爲恐懼還是別的情緒。但他的手臂撐不起身體，腿也只是擺動個兩下。

我轉身離開，停在牢房外面兩碼處。

「郎翟死在這兒。」我高聲說話，有可能被人聽見，而且似乎是白費唇舌。「就在這兒，」我的腳跺了跺。「他受了重傷，但我沒管他。」

牢房裡除了黑暗還是黑暗。

放過凱薩琳雖然也是心軟，但她構不成實質威脅。現在的狀況不同，梅康被蹂躪得失去生存意志，在我需要速度的時候只會礙事。

我朝外頭走。

「不……」

別給他哀求的機會。

「不對……他不是死在那裡。」梅康聲音大了些。

「嗯？」

「他是被打得挺慘的。」

黑暗中傳出腳步聲。

「就只是受傷、瘀青，休養幾天就好了。」

「郎翟還活著？」

「他被你父親處決了，裘葛。」梅康走到光線中，以手扣著門框。「罪名是無能保護王子。」他吐出一口黑色黏液。「其實應該是兒子跑了，太傅留著也沒意義。國王就是這種人，從來沒變過，失去利用價值的東西就扔掉。」

他擠出苦笑。「沒想到再看見你居然挺開心的，小鬼。」

我凝視一陣，他的笑意褪去，彼此臉上都寫著遲疑。

不該帶他走，甚至殺了最好，永絕後患。

我的視線沒有移到刀上。視線要永遠擺在目標身上，尤其是像梅康這樣的對手，即使以他現在的身心狀態，也不能掉以輕心。我很清楚刀在哪兒，心裡能描繪出刀刃反光劃破空氣的弧線。梅康的眼睛也停在我臉上，他明白面對毒蛇猛獸不能示弱，一旦露出破綻就是死路一條。

換作父王一定不會帶他走，還會要他死。

柯瑞恩在我心裡植入的惡魔、傀儡、皇位遊戲的棋子，連這臭氣沖天的地牢都不會接近。

但，裘葛呢？

「梅康，我是他生的。」

「我知道。」他沒求饒，值得嘉獎。我選對人了。

拳頭握著刀，觸感像烙鐵。我厭惡此刻的念頭，也厭惡此刻的遲疑。我厭惡軟弱的自己。然後我眼前閃過紐呇人的身影：他的一口白牙、深邃眼神，從認識開始就一直看顧著我。

梅康逮到機會猛然一掃腿，趁我倒下時又整個身子撲了過來。他經過折騰而消瘦憔悴，但我的狀況也好不到哪兒去，腦袋像三明治被夾在石地板與梅康的拳頭中間可承受不住。好不容易從凱薩琳那個房間清醒，這下子又被他給送回夢鄉去。

THE BROKEN EMPIRE
PRINCE OF THORNS

莎士比亞說「人要衣裝」。緆姆（Sim）兄弟穿對衣服的話眞是千變萬化，既是嘴上無毛的小男孩，也是沒力氣刮鬍子的老先生，甚至還能雌雄莫辨。不過跟著一幫凶神惡煞四處闖蕩，扮成女人實在太危險，除非對手太過難纏才會出此下策。小緆姆沒什麼存在感，人一走開我就忘記他的長相。但有些時候，我覺得一干兄弟裡頭，就屬他最難對付。

43

「再和我解釋一遍。」下雨了，梅康從馬鞍上靠過來想聽清楚些。「國王捅了你一刀，結果你要去睿納伯爵那兒尋仇？」

「沒錯。」

「而且明明是伯爵指使手下、殺害你的高貴母后，結果你眞正的仇家也不是他，卻是他身邊的江湖術士？」

「對。」

「你和紐呇人老早就跑去人家家裡，結果完全拿人家沒轍，但他沒賞你們一頓棍子就放人了？」

「我猜他對紐呇人的弩弓下了咒。」

「就算是，搞不好也是幫他百發百中。紐呇人拿著那玩意兒站對位置，可以收拾一整支軍隊。」

「他的確是很少射偏。」

「所以？」

「所以什麼？」

「所以，我還是不懂爲什麼要偷兩匹馬，冒著大雨自投羅網。」

我揉揉下巴，被他打過的地方還很疼，碰上冷天氣更不舒服。

「梅康，世界的本質是什麼？」

他望向我，眼睛被溼冷空氣刺得瞇起來。

「袞葛，我不像你看了很多哲學家的書。我是軍人，問我這個幹麼。」

「那就以軍人的立場回答。這世界的本質是什麼？」

「戰爭吧。」他下意識將手搭在劍柄。「百國戰爭。」

「對軍人而言，百國戰爭是什麼？」我追問。

「一百家貴族互相搶土地，看誰最後能當皇帝。」

「以前我也這麼想。」

雨勢變大，落在手背又彈起，刺痛感簡直如同冰雹。前面道路分叉處有光線，而且有三道，看起來特別溫暖。

「前頭有旅店。」只要一開口就得吐水。

「我們也要爭帝位？」梅康緊跟著，他那匹馬踩進路旁泥濘裡。

「我就在這間旅店外面殺死普萊斯。那時候叫做『三蛙旅舍』。」

「普萊斯？」

「小萊克他哥哥。」我回答：「你沒見過。跟他一比，萊克簡直算紳士。」

「噢，我聽說過。兄弟們休息時，趁萊克去玩女人提了一、兩次。」到了旅店，如果沒忘記換招牌，店名仍舊是「三蛙」。

「我猜他們沒交代仔細。」

「不就是拿石頭砸了他腦袋嗎？話說回來，大夥兒確實不想多談。」

「那天我和紐咨人剛從高地下來，一路上都沒講話。我的心思被柯瑞恩本人或者他施的法術控制了，好像眼球後面有個黑洞。

「我們兩個都沒料到會在這裡遇見大家。本來說好一星期之前在昂奎斯另一頭會合，但我要求紐咨人償債，帶他溜走了。

「不知道爲什麼他們追到這兒來，二十幾匹馬停在路邊，已經在茅草屋上放了火。卜羅靠著那邊那棵大樹，一個人捧著一大桶酒獨飲。小綿姆高高舉起斧頭追著．頭豬要宰。普萊斯從裡面走出來，人太高了得彎腰過門，配上黑煙瀰漫的背景，乍看跟惡魔沒兩樣。他單手扣著老闆脖子，拖出來但沒勒死人家。提醒一句，想像看看要有多大的手掌，才能不出力卻箍得住成年男子的頸部？

「一看到我，普萊斯好像內心什麼地方大爆炸，抓著老闆往門框就甩，那人的腦漿濺得到處都是。他的眼睛死盯著我不放。

「『小混蛋，看我把你大卸八塊！』

「他沒大呼小叫，但眾兄弟都聽得清清楚楚。我和紐峇人明明遠在三十碼外，卻覺得他是貼在耳邊說話。

「『你那把大弩弓，可以從這兒直接射穿他眉心吧？』我這麼問紐峇人。

「『不能由我動手，』他這麼對我說。如今回想起來，當時不像他本人說話，是一個我聽過的乾癟嗓音。『得讓大家見識你的本領才行。』

「普萊斯大搖大擺走過來。我知道沒法子說服他，當下也不可能逃得走，所以只能拚命了。

「我撿了塊石頭，很光滑合手，彷彿爲我量身打造。

「『大衛至少還有投石索。』普萊斯冷笑起來眞的很醜。

「『對付歌利亞才有必要。』(注)

「明明他看起來只是走個幾步，三十碼的距離卻一下子就沒了。

「『你生那麼大的氣是怎麼回事？就這麼捨不得紐峇人？』我那時心想如果都是死，問明白死因也好。

「『我……』結果他自己也說不清楚，眼神變得很朦朧，好像看著我看不到的什麼東西。

「我抓緊機會扔石頭。那麼稱手的石頭怎麼丟都會中。他被射中右眼，傷得很慘，再怎麼像怪物的人也不可能沒事。普萊斯發出非常嚇人的怒吼，如果是你被他追殺又聽見那種叫聲，可能都會失禁。

「我蹲下來又摸到兩顆石頭。每顆都一樣完美。

「普萊斯疼得原地亂跳，手按著眼睛，指縫流出黏糊糊的東西。

「『喂，歌利亞！』

「他轉頭過來，我手一揮，拋出第二塊石頭，落在他另一側眼睛。普萊斯像野獸發瘋般衝過來，第三顆石頭直接穿過他的門牙，插進喉嚨裡。

「梅康，其實呢，三次都不對勁。不是我運氣好，那根本不可能，而且我後來再也沒有那麼準過。

「總之我閃過他的衝撞，普萊斯撲出大概十碼左右，倒在地上喘不過氣，最後那顆石頭嵌在他的氣管。

「我又從那邊的石牆抓了目光所及最大的一塊，然後走過去。其實放著不管普萊斯，他大概也會窒息，我走近時，他已經像吊死鬼那樣滿臉發紫。但我不想給他機會。

「他瞎了眼睛在地上爬行，屎尿全出來了臭得要命，我幾乎要同情起來。

「而且本來以爲沒辦法一次就敲碎他的顱骨，但我做到了。」

梅康下馬以後，腳踝泡進泥巴。「先進去吧。」

沉溺在往事裡，讓我對天氣都麻木了，彷彿沐浴在殺死普萊斯那天的陽光下，掌心還留有

注：出自大衛擊敗敵方勇士巨人歌利亞的聖經故事。

石頭的光滑和重量。

「那時候就是柯瑞恩在控制我的手。我猜普萊斯會勃然大怒，也是賽杰在背後作怪。父王以爲夢巫臣服於他，事實恰恰相反。賽杰得知柯瑞恩在我身上下咒，自己的傀儡沒了繼承人，於是侵入普萊斯的夢境，煽動他的情緒。那傢伙很容易上鉤。

「梅康，大家都被他們玩弄於股掌之上，成了他們的棋子。」

爵士裂開的嘴唇揚起笑容。「裘葛，每個人都是另一個人的棋子。」他推開大門，「你也常常玩弄我。」

我跟著進入旅舍大廳，裡頭還算暖和，壁爐只有一根木頭滋滋作響，散發的黑煙比熱氣多。小吧檯那兒有十幾個酒客，看上去都是當地人。

「唔，溼答答的農夫。」我脫下浸透的斗篷，隨便找了桌子一丟。「最芬芳的氣味。」

「上酒！」梅康拉了板凳，其他客人開始迴避。

「也叫些肉吧。」我說：「牛肉比較好。上次在這兒烤狗肉吃，老闆死了。」說得都對，但順序錯了。

「那麼，」梅康問：「上次你去尋人家晦氣，柯瑞恩彈彈手指就能擺平了你和紐咨人。這次，你有對策？」

「或許沒有。」

「王子殿下，賭徒也會挑賠率。」梅康從侍女手上接過兩個釉壺，泡沫看起來比酒還多。

「但和上次相比，我有些成長了。賽杰要對我下咒就很費力。」

梅康大大喝了口酒。

「除此之外，我從亡巫那邊搶到了些東西。」說起這件事，我的舌頭又冒出那顆心臟的苦味，讓我趕緊吞了口酒。「咬了那口以後，我好像也得到一點魔力了，梅康。就像害死紐咨人的賤貨，還有亞人部落那個小女孩之所以會發光那樣，她們體內的東西現在我也有一份。」

梅康在地牢生的大鬍子沾到酒液。他伸手抹乾淨，眉毛輕輕挑起，表情難以置信。我拉起自己上衣，嚴格來說不是自己的衣服，應該是凱薩琳爲我挑的。我沒胸毛，父王捅的刀疤還在，但那個傷口已向外長出許多黑色脈紋，沿著肋骨拐向咽喉。

「父王的人格有問題，但手可沒問題。正常來說，我應該已經死了才對。」

44

這兒有個別名是「鬼城」（The Haunt）。只要趁著傍晚夕陽落到高塔後，騎馬進入山谷就會明白原因。四處瀰漫經典的陰森氣氛，高窗無光，外頭市鎮被陰影籠罩，連旗幟也死氣沉沉下垂。整個地方彷彿中空的骷髏頭，只少了一抹毛骨悚然的笑。

「計畫是？」梅康問。

我朝他一笑，兩個人騎馬沿著幹道前進，經過一輛載滿木桶吱吱嘎嘎的貨車。

「看樣子湊巧遇上騎士錦標賽了，」他繼續說：「是好是壞？」

「唔，我們不就是來和人家比拚實力的嗎？」其實我看見賽場東側大圓篷頂上那些旗子，卻想不通是什麼活動。「但暫時隱姓埋名比較好。」

「那計畫是——」馬蹄聲接近，打斷他的話。回頭一看，一名全身甲冑的男子領著六人隊伍，騎馬急速逼近，影子在身後拖得很長。

「挺不錯的騎士盔甲。」我將老馬掉頭。

「袞葛——」梅康今天說什麼都會被打斷。

「讓開！」帶頭騎士喊得很大聲，但我選擇沒聽見。

「死老百姓，快讓路。」他不肯繞道，反而帶著五個人湊上來，部下都穿著鎖甲，顯見服侍的人是貴族，馬匹身上冒出汗沫。

「死老百姓？」我知道自己看起來邋遢，但也不能被當成老百姓。我的手一探，又意識到自己沒佩劍。「哪兒來的敢叫人讓路？」我認得對方的徽章，只是故意譏諷。

帶隊者左手邊的人開口：「這位是艾蘭．坎尼克，日後將繼承坎尼克郡，同時是——」

「好、好。」我舉起手，那人沉默下來，淡藍色眼珠子隔著鐵頭盔邊緣注視我。「下一任男爵就是了，老爸腦滿腸肥、聞名天下。」我抓抓下巴，希望昏暗的光線讓臉上的汙垢被錯認爲鬍碴。「不過這兒可是睿納家的土地，坎尼克的人不受歡迎。」

艾蘭一聽拔了劍，四呎長的造族鍛鐵，彷彿可以劈開斜陽。

「誰要聽路邊死老百姓胡扯！」他發完牢騷後，掀開面罩拉緊韁繩。

「據說馬可羅死後，男爵和伯爵雙方化解了歧見。」梅康開口，我知道他的手已經搭在隨坐騎一起搶來的鏈錘上。「坎尼克男爵不再堅稱睿納派人燒毀了瑪珀鎮。」

「明明就是我燒的。」說完以後，我不禁暗忖放火的到底是不是自己，確實那當下有起心動念，但究竟是誰的好主意？或許是柯瑞恩。

「你？」艾蘭嗤之以鼻。

「馬可羅也是我殺的。」我直視對方，策馬上前，但手無寸鐵也沒甲冑的我，不會造成威脅感。

「昂奎斯王子靠十幾個士兵，就消滅了馬可羅的大隊。」梅康附和。

「有用到十幾個人嗎，梅康爵士？」我擠出最宮廷的腔調，瞪著艾蘭，無視他的部下。

「也許吧。有沒有都無所謂，反正現在要對付的也不是大隊。」

「什麼——」艾蘭提心吊膽，朝著左右灌木叢張望。

「擔心埋伏嗎，艾蘭？」我問：「以爲昂奎斯的裘葛王子加上禁衛軍隊長，還沒辦法收拾路邊巧遇的六頭坎尼克野狗？」

無論艾蘭自己怎麼想，顯然他的部下都聽過北林鎮一役，知道狂王子率領身手不凡的精兵，縱使模樣粗鄙，衝出廢墟以後卻堅守陣地，以寡敵眾擊敗十倍以上的敵人。右邊陰暗處有東西發出聲音。艾蘭等人本來或許不完全相信自己踏入陷阱，但隨便什麼動物的啃草聲都足以嚇傻他們。

「全軍攻擊！」我呼叫根本不存在的伏兵，自己也縱身一撲，拽著艾蘭落馬。他一墜地就大勢底定。很好，否則我摔得也不輕，還沒喘過氣就和他腦袋相撞，現在正眼冒金星。

耳邊響起梅康揮舞鏈錘、馬蹄遠離的聲響。我用力一推，鏗鏗鏘鏘地從艾蘭底下鑽出來。

「走爲上策，裘葛。」梅康追沒幾步就回頭。「沒兩下他們就會知道被你唬了。」

我拿了艾蘭的劍。「不會回來的。」

梅康皺眉。「你撞了一下鋼盔，腦子就壞了？」

我揉揉額頭，手指沾了血。「艾蘭在我們手上，對他們而言生死未卜。」

他回答：「在我看來他死了。」

「我也猜他摔斷了脖子，但他的死活不重要。對部下而言，反正沒辦法全身而退，還是各自逃命比較實在。那五個小子沒臉回去坎尼克了。」

「接下來怎麼辦？」

「把他拖到旁邊，不然幾分鐘後又有車子經過。」我望向路底。「綁起來用馬拖到麥田裡。」

白天下過雨，麥子還很溼潤，我們躲在裡頭拆掉艾蘭的裝備。人死時會失禁，他的盔甲殘留一股臭味，但我穿起來很合身，只有腰部略微寬鬆。

「怎麼樣？」我退後一步，給梅康欣賞。

「看不見。」

「相信我，很帥氣。」我抽出一截劍刃看看，又塞回劍鞘。「一對一的騎槍競技就免了。」

「明智的決定。」

「當然是要參加武鬥大會，睿納伯爵會親自頒獎！」

「這不叫做計畫，是找死，而且死得蠢極了，會成爲酒後笑話，流傳一百年。」梅康說。

我牽著艾蘭的馬叮叮咚咚走回道路。

「是啊，梅康。但我無路可走。」

「我們可以像以前一樣四處旅行、設法攢些錢，攢夠了以後去個沒人聽過昂奎斯的地方，安定下來。」他的眼神充滿盼望，看來真的這麼想過。

我咧嘴一笑。「無路可走又不是無路可退。沒有要退，至少我沒考慮過。」

我們騎著馬，繼續朝鬼城慢慢前進。現在還不是在競技場露面的時機，首先沒有帳篷會收容我們，再者掛著坎尼克徽章，總會惹上麻煩，我的演技沒好到能應對得天衣無縫。

從農村地帶到了城牆外的市鎮，一名僱傭騎士過來打招呼。

「幸會，您是……？」他有點喘。

「艾蘭，來自坎尼克。」

「坎尼克？我還以為……」

「結盟了。睿納與坎尼克最近關係很緊密。」

「眞是好消息，這種年頭朋友多些才好。」對方回答：「我叫克頓，過來參賽，睿納伯爵對騎槍好手十分慷慨。」

「有聽說。」我回應。

克頓跟在我們旁邊。「而且離開平原也好，」他自顧自說下去：「最近太多昂奎斯的斥候。」

「昂奎斯？」梅康無法掩飾語氣裡的驚訝。

「你們沒聽說？」克頓爵士望向夜色。「有風聲說奧利丹王正在整軍，但無法肯定究竟要侵攻什麼地方，只是先派出林哨軍偵查。我很肯定就在那一頭！」他舉起鐵手套，指頭朝後方一比。「吉列瑟的下場，你們不可能不知道！」他又在自己喉嚨橫劃一道。

來到市鎮中心時，克頓將馬頭朝左轉。「你們要去會場嗎？」

「不了，要先去拜會友人。」我往鬼城點頭。「祝您明日旗開得勝。」

「多謝。」

我和梅康目送他離去。

然後掉頭面對平原。

「不是說要去拜會友人的嗎？」梅康問。

「是啊，」我策馬動身。「去拜會哨官寇丁。」

45

我喜歡山，一直都喜歡。一大塊石頭莫名其妙在沒必要的地方突出來，擋住大家的路，多棒。但爬山是另一回事，我討厭爬山。

「隨便一個坡都得自己把馬拉上去，那我偷馬有什麼意義？」

「殿下這句話不太公允，你走的根本算是峭壁吧。」梅康回應。

「那就怪艾蘭怎麼會騎這麼一匹廢物出門，原本那匹老馬搞不好還管用點兒。」

梅康用喘息回應我。

「之後要找一天和坎尼克男爵談談他兒子的事。」話才說完，我腳下的石頭鬆動，就這麼穿著甲冑，跌得哐啷作響。

「別亂動，你們兩個都被三把弓箭瞄準了。」山坡上方傳來人聲，月光下只看見凹凹凸凸的岩崖。

梅康緩緩挺起身子，讓我自己想辦法爬起來。

「聽口音是昂奎斯的子弟兵，」我的音量在荒山野嶺夠大了。「那麼想射箭的話就射這匹馬吧，目標夠大，加上牠偷懶。」

「把劍丟在地上。」

「我們兩個人也才一把劍，」我回答：「我是不怎麼傾向丟掉它。就當你沒講過這句話好了，帶我去見哨官吧。」

「把劍——」

「夠了，我的耳朵沒聾。看清楚了。」我站好之後，面向月光。「推前任哨官下瀑布的裘葛王子就在你們面前，雖然大家都知道我的修養好，但再不讓我見寇丁，我也會生氣。」

雙方立刻有了共識，片刻後兩個士兵過來牽馬，另一人提著附蓋油燈為我們引路。

我們的目的地是幾哩外的野營，五十人躲在鞍形山的窟窿裡歇息。方才引路的林哨士兵說得出這是麵包山，代表至少不會迷路。

他們吹哨為暗號，通報後才帶我們進去。裡頭一片昏黑，畢竟距離鬼城不過十哩，確實不能張揚。

大部分士兵已睡了，深入營區時不免絆到各處值夜的人。

「點個燈吧！」我的聲音能吵醒睡著的人，反正王子駕到他們也該出迎，即便我得親自叫人。「點燈！反正睿納還沒發現你們穿越國界，城裡頭正忙著辦競技大賽！」

「去點燈吧。」熟悉的嗓音傳來。

「寇丁，你果然來了。」

油燈亮了，像是螢火蟲甦醒。

「是你父王執意如此，裘葛殿下。」哨官鑽出帳篷，神情相當嚴肅。「我奉命取你的人頭回去，陛下不要其他部位。」

「我報名當劊子手！」萊克走進光線內。一如往常，久沒見到就覺得他比印象中更魁梧。越來越多人走近。貢革斯的身影浮現，比起萊克更巨大，突出的肋骨像爪子扣著胸膛。

「來自黑暗的王子，你必須在此做出決斷。」

「人頭？」我抓著脖子。「我沒打算給。」一轉身，看到卜羅也在，他的兩手各拿著一條麵包。

「我不打算再去取悅奧利丹王，」我開口說：「應該說連等他死的興致也沒了。接下來，我要爲自己而戰，奪來的一切會留在自己和追隨我的人手上。」

貢革斯面無表情望著我，小伽戈躲在他身後偷窺。艾班和騙子這才大搖大擺擠過漸漸聚集的林哨士兵而來。

「打算搶什麼呢，尤葛？」艾班問。

「日出才看得見，老頭兒。我要拿下睿納高地。」

「讓我砸破他的腦袋，」萊克站到我背後。「砍下來可值錢了！」他又自以爲幽默，「呼！呼！呼！」地大笑起來。

「兄弟，你居然還會說出砸別人腦袋這種話。」我背對他。「前兩天我正好經過三蛙旅舍，才剛和梅康提起當年是怎麼解決普萊斯的。」

他笑不下去了。

「不瞞大家，想攻佔睿納高地，肯定困難重重。」我緩緩轉身，朝周圍每個人解釋：「我的目標是將伯爵領土據爲己有、自立門戶，願意助我一臂之力的人，都會受封騎士。」

寇丁也凝神細聽。我設法傳話給他，而他也眞的爲我召集弟兄前來，但是否願意繼續效忠仍是還是未知數。這個人很會隱藏思緒。

「哨官，你意下如何？願意牽林哨軍再次追隨王子嗎？願意爲了復仇而戰，替我已逝的母后、本來也有可能坐上王位的王弟，討個公道嗎？」

燈火搖曳，明暗更迭，他臉上唯一動靜就是顴骨上的光影變換。經過長久的沉默，寇丁終於開口：「我看見了吉列瑟和紅堡的下場。山脈被一顆太陽炸碎，十分驚人。」

圍觀士兵點頭，甚至跺腳表達贊成。寇丁舉起一手，示意肅靜。

「但是一個人有沒有資格當王，取決於他在最親近的人眼中是什麼形象。做爲王者，必須具備足以指引國家的智慧。」

聽起來很麻煩。

「要林哨軍追隨，可以。前提是……與你四處闖蕩的兄弟知道詳細計畫以後，還甘心爲你賣命。」他的視線一直凝在我臉上，眼神冷靜穩定。

我轉了半圈，面向萊克，眼睛對到他胸口。味道好糟糕。

「老天，萊克，你聞起來像腐爛的馬糞。」

「啊——？」他眉頭緊皺，用力朝寇丁一指。「人家剛剛才說要看你能不能得到兄弟們支持，就是在說我啊！現在兄弟們聽我的！」萊克咧嘴大笑，露出禾納斯山上被我打斷的缺牙。

「我也說過我要開誠布公，」我攤手。「不再對你們有所隱瞞，因爲你們都是兄弟。這次的行動會有很多人丟掉性命，」我噘嘴，「唔，算了，還是別找你們幫忙。」

萊克的眉心糾成一團。「你這小狐狸安的是什麼心眼啊？」

我以兩指抵著胸口。「小萊克，我可是被自己父親捅了一刀。捅在這兒。」

多數人得知父子相殘都會很震撼。

「所以你帶著兄弟們上路吧。多砍幾顆頭、多喝幾桶酒，希望天使繼續眷顧大家發財。」

「你要趕我們走？」他緩緩吐出這句話。

「如果是我，會去馬岸地碰運氣。」我指著另一頭。「那個方向。」

「那你自己打算幹麼？」萊克追問。

「我和寇丁回去，試試看能不能和父王講和。」

「聽你放屁！」萊克朝卜羅的手臂揍了一拳，不是故意要打他，而是情緒激動克制不住。

「你這小王八蛋不知道又打什麼鬼主意，每次都留一手好牌，最後才亮出來。叫我們去馬岸地玩泥巴，該不會是要自己獨享榮華富貴吧，在我還沒分到一份之前，別以爲你逃得掉！」

「當你是兄弟才提醒你的，腦袋裝馬糞嗎？趁著還能抽身趕快走吧。」

「門兒也沒有。」萊克得意得很，又露出一口爛牙。懶得和他兜圈子了。

「林哨軍沒辦法靠近睿納城裡的競技場地，但我們不同，只要有錢可賺、有人可殺還有女人玩的地方，都有我們這種人，混進觀眾裡不難。

「我動手以後，需要大夥兒挺住，直到林哨軍的支援抵達。守住鬼城城門，只要幾分鐘就好。不過聽清楚，那幾分鐘會是你們這輩子見過最血腥的場面。」

「守得住。」萊克回答。

「交給我們。」梅康舉起鏈錘。

「看咱麼的啦！」艾班、卜羅、騙子、阿列、血人坎特等十多名兄弟，都決定繼續跟著我。

我望向寇丁。

「他們應該辦得到。」

46

「坎尼克男爵爵位繼承人艾蘭爵士——」

我騎著馬進入鬥技場就定位，觀眾席傳來零零落落的掌聲。

「默克勛爵三子亞寇爵士——」司儀繼續介紹，亞寇跟在我後面進場，手裡提著騎兵錘。

參加武鬥會的人通常拿重兵器，例如斧頭、釘頭錘、鏈錘，目的是敲壞甲冑，甚至直接震斷對手的骨頭。敵人全身披甲的時候，普遍應戰法是打到對手動不了，接著才從頭甲與胸甲接合處或者護眼罩的縫隙一刀斃命。

但我只有劍，而且還是艾蘭的劍。就算他原本準備了適合武鬥會的兵器，也被護衛帶著逃走了。

「稻草郡詹姆士爵士——」

這個人雖然甲冑老舊破爛，但高頭大馬、持著巨斧，斧柄裝了可以刺穿鎧甲的尖釘。

「古劍郡威廉——」

這位的個頭也很高，盾牌上的紋章是一頭鮮紅色野豬，武器是帶刺流星錘。

參賽者陸陸續續抵達，大約有麵包師傅的一打(注)，最後大家都站在場中，十三是個幸運數字。來自各地的騎士盛裝赴宴，除了馬兒輕聲嘶鳴，再沒別的聲音。

競技場彼端城牆陰影內有五排坐席，正中央高背椅垂掛象徵帝國權威的紫幔。睿納伯爵站立，柯瑞恩坐在他前面一張普通長凳上，明明裝扮平凡無奇，卻如同磁石般吸引目光。

我和他們距離兩百步遠，無法看清睿納五官，只知道他戴著金色頭環，黑髮自然散落。

「開始！」伯爵高舉手臂、揮下。

立刻有人朝我衝鋒過來。不記得對方名字，我只聽了自己之後的幾個人。

武鬥會就是大混戰。古劍郡威廉的流星錘已經擊中對手。

鎖定我的人牢牢握緊凸緣釘頭錘，鐵手套擦得一片銀亮，他高聲發出戰嚎，朝我迎頭劈落。

我踏著馬鐙起身，伸長手臂，用向艾蘭借來的闊劍，直接探入對方頭盔的面罩開孔。

「投降嗎？」

他沒回答，我只好請他下馬。

又一個人衝過來，但他其實是要靈活避開威廉爵士的猛攻，所以眼睛沒轉到我這邊。

護甲雖保護住胸部，背面下方仍有空隙露出腎臟部位，好的師傅會加上鏈甲保護後背到馬鞍之間這一段。他的甲冑其實很完整，只可惜造族的鋼劍太鋒利，稍微使勁就能穿透鐵鏈。對方邊驚呼邊墜馬，留下我與威廉過招。

「艾蘭！」威廉的口氣好像提早過聖誕。

「是、是，我知道。我也不喜歡他。」我翻開面罩。

流星錘想用得好，訣竅之一在於甩動不能停，威廉在看見一張陌生面孔時卻忘記了這點。我趁機騎著艾蘭的馬撲過去，這次牠的表現不錯，四吋鋼刃瞬間攻破威廉防備。

武鬥會上大開殺戒不是常態。儘管每次大會都死人，但多半是過個一天後，醫師無力回天的結果，騎士通常只是墜馬或昏迷，骨折和滿身瘀青可以當作參加獎來看待。參賽者殺紅眼失去分寸的話，事後就得面對死者親友的滿腔悲憤。

但我的立場不同，目標是大賽後現場越少人能動武越好。更何況以闊劍制伏敵人很麻煩，直接殺掉單純得多。

亞寇爵士拖著摔落的對手跑過大半個場地，朝我奔馳而來，逼近時斜斜揮甩釘頭錘，節奏與坐騎步伐完美配合，看來是精心修煉過的絕招，恐怕不好對付。況且看見魁梧戰馬雷霆萬鈞狂奔至面前還不知道要躲的人，變成屍體也是活該。加起來超過一千磅的肌肉骨骼，喘著大氣渾身是汗撞過來，那勁道可沒法說停就停。

亞寇到面前時，我趕緊從馬鞍翻滾。不只是側身閃避，因爲對方想必設想周全，此時唯一

注：中世紀因麵包師傅偷工減料問題，導致君主訂立規範，商家爲避免意外受罰索性每打麵包給十三單位，因此俗語中「麵包師傅的一打」意思是指十三。

活路就是自己落馬。痛歸痛，但沒有痛到不能動，於是我揚起艾蘭的寶劍，趁亞寇經過時刷過馬兒的長腿。

同樣是武鬥會上難得一見的情況。大家都有共識：對人不對馬，因爲訓練有素的戰馬成本太高昂，刻意傷馬殺馬，就等著馬主人上門討債。

我趕快挺起身子，被馬血噴了滿身，忍不住暗罵出聲。

亞寇爵士已倒在馬下毫無動靜，看來像是死了，反倒馬兒還在扭動慘叫。

很多動物遭到屠戮時並不出聲，可是一旦決定表達情緒，就像洪水潰堤一發不可收拾。就連兔子也是，初次聽見兔子被殺之前哀嚎的人，很難想像小動物也能發出那樣淒厲刺耳的呼號。我補了兩劍才讓牠安靜，乾脆再兩劍斷了牠的頭。

處理完畢後，我也成了所謂的血騎士，盔甲染滿動脈噴出的鮮紅色液體，渾身散發血和屎尿糅雜而成的戰場氣味。那味道沾在唇上，與汗水混合以後鹹上加鹹。

競技場裡參賽者所剩不多。詹姆士在另一頭，身邊倒了很多人，此刻正與一名亮黃色青銅甲的騎士對峙。稍近些還有個下馬的人正一鍾擊倒對手，然後就是我了。

持錘子的人跛著腳朝我走來，膝蓋部位護甲凹陷，步伐伴隨吱嘎的摩擦。

「投降。」我沒上前，甚至沒舉起武器。

一陣沉默，只有遠處鏗鏗鏘鏘中，稻草郡詹姆士收拾了敵人，以及血液從我身上甲冑啪嗒啪嗒滴落地面的聲音。

對方扔下戰錘。

「你不是艾蘭．坎尼克。」撂下話之後，他轉身走向醫者駐紮的白色帳篷。

我其實有點想和他打一場，心中不禁懷疑戰錘比起柯瑞恩好應付得多。怎麼想都覺得柯瑞恩不可能沒察覺我在現場，即使我穿著艾蘭的甲冑，但一踏入會場，應該就會被那雙空洞的眼睛看穿才對。距離近了些，我抬頭望向看臺，柯瑞恩盯著我。其實所有人都盯著我，但他不一樣，是他牽著我打敗普萊斯，透過荊棘留下的疤痕，朝我內心低語。我四年來的一舉一動，都像人偶受到控制，依據柯瑞恩的計畫行動。會不會連此時此刻、身在此地，依舊是絲線拉扯的結果？

稻草郡詹姆士不給我深思的機會。可能先前留意到我連馬匹也沒放過，他特別下了馬大步走過來。他的甲冑不體面，就算浸沐陽光之下也不怎麼閃亮，但手中重斧今天可是劈了不少人，護甲鉚釘上也沾染血跡。

「這模樣真可怕。」我說。

他繞過亞寇的馬繼續逼近。

「木訥寡言？」我問。

「小伙子，投降，」他開口：「只有這次機會。」

「別說機會，我懷疑人其實連選擇的自由也沒有。詹姆士，你可以讀讀——」

他拽著大斧的身影一閃就到了面前。我舉劍格擋，劍飛了出去，右手麻到手腕。詹姆士反手揮來，怪力驚人，我的腦袋瓜險些落地，以半吋之差往後縮身避過。

詹姆士收招站穩，我則體會到牛進了屠宰場是什麼感受。以前談到恐懼、刀劍的時候，還能說得天花亂墜，如今赤手空拳對上他這種毫無保留的高手，終於有了更深刻的覺悟。我不希望一切結束在這兒，當著那麼多陌生人的面變成肉塊，大家連我的本名都不知道。

「等等！」

他當然沒理我，促步上前當頭劈落。要不是後退時正好絆倒，說不定我全身已經左右分家，就算沒被砍斷也還是會沒命。摔倒之後，我躺在地上大口喘氣，詹姆士收不住衝勁跑過了我。我的右手朝地上一拍，竟摸到掉在地上的戰錘握柄，看來上天還沒遺棄我。

我順手一錘，敲在詹姆士膝蓋後側，清脆叮咚聲聽得大快人心，他也應聲跪倒，喉嚨終於有點回應。可惜彪形大漢常常不明白自己什麼時候該退場，他靠沒受傷的腿轉身以後，又瞄準我的腦門。我面前的藍天被黑影遮蔽，陽光灑落。詹姆士的臉被面罩掩蓋，但我能聽見他沉重的呼吸，也看得見面罩開孔上沾了很多汗沫。

「受死吧。」

沒錯，這麼近的距離很難拿戰錘反擊。

尤其我還大字形癱在地上。

咻。

他的頭向後仰，蒼穹重返我眼中。

「感謝諸神，那把弩弓眞是寶貝！」我說。

我坐起來，看到詹姆士倒在旁邊，面甲多了一個工整的破洞，後腦汩汩冒出鮮血。無暇留意是誰出的手。可能是梅康從兄弟們手中拿回紐岧弩，而且只能從圍觀百姓人群中射擊。睿納到場，能夠偷襲他的位置自然都有重兵把守，但參賽者可沒受到對等的保護。搶在群眾尚未反應過來之前，我趕緊撿起闊劍。聽起來正有人打架鬧事，眺望得到很高大的人影，大概是萊克抓了別人的腦袋互撞吧。

我順便拾起詹姆士的重斧，然後跳上艾蘭的馬，坐穩以後一手持劍一手拿斧。老百姓朝著競技場中推擠，似乎群情激憤。他們憤慨什麼目前尚不確定，反正結論是坎尼克家族的艾蘭爵士品行低劣。

伯爵坐席前方自然設有武裝護衛，另外六個穿著制服的步兵，從醫務帳篷那頭朝我跑了過來。

我將劍與斧舉到肩膀高度。那斧頭沉得跟鐵砧沒兩樣，恐怕只有小萊克才能像詹姆士那樣耍得輕鬆自在。

眼角餘光察覺城門駐兵也動了起來，湧入會場想要鎮壓暴亂、保護主君。

柯瑞恩也起了身，那模樣還眞像稻草人。他站在伯爵位置下方，睿納本人則坐著不動，手擱在腿上，指尖交觸呈塔狀。

柯瑞恩知道是我吧？一定知道才對？我破解了法術、被父親暗算之後自黑暗中甦醒，想起他如何轉移我的復仇信念，將我做爲帝位競賽的傀儡，這所有過程，他不都看在眼裡？該向本人問個清楚了。

我驅策坐騎，筆直朝睿納所在位置前進，武器隨雙臂平舉，希望看來像是地獄死神要直取伯爵狗命。反正已經殺了那麼多人，多幾條命又如何。

戰馬眞的魄力十足，觀眾哄然做鳥獸散，貴族仕紳們爭先恐後踩著別人也要逃命。睿納那張高背椅周邊空出一大圈，只有柯瑞恩和兩個貼身侍衛沒棄他而去。

就連觀眾席前方的衛兵團也騷動起來，但他們仍堅守著崗位。

直到我加速爲止。

47

艾蘭的馬載著我穿過士兵，上了看臺，像是攀爬巨大階梯一樣，直撲睿納伯爵的座位，然後繼續衝刺。

伯爵被部下拉走了。若非如此，一切當場就會結束。

「快帶大人走！」柯瑞恩朝反應靈敏的侍衛叫著。

另一名侍衛向我跑過來，馬兒也正好對看臺起伏感到陌生驚恐，不受控制了起來。要是牠摔倒，很可能會壓在我身上，我不得已只好從馬鞍往外跳。其實穿著鎧甲的人也談不上跳，至少落點能自己選擇就是了。我選擇相信這身甲冑，撞向睿納的護衛。

被當成肉墊的下場就是他的肋骨毀了，我親耳聽見彷彿樹枝折斷的啪嚓聲。爬起來以後，馬兒還在我背後大呼小叫，扭動同時踢子半空亂踢，好像隨時會翻倒。

我提起詹姆士的戰斧，朝伯爵的背影扔出。果然太重了，而且重心不稱手，沒辦法擲得很準，他旁邊的護衛肩胛被擊中倒地。睿納本人鑽到方才被沖散的士兵背後，大家團團圍住君主，護送他入城。

我雙手握緊闊劍要追。

「站住。」

柯瑞恩竄到我面前，舉著一隻手，立起一根手指。

無形巨釘落下，將我從頭到腳貫穿，扎進地底，絲毫動彈不得。周圍的世界好像隨脈搏一下一下慢慢搖晃轉動，我的手臂癱軟垂落，手掌無力麻木，想抓住劍柄都很勉強。

「袞葛，」我連抬頭看他眼睛都做不到，「你怎麼會以爲自己可以違逆我？」

「你又怎麼會以爲我不行？」我的聲音變得遙遠模糊，像是另一個人在講話。朦朧中，我試著摸出腰間匕首。

「停。」他一下令，又奪走我好不容易擠出的氣力。

柯瑞恩走近，我拚命對抗暈眩，想盯著他的眼睛看。

背後傳來馬兒嘶吼，同樣來自遠方。

「你太年輕，」他說了下去：「總是賭命，不留餘地與後路。然而這種行事作風，終歸要失敗。」

他從袍內掏出短刀，三吋寒光便足以砍斷咽喉。

「不過呢，吉列瑟那件事，你確實出乎大家預料！遠遠超越我們的期待，連賽杰都怕了，爲了避免與你正面衝突而特別迴避。當然，現在他已經回到你父王身邊。」

柯瑞恩的短刀抵在我頸部，刺進頭盔與頸甲間隙。

他面無表情，雙目如空井吸納我的意識。

「賽杰識相多了。」我的聲音彷彿來自深谷。的確，我沒有進一步計畫，但適才面對詹姆士的時候，已經累積足夠多的恐懼，沒必要讓柯瑞恩也進來攪和。

我試圖激發亡巫心臟賦予的魔力，視線凝聚在附近的遊魂，一股寒顫爬過肌膚。

「裘葛，亡巫的法術救不了你。」刀尖已劃破了我的脖子。「挈菈本人都不敢拿死靈術對付我，你在山裡偷走的，不過是她小小一部分力量。」

關鍵是意志，一切都取決於意志力。柯瑞恩能困住我，奪走我對身體的控制權，原因在於他有那份意志，而且他對目標的想望勝過我。（注）

溫熱的血液順著我的脖子滑落，滲進胸甲內。

我挖出可用的一切武器：所有的尊嚴、憤怒隨著無數傷痛如海嘯席捲，這四年的每一刻、殺死的每個人。然後意志回到荊棘，進入那個遭到捆綁、流乾鮮血的孩子身上。我匯聚所有記憶，化作攻城錘。

結果一點用也沒有！僅僅讓腦袋稍微往前些，反而還看不見柯瑞恩的臉。

注：裘葛與柯瑞恩對決時的體悟及結果並非偶然，符合《破碎帝國》的世界規律，後續故事將有進一步解釋。

他發出冷笑聲，刀刃微微震動，要我死得很慢很難受。

我望著自己包在鐵甲內的手臂，一手輕輕握著匕首。力氣跟著心跳，撲通撲通地注入，混雜了保住我沒葬身父王刀下的死靈術魔力。父親的面孔浮現腦海，下刀那剎那，他的鬍鬚與抿緊的嘴角映入我眼簾。還有凱薩琳照看我，眼裡有一抹光彩的模樣。提煉所有酸楚、幸福，我將生命化爲獨一無二的請求，只願手臂能夠稍稍挪動。

成效是匕首尖端指向了柯瑞恩。

「袞葛，你的夥伴快沒命了，」他說：「你自己看看。」

我忽然成了飛鷹。明明身體還站在原地像豬隻被放血，心靈卻翱翔天空，到了競技場的另一頭。

人群中，艾班護著萊克身後，睿納軍四面八方如獵犬鑽過草叢蜂擁而上。一柄長矛戳中艾班腹部，他的神情很訝異，忽然老態全露。我看著他大叫、從沒牙齒的嘴巴吐出鮮血，不過什麼也聽不見。艾班砍殺了矛兵，我的視線被帶走。

騙子站在競技場邊緣，身形精壯、腳邊堆滿箭矢，持弓將接近貴賓席的士兵一個個收拾掉。他的動作靈敏卻不慌張，可謂百發百中，嘴角隱隱約約有股笑意，卻被敵人從背後偷襲。最先發現騙子的步兵，拿長矛往他的背部刺下去。

接著看到城門。工匠車子上布袋被掀開，貢革斯縱身飛出，雙掌單膝穩定著地後，朝著鬼城狂奔。平民瞧見他便尖叫逃竄，連士兵碰上了也忽然想起自己該轉身回去競技場。好不容易有兩個人鼓起勇氣，舉起長矛想攔下他，貢革斯根本不理睬，一手扣一矛後，扳斷末端一截，換個方向便將矛尖扎進兩名矛兵自己的咽喉。矛兵還來不及倒下，他就衝進去了，但我最後看見貢革斯身上插了三枝箭。

柯瑞恩引導我的眼睛轉回去推車那頭。袋子裡又溜出一個小小身影。亞人男孩伽戈尾隨貢革斯往城內移動。

再來是競技場，貴賓席被二十個士兵包圍，只有卜羅在這兒。他獨自擋在昂奎斯小王子和睿納軍的長矛陣之間。他怎麼會出現在這兒、又爲什麼會出現，我都無法回答，只知道胖子無路可逃，反正滿身肥肉也跑不快。

第一個上前的士兵，被卜羅的斧頭劈掉腦袋。

他反手揮舞，斧刃砍進另一個士兵兩眼之間。

敵人群起攻之，忽地一枝箭天外飛來，落在睿納軍的脖子上。

我的視野轉向看臺，看著自己與柯瑞恩面對面，傷口仍舊血流不止。從艾蘭的馬兒嘶叫判斷，儘管主觀感受經過了很久，實際上可能只過了幾秒鐘。

法術被收回，我又透過眼睛注視匕首。手舉起來了，卻沒什麼力氣。看臺木板被撞爛，卜羅重傷，馬兒喘個不停。我想起追著貢革斯進城門的伽戈、沒牙齒的艾班，還有不知在何處浴血奮戰的梅康。

但是怎麼想都沒有用。我動彈不得。

「結束了，裘葛。」法師準備下手。

而我從未想過被馬踹能這麼暢快。馬蹄正中我後背，要不是柯瑞恩就站在面前，我恐怕會飛出十碼遠。兩個人迎頭撞上，糾纏著滾到五碼外貴賓席側面草地上。原本凝視我的眼睛痛苦緊閉，我試著揮刀，還是動不了，但是感覺已截然不同，肌肉能運作了。我悶哼一聲，使勁推開法師之後，看見匕首握柄黏在他的肋骨上。

我集結全副意志、憤怒、痛楚也沒能刺出這一刀，竟由嚇壞了的馬兒一腳踹成。

我扭轉匕首深插刀刃。柯瑞恩嚥下最後一口氣，眼珠子翻過去，失去所有生氣。

先前死掉的侍衛就倒在旁邊，戰斧還卡在他背上。我抽起戰斧的瞬間，發出金屬摩擦血肉的噁心聲音。我俐落地兩下砍了法師的頭顱，這麼做才能確保他不會借屍還魂。

制伏卜羅的部隊朝看臺這裡集中。我高高舉起柯瑞恩的人頭。

砍下的頭顱總是能夠震懾人心。手指纏著灰髮，我嚐到自己喉嚨那股膽汁苦味。

「你們都認得這個人！」我大吼。

最前方三個步兵腳步停頓，或許因爲恐懼，也或許因爲沒有夥伴助陣，不敢輕舉妄動。

「我是昂奎斯王子裘葛！繼承了帝國皇族血脈！我要找的只有睿納伯爵一個人。」

士兵從看臺角落冒出來。五個、七個、十二個。就這麼多。

卜羅證明了他的分量有多大。

「這才是你們服侍的人。」我舉著柯瑞恩的頭向前邁步。「多年前睿納伯爵已淪爲他的傀儡，你們個個心知肚明。」我繼續前進，毫無遲疑，相信士兵一定會讓路。他們確實退開了，目光不在我臉上，全集中於死人的腦袋，彷彿恐懼根深柢固，大家都擔心那雙眼睛會忽然轉過來，將自己拉進空無的深淵。

我從他們中間穿越競技場，走向鬼城。

先前和萊克、艾班對打的那幫人衝過來要攔截我。兩支小隊、各有五人，但沒進入五十碼內就倒下。林哨軍沿著榆道攻入，能眺望鬼城的山坡已有弓兵掩護。

我丟下柯瑞恩的頭顱。其實只是放手任其頭髮鬆脫。那感覺花了好久時間，彷彿他的人頭跌進重重蛛網，或者夢境。本以爲落地時會有咚的一聲，結果沒有，完全沒有。但有沒有聲音已無妨，我聽到，也知道，壓在身上的重量消失了，那份沉重遠遠超乎我想像的自身極限。

我已看見鬼城城門口的大拱廊。閘門落下了卻尚未緊閉，只靠一個人支撐所有木板和鋼鐵的重量。貢革斯！

我拔腿狂奔。

48

我穿著甲冑朝城門飛奔，武鬥大會中損壞掉落的護甲部位算少，但此刻感覺不到重量。箭矢自耳邊呼嘯而過，許多敵人倒下。林哨軍最精良的弓箭手，已幫我開拓前進的道路。

我開始思考自己該往何處去。柯瑞恩被丟在泥地上，他死去以後我整個人都不同了，彷彿從傷口拔起箭鏃，或者說卸下一身枷鎖，甚至是被勒死之前解開了發紫脖子上的繩圈。

鬼城城垛的駐兵射來幾枝箭，其中一枝打中胸甲之後斷裂。所幸競技場那邊一團混亂，他們很難分辨敵友，也不會太專注在單槍匹馬闖入的騎士。

我任由雙腿帶路，心上的空虛感尚未消散。以前總有個聲音指引方向，如今聽見的只有自己的喘息。

連接大門的街道上有不少守軍。林哨弓箭手看不到這個角度，睿納步兵在酒館或皮革廠集結。當年紐砦人與還年幼的我，就是走這條路過去，妄想能報仇。

前面有二十人擋路，都持著長矛，一個隊長穿著制服，底下的鏈甲不怎麼亮。後頭的貢斯撐住吊閘，裡頭的廣場明明還有不少人，我實在不解他們爲什麼不一鼓作氣把亞人大塊頭給砍死。

停在一排矛兵前面，我上氣不接下氣，沒法子開口說話，正好一陣冷風從中間吹過，還夾雜些許雨水。

怎麼應付？驟然覺得不可能的事情……就是不可能。

回頭張望，有兩人追了過來，其中一個太魁梧，除了萊克不作他人想，但他的左肩關節嵌了一截箭矢。另一人全身甲冑沾滿泥巴和血腥，難以辨識，不過從握劍手法知道是梅康。

我再看看面前整齊隊伍緊握的長矛。

這下子怎麼辦？

雨水再次灑落。

「睿納家的嗎？」隊長開口，語氣猶豫。

他們不知道！這些人剛出城，尚未瞭解來龍去脈、敵方是誰。戰爭迷霧（注）有時候眞是救星。

我舉起鐵手套，抹抹胸甲讓徽章明顯些。「請求庇護！我是艾蘭．坎尼克，睿納軍的盟友，前來請求庇護。」指著後頭的萊克與梅康，「那兩個人正在追殺我！」

看樣子柯瑞恩死了也沒帶走我的惡毒。至少不是全部。

我跑向睿納軍，他們讓路出來。

「我們不會讓他們過來的，爵士。」隊長朝我淺淺鞠躬。

「靠你們了。」但我覺得他們靠不住。

我快步衝向城門，終於感受到這身甲冑的重量。一股怪味飄過來，濃厚的肉香像是爐子上的培根，我聯想到前陣子在瑪珀鎮燒死的居民。

大門裡面廣場上聚集了很多士兵，都穿著半套盔甲，有些人準備了盾牌。可以肯定他們絕大多數本來正在慶祝賽事，大口喝酒。

我靠近以後開始看見燒屍的屍體，脂肪被烤成油水。窮人家辦喪事也是這樣，木頭放得少，火太小燒不出骨灰。

貢革斯背對我，手臂與腿上全都插著箭矢。起初還以爲他變成了雕像，細看才注意到背部石板般的肌肉仍微微顫抖。

我從他旁邊鑽過吊閘，裡頭上百人望過來。貢革斯集中全力，瞇起眼睛從縫隙稍微看到我，他胸膛上爪子似的畸形肋骨插了更多箭，吐氣時傷口擠出血，一吸氣卻又收了回去。

有顆頭顱還在冒煙，被我踹一腳就和焦黑的軀幹分家。

「貢革斯，你從地獄找了守護天使是嗎？」看情況，所有大膽靠近的士兵都成了焦炭。

他微乎其微地搖搖頭。「是那孩子。在上面。」

貢革斯上方吊閘一條空格裡有人蹲伏著，正是伽戈。之前那墨水般的眼珠子，此刻光亮如

注：指戰爭中因情報不足而無法確認敵軍分布及活動狀態。

熔爐，身子蜷曲得實在太緊，我不知道人可以做出這種姿勢。男孩周圍的木條也釘著幾枝箭。

「那小傢伙幹的？」我眨眨眼。「糟糕。」

貢革斯早就說過伽戈兄弟的變異速度太快，讓他們活下去很危險。

「把那瘋狗拿下！」身後有人大叫，音色很耳熟，和我父親頗爲相似。「放箭！」

那語氣不容別人違抗，但還沒人射箭過來。我慢條斯理地轉身面向鬼城。

睿納伯爵站在城堡前面，身旁圍著兩打武裝衛兵，加上左右各二十人的矛兵團，還有增援兵力正在下來的路上。

我鞠躬。「叔叔好。」

我只在進競技場之前看過他的肖像畫，這是首次能將他本人打量清楚。他的臉比較瘦削，頭髮較長、發白的部分少，但整體而言，兄弟倆仍是一個模子出來的。其實我們叔侄也頗爲神似，當然我英俊多了。

我摘下頭盔，對士兵宣布：「昂奎斯王子裘葛在此。依據皇室族譜，我具備繼承睿納爵位的資格。」不完全正確，但只要我殺死伯爵僅存的兒子就成立。賈科堂兄在哪兒還不知道，肯定外出了，否則競技場那邊應該會看見他的旗幟。換言之只要我隨口胡謅，大家就會認爲他已死在外頭，還會想像他與弟弟馬可羅一樣被我丟進火葬堆。

「你——」伯爵隨手抓了個部下推出來。「快在他腦袋開個窟窿，不然我就砍了你的頭！」

「叔侄之間的恩怨，與外人無關。」我瞪著弓兵。「一切塵埃落定以後，你們就會變成我的軍隊，我的勝利也是你們的勝利，沒必要增加無謂傷亡。」

那個人還是舉起弩弓。我感覺脖子後頭湧來熱浪，彷彿熔爐開啓，弓兵臉上爆出水泡，成了沸騰的糖液。他哀嚎著倒下，頭髮碰到地面時起火燃燒，周圍眾人驚恐退避。

弓兵拖著火焰打滾，一塊塊皮肉沾黏石磚。我看見他的魂魄離體，試著操縱。我朝它伸手，引導取自亡巫的魔力，晦暗能量從心窩發散，源於父王留下的刀疤。

我將聲音賜給死去的弓兵，也賜給纏繞腳邊所有焦屍的靈體。

伯爵的部下面色鐵青，顫抖不已，刀劍脫手之後，野火燎原般一哄而散。

慘遭熔燬的冤魂重返人世、發出咆哮，而我雙手持劍衝向睿納伯爵。他是我的叔叔，也是殺害親兄弟妻兒的罪人。無論遇上柯瑞恩之前或之後，復仇始終像酸液般侵蝕我。

於是，我跟隨死靈同聲怒嚎。

49

我坐在鬼城高塔內，身處當初柯瑞恩據爲己用的空房間，壁爐中的火焰劈啪作響，石地板上鋪了皮草，桌上有杯子與酒壺。當然，還有很多書。一路帶著的蒲魯塔克如今上了橡木架，與另外六十多本典籍的皮革裝訂並肩歇息。這只是個開始，畢竟書架也得從小橡實開始長大。我的位置在窗戶邊，眼前十二片手掌寬的玻璃鑲嵌爲菱形，阻絕外頭寒風。有些人不信，但玻璃確實是從馬岸地靠牛車翻山送過來。圖坦人的工藝精緻，玻璃平整得望出去找不到變形之處。

我盯著眼前的書頁，手上羽毛筆的筆尖墨汁，閃耀著無數可能性。我的所見所感是否變形？這幾年多少感受、想法受到扭曲？

紐岧人說過，他們族人研磨祕密才能調配出墨汁。現在我試著解開祕密，只不過進度緩慢。

外頭廣場上，萊克的高大身影駐立，比起接受他訓練的士兵都來得魁梧。聽說他娶妻了，我沒追問細節。

我翻閱前面幾頁，覺得該找個書記謄寫。我下筆過於急躁，字跡太密集，線條全連在一起，串接此岸彼岸、此時彼時。

我的生命在桌上攤開，揭露了過往的流浪歲月如同小孩玩陀螺一樣，轉個不停卻沒有意義。或許柯瑞恩偷偷設定了目的地，但旅程中種種殺戮、勒贖、罪孽，依舊是我親手所爲。

伽戈蹲在爐火前面。他長大了，不只變高，也開始能控制火焰的形狀、能操縱它們舞蹈，時常這麼玩弄直到覺得無聊。他之後又會玩木頭士兵，讓它行軍、東跑西跑，朝著角落衝鋒。

浪跡天涯的日子仍縈繞心頭。並非時時刻刻，但偶爾總會想起。每個早晨都是新的開始，繼續追逐殺戮、金錢與黑暗中的種種誘惑。是我，卻又不是我。那時候的我，覺得破壞一切是樂趣、是刺激，也想看看究竟有誰在意後果。

我就和伽戈的木頭士兵一樣，鎮日兜著毫無意義的圈子。我不會說抱歉，但知道到此爲止，那些選擇已是過去。我沒有遺忘，也明白手上沾染的不只墨水，還有鮮血，然而我不受罪惡感所苦。我想也許人每天都要死亡一次，黎明時重生且起了些許變化，在自己的生命道路又跨出一、兩步。與昔日之間距離的步數多了，過去的自己便成了陌生人。說不定這就是所謂的成長，而我成長了。

我曾經說過，十五歲時就會成爲一國之君，也眞的做到了，甚至沒有弒父便達成。我統治鬼城與曾經隸屬睿納的土地、市鎮、鄉村，人民奉我爲王。王就是大家尊稱爲王的人，如此而已。

前幾年，我做了很多百姓認爲邪惡、犯罪的事，最常被提起的是主教，不過實際上還很多，也有更不堪入耳、更血腥的作爲。我曾經懷疑是不是柯瑞恩植入了這種病態人格，而我自始至終只是工具，所有暴戾殘酷都是他一手編排。砍下他腦袋、從男孩長大以後，我就成爲了更好的人。我想知道自己是否成了紐峇人樂見的模樣、郎翟期許的人物。

可是那個我應該會對睿納慈悲，讓他死得乾淨俐落。那個我應該明白母親和弟弟並不渴望酷刑，所求只是正義而非施虐。

隔著窗戶能望見群山，山巒彼端就是昂奎斯和高堡、父王與他的新王子。凱薩琳大概在房間內詛咒我。更遠一些是吉列瑟、史登等等構築出帝國的大地。

我不會永遠停在這兒，遲早會翻到最後一頁擱筆。屆時就要走出去，將帝國盡數納爲己有。我跟波維・托爾說過我十五歲會當上王，那時他的腸子流了滿地。現在，我會說二十歲要成爲皇帝。看到這裡的人，該慶幸我面前只有一張紙。

該下樓去看看睿納了。他被關在地底最小的牢房，每天向我求死不得，持續受苦。等我寫完了大概會如他所願，即使不想但我知道自己該那麼做。我已經長大了，以前的裘葛會囚禁他一輩子。可是就算長大了，心裡那頭怪物依舊是我的。

我的選擇、我的責任，也可以說是我的罪愆。

我就是我。要我道歉的話，你最好親自過來討。

（破碎帝國首部曲：荊棘王子　完）

破碎帝國三部曲《多刺君王》・搶先看

序章

書頁飄落，隨風斷斷續續擦過石地板。有些焦黑了讀不出字，有些握在手裡就碎散。我不死心一直翻找，彷彿這不屬於別人，是自己的故事。

但眼前是凱薩琳的筆跡。我繼母的妹妹，名義上該尊稱她一聲小姨，可是過去四年，我時時刻刻想得到她，她也總以奇奇怪怪方式進入我的夢境。幾十頁殘缺日記在手上沒什麼分量，飄過的雪花無法停駐，觸感冰涼。

我坐在已經化為廢墟的自家堡內，四周煙霧繚繞，橫屍腐臭刺鼻。鬼城四面環山，一切相形渺小，古城與攻城器械像被玩壞、失去意義的玩具崩解後砸了滿地。火煙熏得眼睛泛淚，寒氣滲進骨子，我只能繼續閱讀她的記憶。

凱薩琳・艾普・史克隆的日記
無皇期九八年十月三日
昂奎斯高堡泉廳

泉廳很醜，這城堡什麼地方都醜。根本談不上噴泉，水不是灑出來而是滴出來。姊姊的侍女每天圍在旁邊做針線，當我一寫字就開始唸叨，唯恐我會留下永遠清洗不掉的墨漬。

頭很痛，服了蒿根湯卻不見緩解。格倫修士說傷口已清理乾淨，結果我還是挑出了一塊碎片，真沒用的人。花瓶是母親送的禮物，讓我帶著隨莎瑞絲陪嫁。思緒跳來跳去，頭很不舒服，握筆的手不斷顫抖。

侍女一針一線動作很快，直的橫的、一層一層，可惜空有巧手沒腦袋。她們手上忙，嘴裡卻總吱吱喳喳。昂奎斯語含混慵懶，聽得我特別煩心。

若不翻回去就記不得昨天寫了什麼，連是否下了筆都無法確定。結果又是裘葛、昂奎斯勒死漢娜以後還想殺我滅口這事。但，倘若他真有此意，不該只是拿花瓶朝我頭頂一敲才對。他什麼不會，殺人功夫絕對一流。聽莎瑞絲轉述裘葛在宮廷上的發言，吉列瑟灰飛煙滅……是真的。莫爾、吉列瑟的城堡就這麼沒了。小時候見過莫爾，感覺他是個很狡猾、無恥的人，眼神像要把我給吃了。這種人死了不值得難過，但無辜百姓就是另一回事，總不可能人人都有罪。

早知道就該把握機會一刀斃了裘葛。可惜這雙手常不聽話，寫個字一直抖，刺繡刺不精細，殺個外甥也落空……聽修士說我的衣服被裘葛撕開，爛得不像話，那些腦袋不靈光的侍女手再巧也補不好。

語氣越來越偏激，都要怪這頭疼。莎瑞絲叮嚀過要平心靜氣有教養，瑪莉、寇丁也不是只會女紅和說閒話，只是她此刻正好邊做針線邊和其他侍女竊竊私語。無論如何她總有些優點。願意這麼說算是日行一善吧？莎瑞絲的心腸好，看看她現在有什麼下場？嫁給老頭子，脾氣好的老頭兒就算了，偏偏是冷冰冰很嚇人的老不修。肚子還懷了人家的種，養大了說不定和裘葛、昂奎斯同樣心狠手辣。

得找人給漢娜下葬。瑪莉說森林裡有個墓園很合適，高堡的下人沒被家裡接回去就葬那裡。瑪莉還想再找人服侍我，但隨隨便便換人感覺很冷血，彷彿漢娜和斷掉的絲帶、破掉的瓶子沒兩樣。工人正在釘棺材，明天會用車子載她去。我的腦袋好像也一直被什麼敲敲打打。

早知如此，當初應該放著裘葛死在王座前面才對。但，當下就是覺得不可以。該死。

明天漢娜就能入土為安，她年紀大了以後常抱怨身體痠痛，不過不代表她想死。雖然生前的她刻薄得幾近殘酷，但對我不會，所以我還是想念她。不知道埋她的時候會不會哭，該傷心吧。但我不確定。

這些都是明天的事情。今天城裡有客人，統治箭地的親王來了，還帶著弟弟伊耿以及大批隨扈。莎瑞絲可能想替我相親，也說不定是奧利丹那老頭的主意，最近姊姊很多念頭都未必是她的真心話。等著瞧。

我該休息一會兒了，希望早上醒來頭能不痛，最好也別再做怪夢。該不會是媽媽的花瓶，把那些夢給敲出來了吧。

1

大囍日

裘葛，打開。

我看著銅盒子，表面有荊棘圖案，沒鎖頭也沒拉栓。

裘葛，打開。

銅盒子的大小裝不下腦袋，頂多塞進小孩的拳頭。

酒杯，盒子，刀。

我盯著盒子，金屬反射壁爐火光。暖不了我，我任火熄滅。太陽下山，房間被影子塡滿，視線被餘燼吸引。午夜的黑霸佔走廊，我依舊像尊石雕動也不動，彷彿任何動作都是重罪。身體被壓力捆縛，沿著顴骨和咬緊的下顎發麻，指尖分辨出桌面如顆粒般細微的凹凸起伏。

明月高掛夜空，銀光染了滿地也照亮酒杯。杯子還是滿的，閃爍點點輝芒。接著烏雲籠罩，黑暗中下起雨，滴答滴答彈奏著昔日。餘燼熄滅、無月無星的拂曉時分，我伸手取刀，刀刃挨著手腕冰冰涼涼。

孩子還倒在角落，四肢角度只有屍體擺得出來，而且城裡馬匹和士兵沒能耐把人弄成這副德行。偶爾我懷疑自己見鬼比見人多，大部分的鬼可以驅逐，但面前的四歲男孩除外。

打開。

答案在盒內，這點我明白。男孩要我打開，我心裡也有一半想打開，讓回憶潰堤，無論多悲慘多危險。就像懸崖喚著我跳下去，誘惑越來越強，解脫就在眼前。

「不。」我轉動椅子，面朝窗戶和夜雨。雪緩緩落下。

盒子是從不出太陽也能烤熟活人的沙漠裡找到的，至今保存四年。我不記得初次觸碰它的感覺，也不記得原本的主人是什麼長相。腦袋裡的細節很少，能肯定的只有自己的心靈差點兒在盒裡的地獄粉碎。

雨雪間篝火點點。太多了，隨山勢構成的圖案勾勒出地形線條。箭地親王的兵馬分三路入谷，數量大到一條谷地裝不下。三條山谷，滿滿的騎兵、弓兵、步兵，長矛、斧頭、刀劍，各式貨車、攻城器械、階梯繩索以及燃油。盛大軍容掩埋遠處藍色大帳內，率領四百人參戰的凱薩琳．艾普．史克隆。

至少她恨我。我若死也要死在眞心想殺我的人手上，才有意義。

再一天就會被包圍，連接東方的最後幾條山徑遭到封鎖。然後，拭目以待。從叔父手中奪下鬼城以後，我扛了睿納王這頭銜四年，怎可能隨隨便便拱手讓人。

男孩忽然站在我右邊，血色盡失，無聲無息。他身上沒有半點光亮，我卻總能在黑暗中發現，閉上眼睛也看得見。男孩的眼睛和我很像。

我挪開腕邊的刀，刀尖敲敲牙齒。「讓他們來，」我說：「也該做個了斷。」

這是實話。

我起身伸懶腰。「幽靈，要留要走你自便。我去睡了。」

這是謊話。

天一亮，僕人進來給我更衣。雖然很蠢，但當了君主身不由己。即使只有一座醜醜城堡、土地崎嶇得不可思議，山羊比人多，但君主就是君主。奇怪的是，君主每天早上讓笨手笨腳的老百姓服務，竟比起自己穿衣服更容易贏得臣民效忠。

早餐有熱騰騰的麵包，我要宮廷侍童每天早上拿到門口等。朝著覲謁廳過去途中，梅康跟到背後，靴子在石地板喀噠作響。他到哪兒，噪音就會跟到哪兒。

「早安，殿下。」

「別演了，」麵包屑灑了滿地，「有麻煩。」

「你是指昨天晚上就在家門口的那兩萬個麻煩？」梅康問：「還是混進新的了？」

經過門口我再瞥了男孩一眼。鬼魂不容於白晝，但他卻能出現在任何陰暗處。

「新的。我必須在中午前完成婚禮，結果我到現在還不知道穿什麼好。」

2

大囍日

「彌安娜公主和龔斯特神父與修女們在一起。」寇丁向我回報，神情看來還沒習慣內侍大臣的鵝絨禮服，何況林哨制服的確比較匹配他。「有些檢查要做。」

「還好不必檢查我的貞潔。」往寶座一靠，絲綢、羽絨的觸感眞他媽的舒服。當王夠頭疼了，沒必要坐硬椅子虐待屁股。「長什麼模樣？」

寇丁聳肩。「昨天信差送了這個過來。」他端出硬幣大小的金匣。

「長什麼樣？」

他還是聳肩，拇指指甲撥開金匣，瞇眼看著裡頭的微型肖像。「很嬌小。」

「拿來！」我伸手搶金匣過來。願意花上幾星期用一根毛完成這種作品的畫家，怎可能畫出醜女？肖像上的彌安娜姿色尚可，和凱薩琳相比少了分英氣和深刻的存在感。但話說回來，放低標準的時候，大部分女人我都覺得漂亮，有多少十八歲男人會挑三揀四？

「所以？」梅康站在王座旁邊問。

「眞的小。」我回答之後將金匣收進袍子。「我這年紀結婚是不是太早呢……？」

梅康噘嘴。「我十二歲就娶妻了。」

「騙誰啊！」多年下來，梅康一次也沒提起自己已婚，如果是眞的就太叫人吃驚了。和兄弟們闖蕩，白天廝殺、晚上圍著火喝酒聊天，一個祕密能瞞這麼久很不簡單。

「沒騙你，」他說：「但十二歲成親的確太早，十八歲算合適。裘葛，你等很久了才對。」

「你太太呢？」

「死了。原本還有個孩子。」他抿起嘴。

知道自己沒有徹底瞭解一個人是好事。有更多驚喜。

「準王后快準備好了，所以要穿這身破爛去禮堂？」我拉拉厚錦緞衣領，它磨得脖子很癢。婚禮當然無關緊要，但得做樣子給不分高低貴賤的所有子民看，還是不能胡來。

「殿下，」寇丁在王座高臺前面煩躁踱步。「婚禮這種事情……時機不大對。城門外頭已經大軍壓境。」

「更何況，裘葛，馬衝進城門之前，根本沒人知道她來了，」梅康附和。

我攤手。「天知道她爲什麼昨天晚上到來，占卜魔法不是我的專長。」視野邊緣，男孩趺坐遠處角落，「本來希望她入秋前才露臉呢。總之，軍隊離大門還有三哩。」

「是否該暫緩？」寇丁渾身上下每根筋都想擺脫內侍大臣的職位，或許正因如此才只有他能擔此重任。「等局勢沒那麼……惡劣？」

「寇丁，兩萬兵馬在外頭，城裡只有一千人。不對，大部分人出城了，城堡太小裝不下。」

我察覺自己居然露出微笑，「局勢不會說變就變。我們的將士已經有個王，何不再給他們一個值得拋頭顱灑熱血的王后？」

「要如何應付箭地親王的攻勢？」寇丁追問。

「你又打算裝傻直到最後？」梅康問：「還是這回眞的沒對策？」

他語氣像打諢，表情卻很嚴肅。我猜梅康想起過世的孩子，否則以前出生入死，臉上還能掛著笑。

「喂，那邊的女孩兒！」我朝悄悄走在覲謁廳對面的侍女大叫：「叫那女人給我拿件適合婚禮的衣服來，記住不要有蕾絲。」我起身，手搭著佩劍柄首，「夜巡隊也該回來了，一起下去東廣場聽聽他們怎麼說。這次特別吩咐血人坎特和小萊克跟著過去，評估箭地軍的實力。」

梅康頷頭，寇丁最近特別提防刺客，但我很清楚城堡裡埋伏了什麼，需要擔心的不是暗算。梅康轉彎，他伸手扣住我肩膀，不讓我立刻上前。

「寇丁，箭地親王不會希望我被來路不明的黑衣人一刀捅死，也不會費心思在早餐下毒。人家自以爲前腳踏進金闕，目標放在皇帝寶座，正是威震八方的時刻，當然要領著兩萬兵力，直接把我們碾成渣。」

「沒錯。你手下人要再多點兒，他才考慮玩陰的。」梅康回頭一笑。

巡邏隊在廣場吹冷風跺腳休息。幾個女眷出來照料傷患、縫合傷口，我要隊長逕自向寇丁報告，叫了血人坎特，萊克不請自來地杵在他背後。待了鬼城四年，沒磨去萊克的粗鄙，身長七吋的肌肉棒子，一張醜臉依舊洩露靈魂裡的剽悍、殘酷與暴戾。

「小萊克，」我開口。很久沒和他講話了，兩、三年吧。「你的漂亮老婆如何了？」其實我沒親眼見過，猜想應該是個厲害女子。

「壞掉了。」他聳肩。

我不發一語別過臉。萊克總是叫我手癢，激發某種本能嗜血。也許單純是他塊頭太大。

「那，坎特，」我開口：「來點好消息。」

「對方人太多，」他往泥巴吐痰，「我不幹了。」

「稍安勿躁。」我伸手攬住他。坎特乍看平凡，除了精壯結實外動作極其矯捷，那顆殺手才有的腦袋更是出色，面對動蕩、混亂、血腥毫無反應，伸出危機仍能精準判斷、捕捉敵人動態，並找到破綻趁虛而入。

「先緩口氣。」我將他拉近拍拍後頸，坎特微微一縮，但把持心念沒有本能抽劍。「好多了吧，」我帶他走到旁邊，「爲了好好討論，先假設你走不掉吧。現在是一對二十，和當初在盧騰鎮湖邊遇見你的時候差不多？」坎特一聽，嘴角上揚。「你怎麼打贏的呢，血人坎特？」提起血人二字是要他想起初識那幕光景：坎特自個兒渾身顫抖但狼似地咧嘴冷笑，站在一大群人流出的血泊中。

坎特咬著唇，視線越過我，落在不知名的地方。「裘葛，對方全擠在一起，進了山谷兩邊無路可走。想要一對多，訣竅是動作快、打帶跑，利用敵人當肉盾相互牽制。」他搖頭以後，目光回到我臉上，「兩軍交戰和單打獨鬥天差地遠。」

說得沒錯。士兵被寇丁訓練得很好，從父王那邊搶來的林哨軍尤其善戰，但混戰之中局勢難掌握，指揮鏈隨時可能瓦解崩潰、蕩然無存，屆時只剩下你一劍我一刀的廝殺，大家只求保住性命，人數劣勢很快就顯現。

「殿下？」管理主君衣櫃的侍女來了，手裡捧著一套長袍。

「茉嬸！」我大大張開雙臂，給她一個我的危險笑容。

「殿下，請叫我茉蒂。」

不得不說老太太膽子挺大。「茉蒂就茉蒂，」我改口：「所以穿這個去婚禮？」

「看合不合殿下的意。」她居然行了屈膝禮。

我接過長袍，有點重量。「貓毛？」我問：「要很多隻吧。」

「貂皮，」她嘟嘴，「以金線縫製。伯爵——」一回神，茉蒂收了聲。

「睿納伯爵結婚時穿的？」我替她說完：「能讓老頭看上的肯定名貴，至少看起來非常保暖。」睿納叔父欠我的可多著，除了滿身荊棘傷疤，還有母親和弟弟的命，拿了他的命、他的城和他的地位也抵不完，一件毛衣算不得什麼。

「殿下，抓緊時間。」寇丁還是東張西望找刺客。「得巡視防守、計畫坎尼克弓兵團補給線，以及先起草降書。」他直視我說出最後那句話的定力真驚人。

我把袍子遞給茉蒂，讓她當著巡邏隊的面給我套上。我沒回話，寇丁也只是白著臉等候。

從剛見面想捉我到剛才將投降掛在嘴邊，他有勇氣也有腦袋，會做事又正直，是不可多得的人才。「那盡快吧。」我說完朝小教堂邁步。

「這樁婚事眞的有必要？」寇丁再回到這話題，非常忠心扮演給他設定的角色：我要他事事進諫，永遠別假設我做得對，「此時此刻她成爲王后，恐怕並非幸事。」萊克聽了偷笑。「她若是客人的身分，馬岸地還可以贖她回去。」誠懇又務實，要我演都演不來。

「有必要。」

通往教堂的螺旋石梯兩側騎士駐守，鎧甲上刻著睿納徽章，彷彿我奪權才四個月而非四年。太窮、太笨、太忠心，到現在還沒逃跑的貴族先進去了，平民擠在外面廣場，臭味從這兒就嗅得到。

到了門口，我停下腳步，舉起一根手指，示意騎士先別開門。「降書？」

城牆上旗杆交叉，又看到那個孩子躲在下面。他隨我成長，幾年前還是嬰兒時就用死人般的眼睛盯我，盯到現在四歲了。我以手指快速在額頭上敲了敲。

「降書？」我又說了一次。一次次重複後，兩個字聽在耳裡變得陌生、失去意義。我想起房內的銅盒，然後冒出冷汗。「不會有降書。」

「那請襲斯特神父主持得快些，」寇丁說：「禮成立刻巡視防禦工事。」

「不必。」我回答：「別守了，直接進攻。」

我撇下騎士，自己開了門。教堂左右站滿人，看來鬼城貴族比我以爲的還窮。左邊一大群藍衣紫衣外地人，帶著很多侍女和正裝武士，甲冑上是瑪洛氏與馬岸地紋章。

祭壇前面，戴著花冠低頭等候的就是新娘子。

「噢，天哪，」我低呼。

眞的很嬌小。看起來大概只有十二歲。

太平時期，弟兄坎特性情大變，成了個老好人，和虔誠信徒一樣去教堂找上帝。
但一開打，身上的無形枷鎖就斷開。
血人坎特在戰場上最接近神。

3

大囍日

聯姻像膠水勉強黏合分裂的帝國，創造大小戰爭之間短促的和平假象。這樁婚事糾纏我將近四年了。

睿納高地的富貴人家夾道歡迎。嚴格來說派頭不大，我查紀錄發現，大約一半所謂的「貴族」的祖父母只是牧羊人。不過他們願意留下來才令人訝異，換作我的話，會和血人坎特同樣想法，早就收拾細軟翻過馬特山逃命。

彌安娜望過來，整個人如同頭頂上的百合花嬌嫩清新。我的左臉破相，不知她是否嚇著了，模樣很鎮定。我有股衝動想摸摸臉頰疤痕，彷彿熾熱又在體內流竄，從記憶流出的痛，得咬緊牙關忍住。

走到新娘身旁以後我回頭，一瞬間有所領悟：留在這裡的人期待得到拯救，以爲憑區區一千兵士，就能守住城堡、贏得勝利。有點想跟他們說實話，認識我的人早就知道了，之所以不投降只是因爲我寧爲玉碎不爲瓦全的臭脾氣。假如箭地親王的軍隊沒那麼浩浩蕩蕩，我反而還會考慮撤退。他做過頭了。

四個穿著制服的樂手舉起囊脬笛(注)吹奏。

「神父，精簡些，」我悄悄提醒，「今天很忙。」

他聞言皺眉，斑白眉毛朝中間一擠，「彌安娜公主，這位就是睿納高地主君、繼承昂奎斯尊貴血脈的裘葛殿下。」

「幸會。」我微微點頭，女孩頭頂勉強只到我肋骨的高度。

「我明白你的肖像爲什麼是側面了。」她說完還屈膝行禮。

我啞然失笑。雖然夫妻緣分注定不長，但似乎會有點趣味。「看來妳不大怕我，彌安娜？」

她以牽手回應，但我抽回來。「還是別了。」我轉頭再催促，「神父？」

「受神恩寵之人，」龔斯特開始了，「今日我們齊聚一堂，由上帝見證……」老人說老話，其實大家都沒有非得到場的理由，只是沒膽子不露臉，然後小裘葛．昂奎斯忽然成了已婚男子。

我領著新娘走出小教堂，貴族們的歡呼喝彩在背後差點兒就能蓋過難聽的風笛。本地特產囊脬笛之於音樂，有如疣豬之於數學，彼此沒有太大關聯。

正門外頭，階梯俯瞰鬼城最大廣場，也就是我砍下前城主腦袋的地方。從圍牆到樓梯底站

注：以動物（通常是羊）的膀胱製作，類似風笛的樂器。

了幾百人，外面吊閘擠了更多，雪花輕輕灑在民眾身上。

見我們走出來，群眾一陣歡聲雷動。顧不得體內那股亡巫魔力，我只好與彌安娜五指交扣，高高舉手向臣民問好。他們對君主的忠誠依舊令人費解，明明年復一年被上頭壓榨、自己在山區過得苦哈哈，留下來就是陪我等死，縱使聽說過我以寡擊眾的事蹟，都這種時候了也該有些存疑才對。

但兩年多前，我的確長了見識，之前和兄弟闖蕩可沒能理解權位代表的意義。有個村子請君主過去主持公道，在睿納說那是「村」，高地外的人會說那叫做三間小屋和幾座小棚。「挖臟村」靠近山頂，據說沿著山谷上去還有個「小挖臟」，感覺再小下去，就乾脆擺個特大號木桶子即可。總之爭端起於雙方對土地界線各執一詞，為表現勤政愛民，我和梅康爬了三千呎上去。原本聽說雙方打得不可開交、丟了幾條命，現場一問才知傷亡只有一頭豬、一個女人掉了左耳。換作以前，我早就全部砍死、拎著頭顱下山，串在長矛上以儆效尤‧但或許爬山爬得太累，我決定讓兩方自行辯護。他們非常激動、滔滔不絕，鬧到天黑跳蚤開始咬我時，我終於受不了開口打斷。

「格賓，對吧？」我問原告，他點點頭。「格賓，說了半天，根本就只是你看他不順眼，而且我沒聽出道理。現在，我聽膩了，也休息夠了，除非你說清楚到為什麼那麼討厭……」

「波隆。」梅康提醒。

「嗯，波隆。說實話，別再拐彎抹角，不然除了缺一隻耳朵的那個女人以外，全部判處死刑，剩下的豬都歸她。」

格賓傻了半晌，才意識到我是認眞的，再愣一會兒便招認癥結出在波隆是「巴子」。所謂巴子就是外地人，老波隆在山谷東邊出生長大，後來移居挖臟村。

群眾見到我和彌安娜時歡欣鼓舞，揮著刀劍、敲打盾牌聲嘶力竭吼叫。如果有人問起，他們可能都會回答願爲新王新后拚死一戰。眞相是睿納人捨不得讓來自箭地的混蛋踐踏家鄉土地，搶山羊甚至女眷。

「箭地親王的兵力比你多出太多。」彌安娜開口，不帶殿下、主君之類尊稱。

「沒錯。」我繼續朝人群揮手，笑容僵在臉上。

「那他會贏？」外表像是十二歲，語氣卻遠遠不止。

「妳多大？」我飛快瞟了眼，手沒停下來。

「十二。」

該死。

「這邊不能一殺二十的話，大概他就會贏。被包圍的話更慘。」

「距離多遠？」她問。

「前線營地在三哩外。」

「你得趁現在殺出去，」她說：「別等人家圍城。」

「我懂。」突然開始喜歡這小丫頭了，就連老練又善戰的寇丁，都想守在鬼城讓鬼城守住自己——雙關了。關鍵就是一比二十的差距，讓任何城牆都沒意義，血人坎特知道，但彌安娜居然也知道。多年前某個炎熱的八月早晨，坎特獨自砍倒了十七名武裝士兵，很明白殺人需要空間才能有進有退、且戰且走。

最後一次揮手，我轉身背對人群，回去教堂。

「梅康！林哨好了嗎？」

「主君，」他點頭，「就緒了。」

我拔劍。

四呎長的太古造族古鋼掀起寒光，聖堂迴蕩起令人愉悅的驚呼。

「出發。」

凱薩琳・艾菩・史克隆的日記
無皇期九八年十月六日
昂奎斯高堡小教堂，午夜

昂奎斯城的教堂狹小陰冷，看來不太常有人進來。燭光搖曳，影子扭個不停。等我出去了再讓修士的學徒吹熄。

約莫一週前，裘葛、昂奎斯逃走了，他從牢裡劫走梅康爵士，我倒是開心。爵士的人不錯，蓋倫之死也不能怪在他頭上，同樣是裘葛幹的。居然使用弩弓？代表他的劍術根本敵不過蓋倫，一點榮譽感都沒有的混帳。

聽修士說裘葛打昏我之後，撕開了我的衣服。我把壞了的衣裳收在櫃子後面的嫁妝箱，那是離開史克隆堡之前母親為我收拾好的，藏在那兒才不會被侍女看見。我的手時不時探進去撫摸衣服碎片，觸碰到藍色緞子時，我努力回想，彷彿又看見他站在面前，張開雙臂準備迎接我手中刀錐，搖搖晃晃的模樣似乎連站著都累，皮膚慘白得像屍體，纏著胸膛的繃帶發黑。那張臉好年輕，感覺還是個孩子，但全身皮膚處處留著荊棘印記。聽雷利爵士說，裘葛整個人困在荊棘中，和他母后的遺體共同淋了一夜風雨，找到的時候因失血過多，感覺應該活不成。

然後呢？他竟能動手打我。

我下意識摸摸被打的地方，還有點痠疼，結痂尚未脫落，不知頭髮蓋不蓋得住，會不會被看見。話說回來，我需要在意嗎？

反正下半身也有瘀青，發黑的汙點。大腿上隱約可見掌印和拇指痕。

打傷我，玩弄我，強暴我。對他而言不算什麼，在外頭當傭兵也是這麼度日，有機會有好處怎可能放過。在他的罪狀上這算小事了吧，或許連我自己都不覺得是最嚴重的一樁。我很想念漢娜，她下葬時我忍不住哭了。也想念蓋倫的笑臉，只要他跟在身旁，就有股溫暖安心感。

打我，然後糟蹋我？一個血色盡失、腳步踉蹌，等著被人殺死的男孩？

無皇期九八年十月十一日
昂奎斯高堡自室

今天我在藍廳看見了格倫修士。最近沒去做禮拜，結果還在這兒遇上。我望著那雙手，手指很粗，拇指最明顯，然後想起身上褪色變黃的瘀青。我回到衣櫃，再度撫摸碎裂的衣裳。

中英名詞對照表

A

A History of Gelleth
《吉列瑟史》
Alain Kennick　艾蘭・坎尼克
Ancrath　昂奎斯國
Arab　阿拉伯
Aristotle　亞里斯多德
Arkle Merk　亞寇・默克
Army of the Gates　門軍
Army of the March　沼地駐軍
Arnheim　爾恩海姆
Arrow　箭地
Ave Marias　《聖母經》

B

Bains　拜恩鎮
Belpan　貝爾潘
Berrec　貝瑞克
Big Jan　大詹
Blue Boar Tavern　藍豬酒館
Blusher　紅臉人
Bovid Tor　波維・托爾
Brond　古劍郡
Brot Hill　麵包山
Brown Gate　褐門
Builder　太古造族

C

Carcinogen　致癌原
Castle Red　紅堡
Castle Road　堡道
Cathun River　卡松河
Cheeves　齊甫
Chella　挈菈
Chelny Ford　切尼灘
Coddin　寇丁
Conaught　干諾
Corion　柯瑞恩
Crath City　奎斯城
Crispin　克里斯平

D

David　大衛
Day of a Thousand Suns
千暉炙日
Deep Castle　深堡
Drane　卓恩
Dream Witch　夢巫
Ducat　金幣

E

Elban　艾班

Elm　榆郡
Elm Road　榆道
Els　埃爾斯
Ethel　伊賽
Ether　乙太
Euclid　歐幾里得

F

Falling Angel　墮落天使
Fat Burlow　胖子卜羅
Firejump　火躍
Forest Watch　林哨軍
Frenk　法倫克

G

Gains　甘斯
Galen　蓋倫
Gelleth　吉列瑟
Gemt　基特
Gerrant　蓋倫特
Gerrod　蓋洛德
Glen　格倫
Gog　伽戈
Goliath　歌利亞
Gomst　龔斯特
Good　古德
Gorge of Leucrota　亞人獸峽谷
Gorgoth　貢革斯
Great Stair　大階梯
Grebbin　格雷賓
Grehem　古瑞罕
Grem　圭姆
Grumlow　鄺羅

H

Hall of Spears　戰矛廳
Hanna　漢娜
Hanton　山丘鎮
Hay　稻草郡
Healing Hall　醫堂
Helot　黑洛
High City　上城區
High Wall　屹牆
Holt　林丘村
Horse Coast　馬岸地

I

Inch　阿吋
Indus　印度河

J

Jake　傑克
Jale　傑爾
James　詹姆士
Jane　珍
Jarco Renar　賈科・睿納
Jaseth　賈瑟斯

Jassar　賈薩
Jed Willox　吉德・維洛
Jedmire Hill　吉麥爾丘陵
Jessop　約瑟村
Jesu　耶穌
Jobe　喬布
Jorg Ancrath　裘葛・昂奎斯
Jorth　尤葛

K

Kali　時母
Kane　卡恩
Katherine Ap Scorron
　凱薩琳・艾普・史克隆
Keep Tower　堡塔
Keldon　克頓
Ken Marshes　坎沼
Kennick　坎尼克
Keppen　克彭

L

Latin　拉丁
Lee　背風鎮
Leucrota　亞人獸
Liar　騙子
Lich Road　鬼道
Limoges　利摩日
Ling　岭國
Lion　黎昂
Lundist　郎翟
Lycurgus　來古格士
Lux　盧森

M

Mabberton　瑪珀鎮
Mad Prince　狂王子
Magog　瑪戈
Maical　麥柯
Makin Bortha　梅康・孛薩
Marclos Renar　馬可羅・睿納
Mathmagician　魔數師
Mattus　麥特斯
Men　曼恩
Merca　馬爾卡
Merk　默克
Merl Gellethar　莫爾・吉列瑟
Merssy　梅西
Midway Street　中大街
Moor　摩爾人
Mount Honas　禾納斯山
Murillo　牟利羅
Mutogen　突變原

N

Nadar　納達
Necromancer　亡巫

Neurotoxicology　神經毒理學
Nossar　諾沙
Normandy　諾滿第
Norwood　北林鎮
Nuban　紐峇人

O

Old City　舊城區
Old Road　古道
Old Wall　舊城牆
Olidan Ancrath
奧利丹・昂奎斯
On Lycurgus
《論來古格士》
Or　歐爾
Orient　東方諸國
Orlanth　奧良
Orrin Renar　歐林・睿納
Osten Ridge　歐斯騰山
Otton　奧騰森林

P

Paderack　帕德拉克
Persia　波斯
Pineacre　松畝村
Plato　柏拉圖
Plutarch　蒲魯塔克
Popper　波普爾
Price　普萊斯
Proximus　普羅西姆

R

Rat-Face　軟趴趴爵士
Reams　罕斯
Red Corridor　赤廊
Red Gate　赤門
Red Kent　血人坎特
Red Men of the East　東方赤民
Reilly　雷利
Relkin　瑞肯
Relston Fayre　芮斯敦大市集
Renar Highland　睿納高地
Rennat Forest　倫納特森林
Renton　阮頓
Rike　萊克
River Lure　魯爾河
River Rhyme　萊音河
River Sane　賽娜河
River Temus　逖穆斯河
Robart Hool Arn
羅巴・胡爾・爾恩
Roddat　魯達
Roma　羅馬
Row　阿列
Rulow's Fall　盧洛瀑布
Russell　盧梭

S

Sageous　賽杰

Saint Alstis　聖奧斯提斯

Saint Crispin's Day
　聖克里斯平紀念日

Sally　莎莉

Sammeth　薩米瑟

Saracen　撒拉森人

Sareth　莎瑞絲

Shem　夏姆

Short Bridge　短橋

Silent Sister　沉默的姊妹

Sim　緆姆

Slavs　斯拉夫人

Socrates　蘇格拉底

Spanard　西班牙

Sparta　斯巴達

Stod　史托

Storn　史登

Sun Tzu　孫子兵法

T

Table Guard　桌衛

Tall Castle　高堡

Teuton　條頓人

The Haunt　鬼城

The Hundred War　百國戰爭

The King's Sword
　〈王者之劍〉

The Utter East　極東之地

Three Frogs　三蛙旅舍

Thurtan　圖坦人

Torrent Vault　奔流殿

Trent　特倫特

Turkmen　土庫曼人

Turston　特斯通鎮

V

Views from Castle Red
　〈紅堡瞭望圖〉

Villains' Gate　罪門

Vincent de Gren
　文森・迪・古倫

W

Watch Master　哨官

Wennith　汶尼斯國

West Gate　西門

Wexten　威斯頓

William　威廉

奇幻基地書籍目錄

http://www.ffoundation.com.tw/

BEST 嚴選

書號	書名	作者	定價
1HB004C	諸神之城：伊嵐翠（十周年紀念典藏限量精裝版）	布蘭登・山德森	520
1HB004Y	諸神之城：伊嵐翠（十周年紀念全新修訂版）	布蘭登・山德森	520
1HB009	最後理論	馬克・艾伯特	320
1HB013	刺客正傳1：刺客學徒（經典紀念版）	羅蘋・荷布	299
1HB014	刺客正傳2：皇家刺客（上）（經典紀念版）	羅蘋・荷布	320
1HB015	刺客正傳2：皇家刺客（下）（經典紀念版）	羅蘋・荷布	320
1HB016	刺客正傳3：刺客任務（上）（經典紀念版）	羅蘋・荷布	360
1HB017	刺客正傳3：刺客任務（下）（經典紀念版）	羅蘋・荷布	360
1HB018	2012：失落的預言	麥利歐・瑞汀	320
1HB019	迷霧之子首部曲：最後帝國	布蘭登・山德森	380
1HB020	迷霧之子二部曲：昇華之井	布蘭登・山德森	399
1HB021	迷霧之子終部曲：永世英雄	布蘭登・山德森	399
1HB025	方舟浩劫	伯伊德・莫理森	320
1HB027	血色塔羅	尼克・史東	380
1HB028	最後理論2：科學之子	馬克・艾伯特	320
1HB029	星期一，我不殺人	尚—巴提斯特・德斯特摩	320
1HB030	懸案密碼：籠裡的女人	猶希・阿德勒・歐爾森	320
1HB031	迷霧之子番外篇：執法鎔金	布蘭登・山德森	320
1HB032	2012：降世的預言	麥利歐・瑞汀	320
1HB034	颶光典籍首部曲：王者之路（上）	布蘭登・山德森	499
1HB035	颶光典籍首部曲：王者之路（下）	布蘭登・山德森	499
1HB036	懸案密碼2：雉雞殺手	猶希・阿德勒・歐爾森	320
1HB037	末日之旅・上冊	加斯汀・柯羅寧	399
1HB038	末日之旅・下冊	加斯汀・柯羅寧	399
1HB039	懸案密碼3：瓶中信	猶希・阿德勒・歐爾森	380
1HB040	刀光錢影：戰龍之途	丹尼爾・艾伯罕	380
1HB041	懸案密碼4：第64號病歷	猶希・阿德勒・歐爾森	380
1HB042	皇帝魂：布蘭登・山德森精選集	布蘭登・山德森	320
1HB043	第一法則首部曲：劍刃自身	喬・艾伯康比	380
1HB044	第一法則二部曲：絞刑之前	喬・艾伯康比	380
1HB045	第一法則終部曲：最後手段	喬・艾伯康比	450
1HB046	刀光錢影2：國王之血	丹尼爾・艾伯罕	380
1HB047	末日之旅2：十二魔・上冊	加斯汀・柯羅寧	380

書 號	書 名	作 者	定價
1HB048	末日之旅 2：十二魔・下冊	加斯汀・柯羅寧	380
1HB049	陣學師：亞米帝斯學院	布蘭登・山德森	320
1HB050	太和計畫	馬克・艾伯特	360
1HB051	刀光錢影 3：暴君諭令	丹尼爾・艾伯罕	380
1HB052	血戰英雄	喬・艾伯康比	420
1HB053	審判者傳奇：鋼鐵心	布蘭登・山德森	320
1HB054	懸案密碼 5：尋人啟事	猶希・阿德勒・歐爾森	380
1HB055	北方大道・上冊	彼德・漢彌頓	420
1HB056	北方大道・下冊	彼德・漢彌頓	420
1HB057	刺客後傳 1：弄臣任務（上）（經典紀念版）	羅蘋・荷布	360
1HB058	刺客後傳 1：弄臣任務（下）（經典紀念版）	羅蘋・荷布	360
1HB059	刺客後傳 2：黃金弄臣（上）（經典紀念版）	羅蘋・荷布	360
1HB060	刺客後傳 2：黃金弄臣（下）（經典紀念版）	羅蘋・荷布	360
1HB061	刺客後傳 3：弄臣命運（上）（經典紀念版）	羅蘋・荷布	450
1HB062	刺客後傳 3：弄臣命運（下）（經典紀念版）	羅蘋・荷布	450
1HB063	血歌首部曲：黯影之子・上	安東尼・雷恩	特價 199
1HB064	血歌首部曲：黯影之子・下	安東尼・雷恩	380
1HB065	貝爾曼的幽靈	黛安・賽特菲爾德	350
1HB066C	無盡之劍（限量精裝版）	布蘭登・山德森	360
1HB067	刀光錢影 4：寡婦之翼	丹尼爾・艾伯罕	380
1HB068	異星記	休豪伊	340
1HB069	血歌二部曲：高塔領主（上）	安東尼・雷恩	380
1HB070	血歌二部曲：高塔領主（下）	安東尼・雷恩	380
1HB071	亞特蘭提斯・基因（亞特蘭提斯進化首部曲）	傑瑞・李鐸	399
1HB072	亞特蘭提斯・瘟疫（亞特蘭提斯進化二部曲）	傑瑞・李鐸	399
1HB073	亞特蘭提斯・新世界（亞特蘭提斯進化終部曲）	傑瑞・李鐸	399
1HB074	審判者傳奇 2 熾焰	布蘭登・山德森	360
1HB075	血歌終部曲：火焰女王（上）	安東尼・雷恩	420
1HB076	血歌終部曲：火焰女王（下）	安東尼・雷恩	420
1HB077	永恆守望	大衛・拉米瑞茲	399
1HB078	EPIC 史詩奇幻：英雄之心	約翰・喬瑟夫・亞當斯	480
1HB079	颶光典籍二部曲：燦軍箴言（上）	布蘭登・山德森	550
1HB080	颶光典籍二部曲：燦軍箴言（下）	布蘭登・山德森	550
1HB081	變態療法	道格拉斯・理查茲	360
1HB082	字母之家	猶希・阿德勒・歐爾森	450
1HB083	刺客系列〈蜚滋與弄臣 1〉弄臣刺客（上）	羅蘋・荷布	499
1HB084	刺客系列〈蜚滋與弄臣 1〉弄臣刺客（下）	羅蘋・荷布	499
1HB085	懸案密碼 6：血色獻祭	猶希・阿德勒・歐爾森	450
1HB086	妹妹的墳墓	羅伯・杜格尼	380
1HB087	刀光錢影 5：蜘蛛戰爭（完結篇）	丹尼爾・艾伯罕	450
1HB088	審判者傳奇 3 禍星（完結篇）	布蘭登・山德森	360

書　號	書　　名	作　　者	定價
1HB089	刺客系列〈蜚滋與弄臣 2〉弄臣遠征（上）	羅蘋・荷布	550
1HB090	刺客系列〈蜚滋與弄臣 2〉弄臣遠征（下）	羅蘋・荷布	550
1HB091	末日之旅 3 鏡之城・上	加斯汀・克羅寧	450
1HB092	末日之旅 3 鏡之城・下（完結篇）	加斯汀・克羅寧	450
1HB093	軍團（布蘭登・山德森短篇精選集 II）	布蘭登・山德森	380
1HB095	刺客系列〈蜚滋與弄臣 3〉刺客命運（上）	羅蘋・荷布	699
1HB096	刺客系列〈蜚滋與弄臣 3〉刺客命運（下）	羅蘋・荷布	699
1HB097	被遺忘的男孩	伊莎・西格朵蒂	380
1HB098	迷霧之子──執法鎔金：自影	布蘭登・山德森	450
1HB099	失蹤	卡洛琳・艾瑞克森	380
1HB100	雨野原傳奇 1：巨龍守護者	羅蘋・荷布	599
1HB101	雨野原傳奇 2：巨龍隱地	羅蘋・荷布	599
1HB102	雨野原傳奇 3：巨龍高城	羅蘋・荷布	599
1HB103	雨野原傳奇 4：巨龍之血（完結篇）	羅蘋・荷布	599
1HB104	迷霧之子──執法鎔金：自影	布蘭登・山德森	520
1HB105	破碎帝國首部曲：荊棘王子	馬克・洛倫斯	380
1HB106	破碎帝國二部曲：多刺國王	馬克・洛倫斯	399
1HB107	破碎帝國終部曲：鐵血大帝（完結篇）	馬克・洛倫斯	399

幻想藏書閣

書號	書名	作者	定價
1HI007	南方吸血鬼 1：夜訪良辰鎮	莎蓮．哈里斯	280
1HI010	南方吸血鬼 2：達拉斯夜未眠	莎蓮．哈里斯	280
1HI012	南方吸血鬼 3：亡者俱樂部	莎蓮．哈里斯	280
1HI029	南方吸血鬼 4：意外的訪客	莎蓮．哈里斯	280
1HI032	南方吸血鬼 5：與狼人共舞	莎蓮．哈里斯	280
1HI033	南方吸血鬼 6：惡夜追琪令	莎蓮．哈里斯	280
1HI034	南方吸血鬼 7：找死高峰會	莎蓮．哈里斯	280
1HI035	南方吸血鬼 8：攻琪不備	莎蓮．哈里斯	280
1HI037	南方吸血鬼 9：全面琪動	莎蓮．哈里斯	280
1HI044	南方吸血鬼 11：精靈的聖物	莎蓮．哈里斯	280
1HI047	地底王國 1：光明戰士	蘇珊．柯林斯	250
1HI048	地底王國 2：災難預言	蘇珊．柯林斯	250
1HI049	地底王國 3：熱血之禍	蘇珊．柯林斯	250
1HI050	地底王國 4：神祕印記	蘇珊．柯林斯	250
1HI057	靈視者哈珀康納莉 I：觸墓驚心	莎蓮．哈里斯	280
1HI058	靈視者哈珀康納莉 II：移花接墓	莎蓮．哈里斯	280
1HI059	靈視者哈珀康納莉 III：草墓皆冰	莎蓮．哈里斯	280
1HI060	靈視者哈珀康納莉 IV：不堪入墓	莎蓮．哈里斯	280
1HI061	地底王國 5：最終戰役	蘇珊．柯林斯	250
1HI062	死亡之門 1：龍之翼（全新封面）	崔西．西克曼&瑪格麗特．魏絲	360
1HI063	死亡之門 2：精靈之星（全新封面）	崔西．西克曼&瑪格麗特．魏絲	360
1HI064	死亡之門 3：火之海（全新封面）	崔西．西克曼&瑪格麗特．魏絲	360
1HI065	死亡之門 4：魔蛟法師（全新封面）	崔西．西克曼&瑪格麗特．魏絲	360
1HI066	死亡之門 5：混沌之手（全新封面）	崔西．西克曼&瑪格麗特．魏絲	420
1HI067	死亡之門 6：迷宮歷險（全新封面）	崔西．西克曼&瑪格麗特．魏絲	420
1HI068	死亡之門 7：第七之門（完）（全新封面）	崔西．西克曼&瑪格麗特．魏絲	360
1HI069	南方吸血鬼 12：神祕的魔法鎖	莎蓮．哈里斯	280
1HI070	滅世天使	蘇珊．易	280
1HI071	天使禁區	麗諾．艾普漢絲	250
1HI072	南方吸血鬼噬血真愛全方位導覽特典	莎蓮．哈里斯	650
1HI073	御劍士傳奇 1：鍍金鎖鍊（全新封面）	大衛．鄧肯	360
1HI074	御劍士傳奇 2：火地之王（全新封面）	大衛．鄧肯	420
1HI075	御劍士傳奇 3：劍空(完)（全新封面）	大衛．鄧肯	420
1HI076	幸運賊	史考特．G．布朗	320
1HI077	歷史檔案館	薇多莉亞．舒瓦	320
1HI078	歷史檔案館 2：惡夢	薇多莉亞．舒瓦	320
1HI079	流浪者系列：傷痕者	賽爾基&瑪麗娜．狄亞錢科	380
1HI080	南方吸血鬼完結篇：吸血鬼童話	莎蓮．哈里斯	280
1HI081	尼爾女巫	薇多莉亞．舒瓦	300
1HI082	流浪者系列．前傳：守門者	賽爾基&瑪麗娜．狄亞錢科	360

書 號	書 名	作 者	定價
1HI083	是誰在說謊	卡莉雅．芮德	320
1HI084	超能冒險 1 太陽神巨像	彼得．勒朗吉斯	300
1HI085	超能冒險 2 失落的巴比倫	彼得．勒朗吉斯	300
1HI086	超能冒險 3 暗影之墓	彼得．勒朗吉斯	300
1HI087	滅世天使 2：抉擇	蘇珊．易	320
1HI088	滅世天使 3：重生	蘇珊．易	320
1HI089	蟲林鎮：精綴師(上)	大衛．鮑爾達奇	320
1HI090	蟲林鎮：精綴師(下)	大衛．鮑爾達奇	320
1HI091	混血之裔：宿命	妮琦．凱利	320
1HI092	流浪者系列 2：繼任者	賽爾基&瑪麗娜．狄亞錢科	480
1HI093	超能冒險 4 宙斯的詛咒	彼得．勒朗吉斯	320
1HI094	蟲林鎮 2：守護者(上)	大衛．鮑爾達奇	320
1HI095	蟲林鎮 2：守護者(下)	大衛．鮑爾達奇	320
1HI096	流浪者系列 3 (完結篇)：冒險者	賽爾基&瑪麗娜．狄亞錢科	480
1HI097	超能冒險 5 時空裂縫	彼得．勒朗吉斯	320
1HI098	混血之裔 2：熾愛	妮琦．凱利	320
1HI099	戰龍旅：暗影奇襲	瑪格麗特．魏絲&勞勃·奎姆斯	550
1HI100	戰龍旅 2：暴風騎士	瑪格麗特．魏絲&勞勃·奎姆斯	550
1HI101	戰龍旅 3：第七印記（完結篇）	瑪格麗特．魏絲&勞勃·奎姆斯	550
1HI102	血修會系列：聖血福音書	詹姆士·羅林斯&蕾貝卡·坎翠爾	399
1HI103	混血之裔 3：永恆(完結篇)	妮琦．凱利	320
1HI104	灰燼餘火	莎芭．塔伊兒	380
1HI105	灰燼餘火 2：血夜	莎芭．塔伊兒	380
1HI106	沉默的情人	拉斐爾．蒙特斯	350
1HI107	血修會系列 2：無罪之血	詹姆士·羅林斯&蕾貝卡·坎翠爾	420
1HI108	血修會系列 3：煉獄之血(完結篇)	詹姆士·羅林斯&蕾貝卡·坎翠爾	420
1HI109	千年之咒：誓約(上)	丹妮爾．詹森	250
1HI110	千年之咒：誓約(下)	丹妮爾．詹森	250
1HI111	千年之咒 2：許諾	丹妮爾．詹森	380
1HI112	千年之咒 3：永生（完結篇）	丹妮爾．詹森	380

謎幻之城

書 號	書 名	作 者	定價
1HS005Y	基地（紀念書衣版）	以撒・艾西莫夫	280
1HS007Y	基地與帝國（紀念書衣版）	以撒・艾西莫夫	280
1HS010Y	第二基地（紀念書衣版）	以撒・艾西莫夫	280
1HS010Z	基地三部曲（紀念書衣版）	以撒・艾西莫夫	840
1HS000U	基地三部曲（經典書盒版）	以撒・艾西莫夫	840
1HS011Y	基地前奏（紀念書衣版）	以撒・艾西莫夫	420
1HS012Y	基地締造者（紀念書衣版）	以撒・艾西莫夫	420
1HS012Z	基地前傳（紀念書衣版）	以撒・艾西莫夫	840
1HS000V	基地前傳（經典書盒版）	以撒・艾西莫夫	840
1HS013Y	基地邊緣（紀念書衣版）	以撒・艾西莫夫	420
1HS014Y	基地與地球（紀念書衣版）	以撒・艾西莫夫	450
1HS014Z	基地後傳（紀念書衣版）	以撒・艾西莫夫	870
1HS000W	基地後傳（經典書盒版）	以撒・艾西莫夫	870
1HS000Z	基地全系列套書 7 本（紀念書衣版）	以撒・艾西莫夫	2550

魔幻之城

書　號	書　　名	作　　者	定價
1HF012	時光之輪 2：大狩獵（上）	羅伯特．喬丹	300
1HF013	時光之輪 2：大狩獵（下）	羅伯特．喬丹	320
1HF025	時光之輪 3：真龍轉生（上）	羅伯特．喬丹	320
1HF026	時光之輪 3：真龍轉生（下）	羅伯特．喬丹	320
1HF030	時光之輪 4：闇影漸起（上）	羅伯特．喬丹	320
1HF031	時光之輪 4：闇影漸起（中）	羅伯特．喬丹	320
1HF038	時光之輪 4：闇影漸起（下）	羅伯特．喬丹	320
1HF044	時光之輪 5：天空之火（上）	羅伯特．喬丹	320
1HF045	時光之輪 5：天空之火（中）	羅伯特．喬丹	320
1HF046	時光之輪 5：天空之火（下）	羅伯特．喬丹	320
1HF050	時光之輪 6：混沌之王（上）	羅伯特．喬丹	320
1HF051	時光之輪 6：混沌之王（中）	羅伯特．喬丹	320
1HF052	時光之輪 6：混沌之王（下）	羅伯特．喬丹	320
1HF068	時光之輪 7：劍之王冠（上）	羅伯特．喬丹	320
1HF069	時光之輪 7：劍之王冠（下）	羅伯特．喬丹	320
1HF080	時光之輪 1：世界之眼（上）	羅伯特．喬丹	360
1HF081	時光之輪 1：世界之眼（下）	羅伯特．喬丹	360
1HF085	時光之輪 8：匕之道　（上）	羅伯特．喬丹	380
1HF086	時光之輪 8：匕之道　（下）	羅伯特．喬丹	380
1HF087	時光之輪 9：寒冬之心（上）	羅伯特．喬丹	380
1HF088	時光之輪 9：寒冬之心（上）	羅伯特．喬丹	380
1HF089	時光之輪 10：光影歧路（上）	羅伯特．喬丹	400
1HF090	時光之輪 10：光影歧路（下）	羅伯特．喬丹	400
1HF091	時光之輪 11：迷夢之刃（上）	羅伯特．喬丹	480
1HF092	時光之輪 11：迷夢之刃（下）	羅伯特．喬丹	480
1HF093	時光之輪 12：末日風暴（上）	羅伯特．喬丹&布蘭登.山德森	499
1HF094	時光之輪 12：末日風暴（下）	羅伯特．喬丹&布蘭登.山德森	499
1HF095	時光之輪 13：闇夜之塔（上）	羅伯特．喬丹&布蘭登.山德森	520
1HF096	時光之輪 13：闇夜之塔（下）	羅伯特．喬丹&布蘭登.山德森	520
1HF097	時光之輪 14 最終部：光明回憶（上）	羅伯特．喬丹&布蘭登.山德森	560
1HF098	時光之輪 14 最終部：光明回憶（下）	羅伯特．喬丹&布蘭登.山德森	560

少年魔法城

書　號	書　　　名	作　　　者	定價
1HY006	奇幻小百科：勇者鬥怪物教戰手冊	周錫	180
1HY007	奇幻小百科：奇幻冒險夢幻隊伍	黃美文	180
1HY008	奇幻小百科：中世紀城主你來當	米爾汀	180

境外之城

書號	書名	作者	定價
1HO003	天觀雙俠・卷一	鄭丰（陳宇慧）	250
1HO004	天觀雙俠・卷二	鄭丰（陳宇慧）	250
1HO005	天觀雙俠・卷三	鄭丰（陳宇慧）	250
1HO006	天觀雙俠・卷四（完）	鄭丰（陳宇慧）	250
1HO018	筆靈 1：生事如轉蓬	馬伯庸	199
1HO019	筆靈 2：萬事皆波瀾	馬伯庸	240
1HO020	靈劍・卷一	鄭丰（陳宇慧）	250
1HO021	靈劍・卷二	鄭丰（陳宇慧）	250
1HO022	靈劍・卷三（完）	鄭丰（陳宇慧）	250
1HO023	筆靈 3：沉憂亂縱橫	馬伯庸	240
1HO024	筆靈 4：蒼穹浩茫茫	馬伯庸	240
1HO025	神偷天下・卷一	鄭丰（陳宇慧）	250
1HO026	神偷天下・卷二	鄭丰（陳宇慧）	250
1HO027	神偷天下・卷三（完）	鄭丰（陳宇慧）	250
1HO028	五大賊王 1：落馬青雲	張海帆（老夜）	280
1HO029	五大賊王 2：火門三關	張海帆（老夜）	280
1HO030	五大賊王 3：淨火修練	張海帆（老夜）	280
1HO031	五大賊王 4：地宮盜鼎	張海帆（老夜）	280
1HO032	五大賊王 5：身世謎圖	張海帆（老夜）	280
1HO033	五大賊王 6：逆血羅剎	張海帆（老夜）	280
1HO034	五大賊王 7（上）：五行合縱	張海帆（老夜）	280
1HO035	五大賊王 7（下）（終）：五行合縱	張海帆（老夜）	280
1HO036	三國機密（上）：龍難日	馬伯庸	320
1HO037	三國機密（下）：潛龍在淵	馬伯庸	320
1HO038	奇峰異石傳・卷一	鄭丰（陳宇慧）	250
1HO039	奇峰異石傳・卷二	鄭丰（陳宇慧）	250
1HO040	奇峰異石傳・卷三（完）	鄭丰（陳宇慧）	250
1HO041	風起隴西（第一部）：漢中十一天	馬伯庸	280
1HO042	風起隴西（第二部）（終）：秦嶺的忠誠	馬伯庸	240
1HO043	西遊祕史 1：大唐泥犁獄	陳漸	300
1HO044	西遊祕史 2：西域列王紀	陳漸	320
1HO045	都市傳說 1：一個人的捉迷藏	笭菁	250
1HO046	都市傳說 2：紅衣小女孩	笭菁	250
1HO047	都市傳說 3：樓下的男人	笭菁	250
1HO048	雙併公寓	張苡蔚	250
1HO049	都市傳說 4：第十三個書架	笭菁	260
1HO050	都市傳說 5：裂嘴女	笭菁	260
1HO051	都市傳說 6：試衣間的暗門	笭菁	260
1HO052X	生死谷・卷一（彩紋墨韻書衣版）	鄭丰（陳宇慧）	300

1HO053X	生死谷．卷二（彩紋墨韻書衣版）	鄭丰（陳宇慧）	300
1HO054X	生死谷．卷三（彩紋墨韻書衣版）(最終卷)	鄭丰（陳宇慧）	300
1HO055	都市傳說 7：瑪麗的電話	笭菁	260
1HO056	都市傳說 8：聖誕老人	笭菁	280
1HO057	殭屍樂園解壓塗繪本	盧塞里諾	320
1HO058X	古董局中局（新版）	馬伯庸	350
1HO059	古董局中局 2：清明上河圖之謎	馬伯庸	350
1HO060	古董局中局 3：掠寶清單	馬伯庸	350
1HO061	古董局中局 4(終)：大結局	馬伯庸	420
1HO062	都市傳說 9：隙間女	笭菁	280
1HO063	都市傳說 10：消失的房間	笭菁	280
1HO064	都市傳說 11：血腥瑪麗	笭菁	280
1HO066	都市傳說 12（第一部完）：如月車站	笭菁	280
1HO067G	樂瘋桌遊！趣味無極限、經典暢銷必玩 30 款奇幻桌遊冒險！	愛樂事編輯部&賴打	599
1HO068	都市傳說第二部 1：廁所裡的花子	笭菁	300
1HO069	都市傳說第二部 2：被詛咒的廣告	笭菁	280
1HO070	巫王志．卷一	鄭丰	320
1HO071	巫王志．卷二	鄭丰	320
1HO072	巫王志．卷三	鄭丰	320
1HO073	都市傳說第二部 3：幽靈船	笭菁	280
1HO074	恐懼罐頭（全新電影書封版）	不帶劍	350
1HO075	都市傳說特典：詭屋	笭菁	280
1HO076	都市傳說第二部 4：外送	笭菁	300
1HO077	有匪 1：少年遊	Priest	350

F-Maps

書號	書名	作者	定價
1HP001	圖解鍊金術	草野巧	300
1HP002	圖解近身武器	大波篤司	280
1HP004	圖解魔法知識	羽仁礼	300
1HP005	圖解克蘇魯神話	森瀨繚	320
1HP007	圖解陰陽師	高平鳴海	320
1HP008	圖解北歐神話	池上良太	330
1HP009	圖解天國與地獄	草野巧	330
1HP010	圖解火神與火精靈	山北篤	330
1HP011	圖解魔導書	草野巧	330
1HP012	圖解惡魔學	草野巧	330
1HP013	圖解水神與水精靈	山北篤	330
1HP014	圖解日本神話	山北篤	330
1HP015	圖解黑魔法	草野巧	350

聖典

書號	書名	作者	定價
1HR009X	武器屋（全新封面）	Truth in Fantasy 編輯部	420
1HR014X	武器事典（全新封面）	市川定春	420
1HR026C	惡魔事典（精裝典藏版）	山北篤等	480
1HR028C	怪物大全（精裝）	健部伸明	特價 999
1HR031	幻獸事典（精裝）	草野巧	特價 499
1HR032	圖解稱霸世界的戰術——歷史上的 17 個天才戰術分析	中里融司	320
1HR033C	地獄事典（精裝）	草野巧	420
1HR034C	幻想地名事典（精裝）	山北篤	750
1HR035C	城堡事典（精裝）	池上正太	399
1HR036C	三國志戰役事典（精裝）	藤井勝彥	420
1HR037C	歐洲中世紀武術大全（精裝）	長田龍太	750
1HR038C	戰士事典（精裝）	市川定春、怪兵隊	420
1HR039C	凱爾特神話（精裝）	池上正太	540
1HR040	日本超人氣繪師×魔女·魔法少女圖鑑	Sideranch	450
1HR041C	暢銷奇幻大師的英雄寫作指導課（精裝）	布蘭登．山德森等人	399
1HR042C	日本甲冑事典（精裝）	三浦一郎	799
1HR043C	詭圖：地圖歷史上最偉大的神話、謊言和謬誤（精裝）	愛德華·布魯克希欽	699

城邦文化奇幻基地出版社

Fantasy Foundation Publications

http://www.ffoundation.com.tw；https://www.facebook.com/ffoundation/

TEL：02-25007008 FAX：02-25027676

國家圖書館出版品預行編目資料

破碎帝國．首部曲：荊棘王子 / 馬克．洛倫斯（Mark Lawrence）作；陳岳辰譯 -- 初版．-- 臺北市：奇幻基地出版：家庭傳媒城邦分公司發行；民 107.04
面：公分．-（BEST 嚴選：105）
譯自：The Broken empire : prince of thorns
ISBN 978-986-95902-8-0（平裝）

874.57　　107003198

ISBN　978-986-95902-8-0

Printed in Taiwan.

城邦讀書花園
www.cite.com.tw

BEST 嚴選 105

破碎帝國首部曲：荊棘王子

原著書名／The Broken Empire: *Prince of Thorns*
作　　者／馬克．洛倫斯（Mark Lawrence）
譯　　者／陳岳辰
企劃選書人／王雪莉
責任編輯／王雪莉

資深版權專員／許儀盈
版權行政暨數位業務專員／陳玉鈴
資深行銷企劃／周丹蘋
業務主任／范光杰
行銷業務經理／李振東
副總編輯／王雪莉
發　行　人／何飛鵬
法律顧問／元禾法律事務所　王子文律師
出版／奇幻基地出版
城邦文化事業股份有限公司
台北市 104 民生東路二段 141 號 8 樓
電話：(02)25007008　傳眞：(02)25027676
網址：www.ffoundation.com.tw
e-mail：ffoundation@cite.com.tw
發行／英屬蓋曼群島商家庭傳媒股份有限公司城邦分公司
台北市 104 民生東路二段 141 號 11 樓
書虫客服服務專線：(02)25007718．(02)25007719
24 小時傳眞服務：(02)25170999．(02)25001991
服務時間：週一至週五 09:30-12:00．13:30-17:00
郵撥帳號：19863813　戶名：書虫股份有限公司
讀者服務信箱 e-mail：service@readingclub.com.tw
歡迎光臨城邦讀書花園　網址：www.cite.com.tw
香港發行所／城邦（香港）出版集團有限公司
香港灣仔駱克道 193 號東超商業中心 1 樓
電話：(852) 2508-6231　傳眞：(852) 2578-9337
e-mail：hkcite@biznetvigator.com
馬新發行所／城邦（馬新）出版集團
【Cite(M)Sdn. Bhd】
41, Jalan Radin Anum, Bandar Baru Sri Petaling,
57000 Kuala Lumpur, Malaysia.
Tel: (603) 90578822 Fax:(603) 90576622
email:cite@cite.com.my

封面插畫／Jason Chan
封面設計／黃聖文
文字編輯／李律
排　　版／極翔企業有限公司
印　　刷／高典印刷有限公司
■ 2018 年（民 107）3 月 29 日初版

售價／380 元

廣　告　回　函
北區郵政管理登記證
台北廣字第000791號
郵資已付，免貼郵票

104台北市民生東路二段141號11樓

英屬蓋曼群島商家庭傳媒股份有限公司城邦分公司 收

請沿虛線對摺，謝謝

每個人都有一本奇幻文學的啟蒙書

奇幻基地官網：http://www.ffoundation.com.tw

奇幻基地粉絲團：http://www.facebook.com/ffoundation

書號：**1HB105**　　書名：破碎帝國首部曲：荊棘王子

請於此處用膠水黏貼

讀者回函卡

謝謝您購買我們出版的書籍！請費心填寫此回函卡，我們將不定期寄上城邦集團最新的出版訊息。

姓名：________________________ 性別：□男 □女

生日：西元__________年__________月__________日

地址：____

聯絡電話：__________________傳真：__________________

E-mail ：____

學歷：□ 1.小學 □ 2.國中 □ 3.高中 □ 4.大專 □ 5.研究所以上

職業：□ 1.學生 □ 2.軍公教 □ 3.服務 □ 4.金融 □ 5.製造 □ 6.資訊

□ 7.傳播 □ 8.自由業 □ 9.農漁牧 □ 10.家管 □ 11.退休

□ 12.其他________________________________

您從何種方式得知本書消息？

□ 1.書店 □ 2.網路 □ 3.報紙 □ 4.雜誌 □ 5.廣播 □ 6.電視

□ 7.親友推薦 □ 8.其他________________________

您通常以何種方式購書？

□ 1.書店 □ 2.網路 □ 3.傳真訂購 □ 4.郵局劃撥 □ 5.其他

您購買本書的原因是（單選）

□ 1.封面吸引人 □ 2.內容豐富 □ 3.價格合理

您喜歡以下哪一種類型的書籍？（可複選）

□ 1.科幻 □ 2.魔法奇幻 □ 3.恐怖 □ 4.偵探推理

□ 5.實用類型工具書籍

您是否為奇幻基地網站會員？

□ 1.是□ 2.否（若您非奇幻基地會員，歡迎您上網免費加入，可享有奇幻基地網站線上購書75 折，以及不定時優惠活動：http://www.ffoundation.com.tw/）

對我們的建議：________________________________

____

____

請於此處用膠水黏貼

THE BROKEN EMPIRE

PRINCE OF THORNS